Gail Carson Levine

Die Prinzessinnen von Bamar

Gail Carson Levine

Die Prinzessinnen von Bamar

Aus dem Amerikanischen
von Janka Panskus

C. Bertelsmann

Der C. Bertelsmann Jugendbuch Verlag gehört zu den
Kinder- & Jugendbuch-Verlagen in der Verlagsgruppe Random House
München Berlin Frankfurt Wien Zürich

www.bertelsmann-jugendbuch.de

FÜR JOAN ABELOVE,
meine Begleiterin auf diesem herrlichen, wilden Ritt –
mit tausend Dank

Umwelthinweis:
Dieses Buch wurde auf chlorfrei gebleichtem Papier gedruckt.

Gesetzt nach den Regeln der Rechtschreibreform.

1. Auflage 2003

Die amerikanische Originalausgabe erschien 2001
unter dem Titel »The Two Princesses of Bamarre«
by HarperCollins Children's Books, New York

Übersetzung: Janka Panskus
Umschlagbild: Michael Bramman
Umschlaggestaltung: init.büro für gestaltung, Bielefeld
st · Herstellung: WM
Satz: Uhl + Massopust, Aalen
Druck: GGP Media, Pößneck
ISBN 3-570-12705-2
Printed in Germany

I

Aus verbrannter Erde
Zu neuem Land, wild und
Voller Ungeheuer,
Führte der Recke Drualt
Eine armselige, zerlumpte Schar.
In seinen Armen trug er
Behutsam Bruce,
Den Königsknaben
Und ersten Herrscher von Bamar.

SO BEGINNT *DRUALT*, das Epos über Bamars größten Helden. Wir wussten nicht, ob die Geschichten darin wirklich geschehen oder nur die Erfindungen eines Barden vor langer Zeit waren. Wir wussten nicht einmal, ob ein Mann namens Drualt je wirklich gelebt hatte.

Doch das machte uns nichts aus. Er war Bamars Ideal. Drualt war stark und tapfer, gutherzig und fröhlich. Er kämpfte gegen Bamars Ungeheuer – die Oger, Greife, Geister und Drachen, die uns noch heute plagten – und er half seinem Herrscher bei der Gründung unseres Königreichs.

Zu unserer Zeit brauchte Bamar mehr denn je einen Helden. Die Ungeheuer mordeten alljährlich hunderte Einwohner von Bamar und der Graue Tod raffte sogar noch mehr dahin.

Ich war nicht zur Heldin geboren. Ich wünschte mir nichts sehnlicher als Ruhe und Geborgenheit. Die Welt war gefährlich, nicht für meinesgleichen geschaffen.

Einmal, als ich vier Jahre alt war und gerade im Burghof spielte, glitt ein Schatten über mich hinweg. Ich schrie auf, weil ich dachte, es wäre ein Greif oder ein Drache. Sofort rannte meine Schwester Meryl zu mir und schlang ihre Arme um mich, die damals kaum lang genug waren, mich ganz zu umfassen.

»Es ist weg, Addie«, flüsterte sie. »Es ist jetzt schon ganz weit weg.« Und dann sang sie leise eine Strophe aus dem *Drualt*-Epos.

»Schritt folgt auf Schritt.
Hoffnung folgt auf Mut.
Blick der Gefahr ins Auge.
Setz beherzt auf Sieg.«

Ich beruhigte mich wieder, besänftigt von Meryls Stimme und ihrem warmen Atem an meinem Ohr.

Meryl war meine Beschützerin, so wichtig für mich zum Leben wie Luft und Nahrung. Unsere Mutter, Königin Daria, war dem Grauen Tod erlegen, als ich zwei und Meryl drei war. Unser Vater kam nur selten ins Kinderzimmer. Bella, unsere Erzieherin, liebte uns auf ihre Art, aber die bestand darin, uns Moralpredigten zu halten und auszuschimpfen.

Meryl verstand mich, obwohl wir nicht unterschiedlicher hätten sein können. Meryl hatte einen hellen, ich aber einen dunklen Teint. Sie war klein und gedrungen, ein wahres Energiebündel. Ich war sehr groß für mein Alter und schlaksig und bewegte mich auf nervöse, fahrige Weise.

Nie machte Meryl sich über meine Furchtsamkeit lustig, nie hänselte sie mich, nicht einmal wegen meiner Angst vor Spinnen. Wenn ich eine sah, erstarrte ich vor Schreck und stellte mir im Geiste vor, wie sie auf mir herumkroch, in meinen Mund und meine Ohren hinein und über meine geöffneten Augen hinweg.

Doch keine Spinne, nicht einmal tausend von ihnen, konnten Meryl in Angst versetzen. Wenn sie eine sah, nahm sie sie einfach in die Hand und setzte sie vor der Burg aus, denn wir wollten beide nicht, dass sie starb.

Als Kind liebte Meryl es, Szenen aus *Drualt* oder aus einem selbst erfundenen Drama zu spielen, in dem sie das Königreich rettete. Unser Spiel begann, indem ich mich in die Miniaturkutsche setzte, dem besten Stück in unserem Kinderzimmer. Meryl stieg auf den Kutschbock, trieb mit der Peitsche das Holzpferd an und los ging die Fahrt. Wir fuhren zum Eskerngebirge, wo die Oger und Greife lebten, zum Schloss der Elfenkönigin am Ufer des Haunmeeres, zur Westwüste, wo die Drachen in ihren Höhlen hausten, oder zum Muleewald, der von Geistern bevölkert war.

Jedes Mal rettete sie mich vor einem Flammen speienden Drachen oder einem hungrigen Oger. Wenn es nötig war, schrie ich voll Panik auf, die nur halb gespielt war; doch wenn ich konnte, blieb ich stumm und sah nur zu, wie Meryl spielte – das war für mich das Höchste.

Ihr Lieblingsspiel war das Abenteuer vom Grauen Tod. Seltsamerweise jagte dieser mir keine Angst ein. Der Graue Tod war kein Ungeheuer oder eine Spinne, die ich erblicken und vor der ich erschauern konnte. Er war unsichtbar. Wenn ich ihn mir holte, wäre die Krankheit irgendwo in mir, und während die Außenwelt für mich voller unwägbarer Gefahren steckte, so kannte ich doch mein Inneres. Ich war mir sicher, einen Eindringling von dort vertreiben zu können.

Im Spiel stellte ich stets das Opfer des Grauen Todes dar. Im ersten Stadium der Krankheit, dem der Schwäche, versuchte ich, meine Puppe Prudence hochzuheben, aber sie war zu schwer für mich. Ich tätschelte sie dann traurig und begann, auf unser durchgesessenes Kindersofa zuzugehen, wobei ich zunehmend schwächer wurde. Nach ein paar Schritten sackte ich in die Knie und setzte meinen Weg kriechend fort. Mühsam schleppte ich mich zum Sofa, hatte aber nicht mehr die Kraft, mich draufzusetzen.

Ich schlief auf dem Boden davor ein. Ein, zwei Minuten später wachte ich auf und erhob mich, von hohem Fieber befallen. Ich eilte zum Kamin und rieb mir Asche auf die Wangen, weil die Gesichter der Kranken am Ende immer grau wurden. Ich tat so, als hätte ich Schüttelfrost, und versuchte, mit den Zähnen zu klappern. Dabei kam ich mir ziemlich albern vor und wünschte mir, Meryl würde für mich die Rolle der Fiebernden spielen, da sie eine geborene Schauspielerin war.

Doch sie war zu sehr damit beschäftigt, Ungeheuer zu bezwingen, sich mit Zauberern zu beraten, Berge zu erklimmen und über stürmische Meere zu segeln.

Während meines Schüttelfrosts behielt ich sie im Auge, weil ich erst dann anfangen konnte zu sterben, wenn sie bereit war, mich zu retten. Triumphierte sie und fand das Heilmittel, sank ich zu Boden.

Sie kam dann rasch zu mir, das Heilmittel in beiden Händen. Mal war es ein Elixier in einem goldenen Kelch, mal war es eine Greifenfeder, ein Drachenzahn oder auch nur ein schlichter schwarzer Stein. Sie kniete sich neben mich und flüsterte mir zu: »Ich habe es gefunden, holde Maid. Ihr sollt leben.« Sie heilte mich und ich sprang auf. Dann tollten wir im Kinderzimmer herum, hüpften um die Kutsche, trommelten auf die Ritterrüstung, die in unserem Zimmer stand, fassten uns an den Händen und tanzten Ringelreihen um das kleine Spinnrad.

Eines Tages fragte ich Meryl, ob sie daran glaube, dass jemals wirklich ein Heilmittel gefunden werde. Damals war ich neun und Meryl zehn.

»Aber natürlich. Hast du denn noch nie von König Willard und dem Geist gehört?«

Ich schüttelte den Kopf und sie führte mich zu unserem Kinderthron, einem vergoldeten Stuhl. Dann trat sie zurück, wie um sich an eine unsichtbare Menschenmenge zu wenden: »Meine treuen Untertanen, liebe jüngere Schwester, vernehmt nun die Geschichte von König Willard und dem Geist.« Ihre Stimme wurde tiefer, als sie »Geist« sagte.

»König Willard war der tapferste Herrscher in der langen Geschichte Bamars.« Ihre Stimme nahm einen verächtlichen Ton an. »Viel tapferer als Vater. König Willard ...«

»War er denn so tapfer wie Drualt?«

Sie runzelte die Stirn. »Ihr wagt es, mich zu unterbrechen?«

Ich kicherte.

»Drualt hat niemals über Bamar geherrscht. Er war tapferer als jeder andere, aber König Willard konnte sich fast mit ihm messen. Ich werde nun fortfahren, wenn es keine störenden Zwischenfragen mehr gibt.«

Ich kicherte wieder.

»König Willard war allein auf der Jagd, als ihm ein Geist begegnete. Das listige Ungeheuer nahm die Gestalt eines Junkers an und bat den König, ihm bei der Befreiung seines Herrn aus den Krallen einer Horde Oger zu helfen.«

Ich erschauerte, als ich mir einen jungen Mann vorstellte, der in Wirklichkeit gar kein Mensch war.

Meryl fuhr fort: »Das Blut des Königs geriet in Wallung, und er war sogleich bereit, seinen treuen Untertanen zu retten. ›Steh auf, Junker‹, sprach er, ›wir werden uns unverzüglich auf den Weg machen.‹ Aber als der Geisterjunker sich erhob und sich ihm näherte, bemerkte der König mit seinen scharfen Augen, dass das Ungeheuer keine Fußabdrücke hinterließ.

›Du bist kein Junker‹, brüllte der König. ›Du bist ein abscheulicher Geist und du bist entlarvt. Nun sollst du mir eine Frage wahrheitsgemäß beantworten.‹

Der König befahl dem Geist, ihm das Heilmittel gegen den Grauen Tod zu verraten. Der Geist durfte nicht lügen, und so musste er gestehen, dass er es nicht kannte. König Willard hatte aber noch immer Anspruch auf eine Antwort, und so fragte er ihn, ob jemals ein Heilmittel gefunden werden würde.

›Nicht zu euren Lebzeiten, mächtiger König‹, sagte der Geist mit spöttischem Grinsen.

›Ich habe dich nicht nach meinen Lebzeiten gefragt, Ungeheuer‹, donnerte der König. ›Ich habe nach Bamar gefragt. Wird mein Königreich jemals von dieser Seuche befreit sein? Wird man jemals ein Heilmittel finden?‹

›Ja‹, gab der Geist zu. ›Man wird das Heilmittel finden, aber erst...‹, an dieser Stelle begann die Kreatur zu lachen, ›erst wenn die Ängstlichen Mut finden und über ganz Bamar Regen niedergeht.‹ Der Geist verschwand, aber sein Lachen war noch lange zu hören.«

Wieder erschauerte ich.

»Und darum wissen wir, dass man eines Tages ein Heilmittel finden wird. Das verdanken wir ganz allein dem tapferen König Willard.« Meryl machte einen Knicks.

Ich klatschte Beifall und stieg vom Thron hinab. »Du wirst dich doch nie wirklich auf die Suche nach dem Heilmittel machen, oder?«

»Ich werde aufbrechen, sobald ich stark genug bin, ein Ross zu reiten und ein Schwert zu führen.«

Sie würde gehen und nie mehr wiederkommen! Bestimmt würde ein Ungeheuer sie umbringen!

Breitbeinig wie ein Held stellte sie sich in Pose und schwang ein unsichtbares Schwert. »Ich werde das Heilmittel finden und viele Ritter um mich scharen. Gemeinsam werden wir die Ungeheuer vernichten und Bamar retten. Dann werde ich heimkehren.«

Nein, das würde sie nicht. Sie wäre tot. Aber ich hielt es für klüger, das nicht zu sagen. Stattdessen fragte ich: »Und was soll ich machen, während du weg bist?«

Lächelnd senkte sie ihr nicht vorhandenes Schwert. »Na, du bist dann die Frau eines gut aussehenden Prinzen und Mutter einer kleinen Prinzessin, die lernen wird, ebenso schön zu sticken wie du.«

Ich erwiderte ihr Lächeln nicht. »Was, wenn der Prinz noch

nicht erschienen ist oder er mich nicht mochte und wieder von dannen zog?«

»Dann kommst du mit mir.«

»Nein, bestimmt nicht. Dazu habe ich zu viel Angst. Das weißt du genau.«

Sie seufzte gereizt. »Ach Addie! Angenommen, ich sage, dass ich nirgends hingehe, bis du glücklich vermählt bist? Bist du dann zufrieden?«

»Versprochen?«

Sie ließ sich auf ein Knie sinken. »Ich schwöre, dass ich so lange mit meinen Abenteuern warten werde, bis Prinzessin Addie mit ihrer wahren Liebe vermählt ist. Möge mein Schwert sich gegen mich wenden, sollte ich dieses Versprechen brechen.«

»Danke.« Zutiefst erleichtert ließ ich mich auf den Boden fallen. Bis zu meiner Vermählung waren es noch viele, viele Jahre hin.

Sie legte sich neben mich. Einen Augenblick sahen wir schweigend zur Holzdecke hoch.

»Sollte ich jemals den Grauen Tod bekommen«, sagte ich, »werde ich nicht sterben, auch wenn du das Heilmittel noch nicht gefunden hast.«

Meryl drehte sich auf die Seite und sah mich an. »Warum nicht?«

»Weil ich mich ihm widersetzen werde. Wenn die Krankheit mich ermüdet, werde ich so tun, als wäre ich nicht müde. Wenn ich das Bedürfnis habe zu schlafen, werde ich wach bleiben. Bricht dann trotzdem das Fieber aus, laufe ich auf und ab, um mich warm zu halten. Ich werde die Krankheit vertreiben, indem ich dem Grauen Tod den Gehorsam verweigere.«

Meryl sprang auf. »Ich würde große Taten vollbringen – einen Berg erklimmen oder einen Oger fangen.«

Ich stand ebenfalls auf und setzte mich auf unser Sofa. »Ich verstehe nicht, warum sie sterben.«

Sie setzte sich neben mich. »Ich verstehe nicht, warum überhaupt jemand stirbt, außer er wird von einem Drachen verkohlt oder von einem kühnen Ritter durchbohrt.« Einen Moment schaute sie nachdenklich vor sich hin und zuckte dann die Achseln. »Ich werde das Heilmittel wirklich finden, weißt du.«

Ich nickte. »Aber wenn ich vorher krank werde, falle ich nicht dem Tod zum Opfer.«

2

ALS ICH ZWÖLF WAR, erkrankte unser Zimmermädchen Trina am Grauen Tod. Es war das erste Mal, dass ich die Krankheit aus nächster Nähe erlebte. Zwar waren jedes Jahr ein paar Menschen in der Burg daran gestorben, aber keinen von ihnen hatte ich gut gekannt.

Bevor sie krank wurde, schüttelte Trina morgens mein Bettzeug immer ruckartig auf. Sie war eine mürrische, knochige Frau mit schnellen, eckigen Bewegungen.

Doch dann, eines Morgens, war alles Ruckartige an ihr verschwunden. Als sie mein Bettzeug hochnahm, bewegte sie sich, als wate sie durch Sirup.

Noch am selben Tag erzählte unsere Erzieherin Bella, die immer den ganzen Burgklatsch und -tratsch mitbekam, Meryl und mir, dass die Elfenpfleger sich um Trina kümmerten. Ein Elf hatte im Flur ihren kraftlosen Gang bemerkt. Nur ihren Gang – und schon hatte der Elf Bescheid gewusst.

Trina durfte nicht sterben! Sie war mein Zimmermädchen, seit ich drei war. Ohne ihr mürrisches Wesen wäre das Aufwachen am Morgen nicht mehr dasselbe. Ich liebte Trina ebenso wie alle anderen festen Bestandteile in meinem Leben.

Da ich zu wissen glaubte, wie man den Grauen Tod bekämpfte, wollte ich sie retten. Als unser Unterricht bei Bella vorüber war, bat ich Meryl, mit mir in Trinas Schlafgemach im Westturm zu kommen. Meryl würde überzeugender sein als ich, auf sie würde Trina hören.

»Ich wollte aber Fechten üben«, sagte Meryl stirnrunzelnd. »Du kannst Trina genauso gut überzeugen wie ich.«

Ich schüttelte den Kopf. »Sie wird nicht…«

»Oder sogar noch besser. Schließlich kennt sie dich am besten.« Doch am Ende erklärte sie sich einverstanden, auf einen Sprung mitzukommen.

Milton, ein Elfenpfleger, saß an Trinas Bett und strickte. Bei unserem Eintreten rutschte er vom Stuhl und verbeugte sich lächelnd. Dann setzte er sich wieder hin, wobei er sich auf die Zehenspitzen stellen musste, um auf den Stuhl zu kommen. Von allen Elfen kannten wir ihn am besten. Solange ich zurückdenken konnte, hatte er uns gepflegt, wenn wir erkältet waren oder Halsweh hatten.

Meryl ging mit großen Schritten in den Raum. »Sei gegrüßt, Trina!« Sie nahm auf dem Stuhl beim Kamin Platz.

Ich blieb an der Tür stehen und betrachtete Trina. Sie wirkte wie immer, obwohl es merkwürdig war, sie in einem Nachthemd zu sehen. Als sie sich vom Bett erhob, um einen Knicks zu machen, schien sie noch nicht sehr geschwächt. Einige Kranke wurden schnell schwächer, während andere noch über Monate hinweg einigermaßen bei Kräften blieben.

Das zweite Krankheitsstadium, der Schlaf, dauerte hingegen immer neun Tage. Das anschließende Fieberstadium währte stets drei Tage und endete mit dem Tod.

Ich hoffte für Trina, dass ihr noch viele Monate zum Kampf gegen die Krankheit verblieben. Mein Blick fiel auf die Blumen auf dem Kaminsims – Anemonen, von denen man sagte, sie brächten den Sterbenden Seelenfrieden.

Trina stieg wieder ins Bett. Ich machte ein paar Schritte auf die Bank vor dem Fenster zu, blieb dann aber wie angewurzelt stehen. Eine Spinne krabbelte an einem Bein von Trinas Bett hoch.

Meryl sagte: »Addie hat mir erzählt…«

»Meryl!« Meine Stimme klang wie ein hohes Quieken. Ich deutete auf die Spinne. Mein Herz klopfte. Es war eine haarige Spinne von der Art, die mir am allermeisten Angst machte. Am liebsten wäre ich weggerannt, aber ich fürchtete, sie würde mir dann nachsetzen.

Meryl sprang auf.

Trina richtete sich auf und stützte sich auf einen Ellbogen. »Was ist los?«

»Ich sehe sie, Addie. Keine Angst, ich hab sie gleich.« Rasch lief Meryl zum Bett und schob sich die Spinne auf die linke Hand. Mit der rechten kurbelte sie das Flügelfenster auf. Ich konnte es nicht sehen, wusste aber, dass sie die Spinne auf die Burgmauer setzte. »So, das hätten wir.«

»Was war das?«, fragte Trina misstrauisch.

»Addie hat mir erzählt, dass es dir nicht gut geht«, sagte Meryl, ohne auf Trinas Frage einzugehen.

Trina sah mir in die Augen. »Das war eine Spinne, nicht wahr, Prinzessin Adelina? Ich bitte um Verzeihung, aber jeder weiß, dass Ihr Angst vor Spinnen habt.«

Mit glühendem Gesicht ging ich durch den Raum und setzte mich auf die Bank vor dem Fenster. Wahrscheinlich galt ich allerorts als noch größerer Feigling als mein Vater. Ich warf Milton einen raschen Blick zu, aber er strickte weiter bedächtig vor sich hin und blickte nicht einmal auf.

»Nein, das war keine Spinne«, sagte Meryl. »Es ist nur ein Spiel, das Prinzessin Adelina und ich manchmal spielen.«

Trina ließ den Kopf aufs Kissen zurücksinken. »Und es war doch eine Spinne.«

»Was für eine Krankheit hast du, Trina?«, erkundigte sich Meryl. »Hat Milton gesagt, was es ist?«

Das war raffiniert. Ich wäre nie so schnell auf das Thema zu sprechen gekommen, und es war taktvoll von ihr, Trina zu fragen und nicht Milton.

»Seiner Meinung nach habe ich den Grauen Tod, Hoheit, aber er irrt sich. Denn wenn es so wäre, würde es mir doch schlechter gehen, oder nicht?«

»Schon möglich. Dann brauchen wir dir ja nicht zu sagen, weswegen Prinzessin Addie und ich hergekommen sind.«

»Was zu sagen?«, fragte Trina. »Ich bitte um Verzeihung.«

»Dass Prinzessin Addie weiß, wie man den Grauen Tod bezwingt.«

»Ich sagte Euch doch schon, ich habe nicht den Grauen Tod. Morgen geht es mir bestimmt schon wieder besser.«

»Es kann dir heute schon besser gehen, wenn du Prinzessin Addies Strategie beherzigst.«

Trina drehte das Gesicht zur Wand. »Ich habe nicht den Grauen Tod.«

Meryl hatte jetzt denselben Gesichtsausdruck, wie wenn ihr Hengst Bane störrisch wurde. Bei Bane setzte sie dann ihre Sporen und einen Peitschenhieb ein. Zu Trina hingegen sagte sie: »Ich befehle dir, dir Prinzessin Addies Strategie anzuhören.«

Trina gab keine Widerrede. Sie rutschte nur mit dem Kopf auf dem Kissen hin und her und sagte: »Das Kissen ist zu hart. Als Kranke habe ich eigentlich etwas Besseres verdient.«

Milton stand eilfertig auf. »Ich hole ein anderes.«

Sofort sprang auch Meryl auf. »Ich werde ebenfalls gehen.«

»Ich bleibe noch kurz hier.« Ich war enttäuscht von Meryl. Aber Trina war schließlich nicht ihr Zimmermädchen gewesen, und es war nicht Meryls Sache, sie zu retten.

Als sie aus dem Zimmer waren, zog ich mir Miltons Stuhl an Trinas Bett heran und suchte nach den richtigen Worten.

»Erwartet nicht, dass ich Euch unterhalte, Hoheit.«

»Nein«, sagte ich überrascht. »Das habe ich auch nicht erwartet.« Da kam mir eine Idee. »Ich habe gestern Nacht von meiner Mutter geträumt.«

»Der alten Königin«, sagte Trina, den Kopf noch immer abgewandt und ohne das geringste Fünkchen Interesse.

»Genau.« Ich beugte mich vor. »Weißt du, was sie zu mir gesagt hat?«

Keine Antwort.

»Sie sagte, sie vermisst das Leben.«

»Königin zu sein, das vermisst sie, Hoheit, ich bitte um Verzeihung.«

»Und weißt du, was sie noch gesagt hat?«

Wieder kam keine Antwort.

»Sie meinte, sie hätte überleben können, wenn sie nur gekämpft hätte. Sie sagte: ›Addie, der Graue Tod war hier in meiner Brust. Hätte ich ihn gesucht, so hätte ich ihn gefunden.‹«

Trina drehte sich zu mir und sah mich an.

Ermutigt fuhr ich fort: »Sie sagte: ›Ich hätte ihn vertreiben können.‹«

Trina befeuchtete ihre Lippen, um zu sprechen.

Ich wartete.

»Ihr seid sehr hübsch«, sagte sie endlich. »Das fand ich schon immer. Hohe gleichmäßige Augenbrauen, schöne Augen. Feine Glieder. Sehr hübsch.«

»Danke.« Hatte sie mir denn gar nicht zugehört?

»Ihr solltet fröhlichere Farben tragen, ich bitte um Verzeihung.«

Ich nickte. Bei meinen Stickereien und an meinen Mitmenschen gefielen mir kräftige Farben, aber nicht an mir selbst.

Ich konzentrierte mich wieder auf Trinas Errettung. »Mutter wünschte sich, sie hätte trotz der Krankheit weiter regiert. Vielleicht hatte ich den Traum ja, um dich dazu zu bringen, das zu tun, was Königin Daria gesagt hat.«

Um Trinas Lippen zuckte es. »Weiter zu regieren?«

Verblüfft überlegte ich, ob der Graue Tod den Menschen wohl Sinn für Humor verlieh. Ich lächelte. »Nein, du sollst alles tun wie immer und dich durch die Krankheit nicht davon abhalten lassen.«

»Ach, Ihr wollt doch bloß Euer Zimmermädchen nicht verlieren, Prinzessin Adelina, ich bitte um Verzeihung.«

Ich wollte, dass sie lebte! Und ich wollte beweisen, dass der Graue Tod bezwungen werden konnte. »Nein, ich will dir helfen, gesund zu werden.«

In diesem Augenblick kam Milton mit zwei Kissen ins Zimmer. Hinter ihm trat noch jemand ein – Rhys, unser neuer Zauberlehrling.

Ich sprang so rasch auf, dass mein Stuhl nach hinten wegrutschte und umkippte. Verlegen bückte ich mich, um ihn wieder hinzustellen, aber Rhys war schneller. Er hob den Stuhl hoch und machte die tiefste, eleganteste Verbeugung mit den meisten Armschwüngen, die ich je gesehen hatte.

Verwirrt machte ich einen Knicks. Er war erst vor einer Woche bei uns eingetroffen. Ich hatte ihn schon einmal im Bankettsaal gesehen, aber Meryl und ich waren noch zu jung, um ihm offiziell vorgestellt zu werden.

Milton schob die neuen Kissen unter Trinas Kopf.

Der Zauberer sagte: »Mistress Trina, es tut mir sehr Leid, dass Ihr nicht wohlauf seid. Sagt mir bitte Bescheid, wenn ich Euch etwas Gutes tun kann.«

»Aber bloß keinen Zaubertrank, bitte um Verzeihung, Sir.«

Wieder machte Rhys eine Verbeugung. »Keinen Zaubertrank also, versprochen.« Er lächelte.

Meine Befangenheit ließ ein klein wenig nach. Er hatte ein freundliches Lächeln.

Wie alle Zauberer war Rhys sehr groß. Sein Gesicht war fast flach, mit breiten Wangen und hohen Wangenknochen. Seine Augen waren überwältigend – groß, blau und umrahmt von den dichten weißen Wimpern, die allen Zauberern zu Eigen sind. Er trug äußerst farbenfrohe Kleidung, ein Brokatwams und dunkelrote Beinlinge aus Satin. Vaters letzter Zauberlehrling hatte nur gedeckte Farben getragen. Ich war davon ausgegangen, dass dunkle Kleidung bei Zauberern genauso die Regel war wie bei mir.

»Diese Kissen sind auch hart.«

»Wenn du dich aufsetzt, brauchst du überhaupt keine Kissen«, sagte ich. Wenn sie das tat, könnte ich sie vielleicht so weit bekommen, dass sie eine Weile aufstand, und schon bald wäre sie geheilt.

»Ich bitte um Verzeihung, aber ich möchte mich nicht aufsetzen.«

Sie war ja so stur!

Milton schüttelte ihre Kissen auf.

Da kam mir ein schrecklicher Gedanke. Vielleicht war sie seit ihrem Knicks, als Meryl und ich den Raum betreten hatten, schon sehr viel schwächer geworden! »Kannst du denn noch sitzen?«, brach es aus mir heraus.

»Aber natürlich, Hoheit.« Sie machte es vor.

Endlich hatte ich die richtige Methode gefunden! »Ach, sitzen ist ja noch gar nichts«, sagte ich, »aber ich glaube nicht, dass du überhaupt noch stehen kannst.«

»Verzeihung, Prinzessin Adelina, aber zweimal falle ich nicht darauf herein.« Sie ließ sich zurücksinken. »Ich habe keine Lust, mich hinzustellen.« Sie rutschte unruhig mit dem Oberkörper hin und her. »Drei harte Kissen sind auch nicht besser als eins.«

Rhys ergriff das Wort: »Möglicherweise kann ich behilflich sein.« Er sah zu Milton hinüber. »Darf ich?«

»Bitte sehr.«

Schlagartig setzte Trina sich wieder auf, mit besorgter Miene. »Ich will aber kein Zauberkissen, das explodiert oder mitten in der Nacht mit mir davonfliegt!«

Der Zauberer machte große Augen. »Solch ein Kissen würde ich niemals jemandem geben.« Er öffnete einen Beutel, den er an der Taille trug, und nahm einen goldenen Stab heraus. Dann öffnete er das Fenster und richtete den Zauberstab zum Himmel.

Es war ein wolkenverhangener Nachmittag. Von einer Wolke

löste sich ein weißer Bausch und segelte zur Burg hinunter, geradewegs auf uns zu. Rhys kurbelte das Flügelfenster auf und winkte den Wolkenbausch mit einer großen, feierlichen Armbewegung herein.

In unserem Zimmer war eine richtige Wolke!

Trina schlug die Hände vors Gesicht. »Bitte, lasst nicht zu, dass sie mir etwas antut!«

Mithilfe seines Zauberstabs fing Rhys die Wolke ein und formte sie zu einem Kissen.

Ich musste lächeln. Trina spähte vorsichtig zwischen den Fingern hervor, und Milton stand auf, um besser sehen zu können.

»Mit einer Wolke als Kissen schläft man sehr gut.« Rhys trat an ihr Bett. »Beugt Euch vor.«

»Und Ihr seid Euch sicher, dass nichts passieren kann?«

»Absolut sicher.«

Sie tat, wie ihr geheißen, und Rhys schob ihr das Kissen in den Rücken. Ich sah, dass er das sehr sanft machte.

»So«, sagte er. »Jetzt könnt Ihr Euch wieder zurücklehnen.«

»Bestimmt sinke ich direkt hindurch!« Während sie sich behutsam zurücklehnte, sah sie Rhys stirnrunzelnd an. Dann entspannten sich ihre Gesichtszüge. »Es ist tatsächlich ein klein wenig besser.«

»Na so was, schaut Euch das an!«, sagte Milton.

Ich lachte und hatte meinen Gedanken schon ausgesprochen, noch ehe ich ihn zurückhalten konnte: »Aus dem Kissen regnet es aber doch nicht, oder?«

Nun lachte auch Rhys, sogar noch lauter als ich. »Regen! Auf den Gedanken bin ich ja noch nie gekommen. Kissenregen.« Noch immer lachend, schüttelte er den Kopf. »Nein, daraus regnet es nicht und Trina wird die allerschönsten Träume haben.«

Trina seufzte tief und schloss die Augen. »Ich glaube, ich werde jetzt etwas schlafen.«

Aber ich wollte nicht, dass sie schlief. Ich wollte, dass sie auf mich hörte. Ich sah Milton an. »Trina sollte doch gegen den Grauen Tod ankämpfen, oder nicht?«

»Es kann nichts schaden, wenn sie das versucht, aber jetzt sollte sie schlafen. Morgen wird sie nicht viel Ruhe bekommen.«

Ich muss verwirrt geschaut haben, denn er fügte hinzu: »Sie wird morgen in einer Kutsche Eures Vaters nach Hause zu ihrer Familie gebracht.« Er steckte die Decke um sie herum fest. »Trina, Ihr werdet morgen in der Kutsche noch einmal über den Vorschlag Ihrer Hoheit nachdenken, nicht?«

Sie nickte, ohne die Augen zu öffnen. Wahrscheinlich sollte ich mich schon darüber freuen. Aber ich wünschte mir trotzdem, in ihre wolkenversüßten Träume schlüpfen und sie dort überzeugen zu können.

3

DRAUSSEN GING Rhys mit mir den Flur entlang. »Hoheit, überall in der Burg, wohin ich auch schaue, entdecke ich Eure wunderschönen Stickereien. Ich freue mich ja so, endlich die Künstlerin kennen zu lernen.«

»Vielen Dank«, murmelte ich. »Sie sind nicht sehr gut.«

»Aber nein, sie sind sogar *sehr* gut.«

Ich merkte, wie ich rot wurde. Ich erwiderte nichts und wir schwiegen beide kurz.

Dann sagte er: »Wolkenkissen zu machen ist eine der ersten Lektionen für Zauberer.«

Ich hätte gern gewusst, welche Lektionen es noch gab, war aber zu schüchtern, ihn das zu fragen. Wie all unsere Zauberer war auch er Anfänger. Natürlich konnten sie alle fliegen, wie jeder Zauberer. Während ihrer Ausbildung mussten sie fünf Jahre dem König dienen, für den sie einfachere Magie wirkten, simple Wetterzauber ausführten und die Burg frei von Ratten hielten. Moment mal, wenn er Ratten fern halten konnte…

»Die Sache mit Eurem Zimmermädchen tut mir Leid.« Rhys seufzte, es war ein kunstvolles Ausatmen. »Wahrscheinlich klingt es albern, dass ich wegen jemandem traurig bin, den ich kaum kenne, aber wisst Ihr, Zauberer sind nicht krankheitsanfällig. Wir werden nie krank und so kommen mir Krankheiten immer wie etwas Tragisches vor.« Er wartete darauf, dass ich etwas sagte.

»Äh… das ist sehr interessant.«

Wir waren an der steinernen Wendeltreppe angelangt, die vom Turm zu den unteren Stockwerken der Burg führte. Die

Stufen waren zu schmal, um nebeneinander her zu laufen, und so ging Rhys ritterlich voran. Er blickte über die Schulter nach hinten, um die Unterhaltung fortzusetzen. »Das ist in der Tat sehr interessant. Es ist interessant, wie wir uns von anderen Geschöpfen unterscheiden – wie verschieden wir von den Menschen sind und wie verschieden Menschen von den Elfen sind und Elfen von Zwergen und Zwerge von Zauberern. Es ist faszinierend.« Er lächelte, dann runzelte er die Stirn. »Habt Ihr Angst, dem Grauen Tod ebenfalls zum Opfer zu fallen?«

Ich schüttelte den Kopf.

»Ihr seid sehr tapfer, Prinzessin Addie.«

Noch nie hatte mich jemand tapfer genannt. Es kam mir seltsam vor, als würde ich mich als jemand anders ausgeben, als verwechselte Rhys mich mit Meryl.

»Glaubt Ihr ...« Ich zögerte, dann sagte ich hastig: »Könntet Ihr dafür sorgen, dass alle Spinnen aus der Burg verschwinden?« Jetzt würde er mich sicher nicht mehr für tapfer halten.

Er blieb so abrupt stehen, dass ich fast gegen ihn gestoßen wäre. »Doch, ich glaube schon.« Er hielt inne, dann nickte er energisch. »Ganz bestimmt sogar.« Er drehte sich ganz zu mir um. »Ich werde es gleich heute Abend angehen. Hässliche kleine Tierchen, nicht wahr?«

Er mochte sie auch nicht!

Er drehte sich wieder nach vorn und ging weiter die Treppe hinab. Ich lächelte in seinen Rücken. »Vielen Dank.«

Er blieb stehen und wandte sich wieder zu mir um. »Aber bitte, gern geschehen.« Er machte eine Verbeugung, die sogar auf der beengten Treppe kunstvoll und dramatisch wirkte.

Ich musste nun ebenfalls einen Knicks machen und dann setzten wir uns wieder in Bewegung.

Nach ein paar Schritten sagte er über die Schulter zu mir: »In Zaubererjahren gerechnet, bin ich etwas älter als Ihr, aber nicht viel. Ich bin achtundsiebzig. Als Mensch wäre ich etwa siebzehn.«

Siebzehn mit achtundsiebzig! Wie lange lebten sie?

»Ich beneide euch Menschenkinder. Ihr lernt alles Nötige so schnell. Wir können zwar schon bei unserer Geburt sprechen und sogar fliegen, aber darüber hinaus lernen wir fast unerträglich langsam.«

Wir waren am unteren Treppenabsatz angelangt.

Wieder machte er eine Verbeugung. »Ich muss Euch jetzt leider verlassen, aber ich freue mich schon auf unser nächstes Gespräch.«

Wirklich? Ich auch!

Als ich zurück ins Kinderzimmer kam, saß Bella dort allein und häkelte. Ich nahm meine Stickerei zur Hand, war aber innerlich zu beschäftigt, um weiter daran zu arbeiten. Meine Gedanken wanderten ständig von Trina über Rhys zu den Spinnen, die mich bald nicht mehr plagen würden, und wieder zurück zu Trina.

Nach einer halben Stunde kam Meryl von ihrem Fechttraining zurück, stellte sich hinter mich und betrachtete über meine Schulter mein Werk. Sie lachte. »Das gefällt mir! Wie bist du denn darauf gekommen?«

Normalerweise stickte ich Szenen aus Drualts Leben, aber diese Stickerei zeigte eine Nahaufnahme von einem der zahlreichen Wasserspeier, die die Burg von Bamar zierten. Im Hintergrund war der Rest der Burg zu sehen – die korallenfarbenen Steinmauern, die blauen Turmdächer, die oberen Lichtschlitze und die Bögen zwischen Turm und Strebepfeilern.

Der Wasserspeier im Vordergrund stellte den Kopf eines Greifen mit wilden Glubschaugen dar, der einen Knochen im grausam aussehenden Schnabel trug. Daneben flog ein echter Greif, dem vor Überraschung der Schnabel offen stand. Das echte Ungeheuer wirkte ungefährlicher als sein steinernes Abbild.

»Ich weiß nicht, wie ich darauf gekommen bin«, sagte ich.

Aber ich wusste es. Ich hatte die Szene erfunden, um mich zu trösten, um wenigstens ein Ungeheuer zu bezähmen.

Ich wechselte das Thema. »Hat schon mal jemand den Grauen Tod bekommen und es überlebt?«, fragte ich Meryl.

Es war Bella, die mir antwortete: »Euer Vater hört hin und wieder von Heilungen, aber jedes Mal stellt sich heraus, dass die Person den Grauen Tod doch gar nicht hatte.«

»Glaubst du, dass die Feen Trina heilen könnten?«, sagte ich.

»Keine Ahnung.«

»Bella!«, sagte Meryl. »Ganz bestimmt könnten die Feen den Grauen Tod heilen. Sie können alles.« Sie nahm ihren dicken Wälzer über die Schlachten gegen Ungeheuer zur Hand und setzte sich auf unseren vergoldeten Thronstuhl.

Seit vielen Jahrhunderten hatten die Menschen die Feen nun schon nicht mehr zu Gesicht bekommen. Man nahm an, dass sie sich in ihr Zuhause ganz oben auf dem unsichtbaren Mount Ziriat zurückgezogen hatten. Von Zeit zu Zeit besuchten sie noch immer die Elfen, Zauberer und Zwerge, aber niemals mehr die Menschen.

Alle stimmten darin überein, dass das ein sehr schmerzlicher Verlust war. Früher waren Feen unsere Taufpaten gewesen. Sie hatten uns mehr als jeder andere von unserer besten Seite gekannt, und wenn wir in Schwierigkeiten steckten, hatten sie uns ermutigt und uns Auftrieb gegeben. Auch im *Drualt*-Epos kamen Feen vor. Wie es hieß, hatte Drualt sie persönlich auf dem Mount Ziriat besucht, der einzige Mensch, dem diese Ehre je zuteil wurde.

Meryl sagte: »Eines Tages werde ich die Feen finden und sie dazu überreden, wieder zu uns zurückzukommen. Wenn ich das Heilmittel bis dahin nicht gefunden habe, werde ich es von ihnen bekommen.« Sie blätterte eine Seite in ihrem Buch um. »Addie ... möchtest du, dass ich mich jetzt auf die Suche nach ihnen mache, damit sie Trina retten können?«

Mein Herz setzte einen Schlag lang aus. Nein! Nein, ich wollte nicht, dass sie auf die Suche ging. Ich wollte nicht, dass sie *irgendwohin* ging.

Bella schaute entrüstet. »Auf die Suche nach Feen machen! Ihr seid eine Prinzessin und kein Ritter oder Soldat! Eine Prinzessin!«

»Möchtest du es, Addie?«

»Nein«, sagte ich schnell. »Ich glaube, Trina wird sich selbst retten. Sie hat mir versprochen, über meine Methode nachzudenken.« Fast unhörbar fügte ich hinzu: »Außerdem kannst du nicht gehen. Ich bin noch nicht vermählt und wir haben schließlich eine Abmachung.«

4

NACH DEM ABENDESSEN begab ich mich wieder in Trinas Gemach, aber sie schlief, und Milton erlaubte mir nicht, sie zu wecken. Noch bevor ich am nächsten Morgen erwachte, wurde sie in einer Kutsche aus der Burg gebracht.

In den folgenden Wochen musste ich oft an sie denken. Ich kam zu der Überzeugung, dass sie sich bestimmt dem Grauen Tod widersetzte. Sie mochte zuerst gezögert haben, aber mit zunehmender Schwäche hatte sie bestimmt Angst bekommen und dann begonnen zu kämpfen. Ich stellte mir vor, wie sie sich dazu zwang, erst aufzustehen, dann herumzulaufen und schließlich sogar aus dem Haus zu gehen. Im Geiste sah ich schon vor mir, wie sie ihre Genesung feierte.

Auch an Rhys musste ich oft denken. Er hatte sein Versprechen gehalten. Ich sah keine einzige Spinne mehr. Jedes Mal wenn ich forsch in einen Raum trat oder selbstsicher über den Flur lief, überkam mich tiefste Dankbarkeit. Ich erzählte Meryl von der Verbannung der Spinnen, und sie freute sich mit mir, aber an Rhys hatte sie nur wenig Interesse, da er weder reiten noch mit dem Schwert umgehen konnte.

Ich fragte mich, wie Rhys den Spinnenzauber und den Wolkentrick wohl vollbracht hatte. Ich wusste nur wenig über Zauberer. Natürlich war mir bekannt, welch wundersames Ereignis ihre Geburt war. Sie kamen immer dann zur Welt, wenn ein Blitz in Marmor einschlug, was selten der Fall ist. Sie hatten weder Eltern noch Geschwister.

Reiche Leute, die Marmor besaßen, trugen bei einem Gewittersturm oft Marmorplatten nach draußen, in der Hoffnung,

Zeuge einer solchen Geburt zu werden. Auch Vater stellte immer unseren Marmor hinaus. Glück hatten wir aber nie gehabt.

Wurde ein Zauberer geboren, zeugten Blitz und Marmor eine Flamme. Diese wuchs und erblühte wie eine schnell aufgehende Rose. Inmitten der Flamme stand der Zauberer, bereits voll ausgewachsen, noch glühend und von einem schimmernden Kokon umgeben, der seine Nacktheit verdeckte.

Einen Augenblick lang sah er sich um. Dann blickte er tief in sein Inneres hinein und erfuhr dort, wer er war. Mit einem freudigen Aufwallen schoss er wie ein Pfeil in den Himmel hinauf, mitten in den Sturm hinein, sodass Funken hinabregneten. Durch den rasanten Flug verbrannte sein Kokon, aber ein Funken jener Flamme, die ihm das Leben geschenkt hatte, brannte in seiner Brust weiter und erhielt ihn bis zu seinem Tode am Leben.

Das war alles, was ich wusste. Um mehr zu erfahren, ging ich in die Bibliothek und sah im *Buch der Geschöpfe* unter dem Stichwort **Zauberer** nach. Im Anschluss an die Beschreibung ihrer Geburt stand Folgendes:

Lebensdauer der Zauberer: *Zum Leben brauchen Zauberer nur Luft. Es kommt zwar vor, dass sie essen und trinken, das aber bloß zum Vergnügen und nicht, weil es lebensnotwendig für sie ist. Schlaf kennen sie nicht. Obwohl sie niemals krank werden, können sie doch sterben, auf ähnlich vielfältige Weise wie die Menschen, sei es durch ein Unglück oder durch Vorsatz oder im Krieg. Gibt es keine äußere Todesursache, so erlischt nach fünfhundert Jahren ihr Funke, und sie sterben. Während der ersten zweihundert Jahre leben sie als Lehrlinge draußen in der Welt. Nach Ablauf dieser Zeit ziehen sie sich als Gesellen in ihre Zitadelle zurück, die sie nur selten wieder verlassen.*

Äußeres Erscheinungsbild: *Deutlichstes Kennzeichen sind die weißen Wimpern. Alle Zauberer, egal ob männlich oder weiblich, alt oder jung, haben dunkles gelocktes Haar. Die Spezies ist im Allgemeinen recht groß: Im Durch-*

schnitt werden die Frauen einen Meter achtzig, die Männer einen Meter neunzig groß. Alle haben lange, schmal zulaufende Finger und lange, anmutige Hälse. Die Gesichter sind individuell unterschiedlich und ebenso vielfältig wie bei den Menschen. Unreife Zauberer haben das offene, faltenlose Gesicht der Jugend.

Charakter und Beziehung zu den Menschen: *Zauberer sind niemals durch und durch gut oder durch und durch böse. Zwar gab es unter ihnen Helden wie auch ausgemachte Schurken, aber die meisten Zauberer haben, genau wie die meisten Menschen, sowohl gute als auch schlechte Eigenschaften.*

Obgleich einem Großteil von ihnen die Menschen gleichgültig sind, durchlaufen einige junge Zauberer eine Phase starken Interesses an Menschen, das jedoch grundsätzlich mit Ablauf ihrer Lehrjahre endet. Zauberer heiraten nur selten, und wenn, dann niemals ihresgleichen. Vereinzelt kam es zu Vermählungen zwischen Zauberern und Menschen und aus solchen Verbindungen gingen auch Kinder hervor.

Damit endete der Eintrag. Ich schlug das Buch wieder zu, ohne etwas darüber erfahren zu haben, welche Zauberkünste sie vollbringen konnten, was sie als Lehrlinge lernten, was in ihrer Zitadelle geschah oder wie viele Zauberer es überhaupt gab.

Nur selten bekamen Rhys und ich Gelegenheit zu weiteren Gesprächen. Vater schickte ihn immer wieder in entlegene Regionen, um Bauern bei Unwettern zu helfen und Bericht über Verwüstungen durch Ungeheuer zu erstatten.

Ein paar Mal lief ich Rhys zufällig auf dem Burgflur über den Weg. Jedes Mal blieb er stehen, um sich mit mir zu unterhalten. Einmal erzählte er mir von einem Jahrmarkt in Dettford, wo ein Künstler einen Freudentanz auf den Köpfen von zehn Dorfbewohnern vollführt hatte, die vor lauter Lachen kaum stillhalten konnten. Ein andermal beschrieb er mir einen Wandteppich aus der Burg eines Grafen, auf dem die Begegnung von König Willard mit eben jenem Geist zu sehen war, der die Heilung des Grauen Todes vorhergesagt hatte. Rhys fügte hinzu, dass der Wandteppich *fast* so kunstvoll gewesen sei wie meine Stickereien.

Nie suchte er mich jedoch bewusst auf. Am häufigsten sah ich ihn beim Abendessen im Bankettsaal. Mit seiner pfauenhaften, schillernden Kleidung war er nur schwer zu übersehen.

Er war so ganz anders als ich. Er neigte zur Dramatik. Er lächelte schnell, runzelte häufig die Stirn, und er lachte viel und mit dem ganzen Körper, wobei seine Schultern bebten und er den Kopf zurücklegte.

Einmal sah ich ihn fliegen. Ich saß gerade auf meinem Fenstersitz und fertigte eine Skizze an. Es war ein grauer Tag und feiner Nebelschleier senkte sich herab.

Rhys stand mit Vater ins Gespräch vertieft im Hof. Vater las etwas aus dem *Buch der Lebensweisheiten,* der Sammlung von Sprichwörtern, die er bei jeder Gelegenheit zitierte. Dann klappte er das Buch zu und hob zum Abschied die Hand. Daraufhin erhob sich Rhys in die Luft, mühelos wie aufsteigender Rauch. Wenige Meter über dem Boden verbeugte er sich noch einmal vor Vater. Dann glitt er fort, und zwar rückwärts. Da ich ihn mittlerweile schon ein wenig kannte, kam es mir so vor, als wolle er damit angeben. Ob er wohl wusste, dass ich zusah?

Bevor ich Rhys kennen lernte, hatte ich viele Jahre für Drualt geschwärmt. Vor jedem Einschlafen hatte ich mir in meiner Fantasie ausgemalt, wie ich ihm begegnete. Ich zählte ihm die lange Liste meiner Ängste auf und er beruhigte mich und schilderte mir seine Abenteuer.

Aber jetzt träumte ich nur noch von Begegnungen mit Rhys. Dabei erwähnte ich niemals meine Ängste, weil ich mich nur von meiner besten Seite zeigen wollte. Stattdessen erzählte ich ihm von meinen Skizzen und Stickmustern und er schilderte mir im Gegenzug seine Erlebnisse in Bamar. Irgendwann im Lauf der

Unterhaltung ließ er fallen, wie sehr er die Gespräche mit mir liebe, und ich errötete jedes Mal und murmelte, dass ich mich auch sehr gern mit ihm unterhielt.

Noch nie zuvor war ich in jemand Lebenden, jemand Realen vernarrt gewesen. Doch schien mir meine Schwärmerei für Rhys genauso unsinnig wie die für einen Sagenhelden. Schließlich war ich selbst noch ein halbes Kind und Rhys ein Zauberer.

Als ich sechzehn war, begann Vater mit dem Bau eines neuen Burgflügels. Rhys' Aufgabe bestand darin, die Wände zu begradigen und dafür zu sorgen, dass keine Steine auf die Arbeiter herabfielen.

Vom Wohnzimmer aus, unserem einstigen Kinderzimmer, konnte man die Bauarbeiten gut verfolgen. Wann immer ich Zeit hatte, saß ich dort mit meiner Stickerei und beobachtete das Geschehen. Einmal entdeckte mich Rhys und winkte mir zu.

Dann, eine Woche später, versuchte er, mich bewusst zu treffen – und ebenso Meryl und Bella. Er fing uns im Garten ab, auf dem Weg, den wir immer auf unserem Nachmittagsspaziergang einschlugen.

Die Iris standen in voller Blüte, und ich spielte gerade mit dem Gedanken, sie in einer Skizze festzuhalten, als wir in den Rosenweg einbogen. Und da war Rhys. Er saß auf einer Bank, den Kopf zurückgelehnt, und sog die duftende Luft so tief ein, dass seine Brust sich hob und senkte.

Er sprang auf, und ich spürte, wie Bella neben mir erstarrte. In ihren Augen waren Zauberer Fremdlinge, denen sie nicht über den Weg traute.

Als wir näher kamen, machte er eine Verbeugung. »Prinzessinnen, Mistress Bella.« An diesem Tag trug er ein grün-blau gestreiftes Wams und an seinen Stiefeln prangten goldene Sporen.

Wir knicksten alle drei.

»Ich habe Geschenke für Euch, wenn es mir erlaubt ist.« Er

nahm ein Schwert, das in einer silbernen Scheide steckte, von der Bank und kniete sich hin, um es Meryl zu überreichen. »Ich glaube, Ihr fechtet gerne, Hoheit.«

Sie nahm das Schwert und zog es aus der Scheide. »Es ist wunderschön.« Sie hielt es mir hin, damit ich es betrachten konnte. »Ist es nicht herrlich?«

Das war es tatsächlich, aber ich hasste es trotzdem. Sie brauchte kein Schwert, nicht solange ich noch nicht vermählt war.

Sie musste meine Miene bemerkt haben, denn sie berührte mich an der Schulter und sagte leise: »Mach dir keine Sorgen, Addis.« Dann begann sie, mit einem Rosenbusch zu fechten. »Da, nehmt das, ihr gemeinen Rosen. Und das.« Sie parierte und stieß zu, schwang das Schwert mit großer Leichtigkeit, so anmutig wie eine Tänzerin.

»Meryl, so was tut eine Prinzessin …«, begann Bella, wurde aber von Meryl unterbrochen.

»Seht ihr, wie es im Sonnenlicht glänzt? Schwert, ich taufe dich auf den Namen Blutbeißer.« Blutbeißer hatte auch Drualts Schwert geheißen. »Schon lange habe ich mir ein Schwert gewünscht, aber …« Sie blickte zu Rhys auf. »Woher wusstet Ihr davon?«

Er lächelte. »Es blieb nicht unbemerkt, wie Ihr mit einem Holzschwert trainiert habt.«

»Vielen Dank! Ich werde es wie einen kostbaren Schatz hüten und immer rechten Gebrauch davon machen.«

Sie sollte überhaupt keinen Gebrauch davon machen!

»Ich habe auch etwas für Euch, Mistress Bella.« Rhys griff in den Beutel, der an seiner Taille hing.

»Das kann ich nicht …«

Doch ihre Stimme erstarb, als Rhys etwas herausholte, das ich noch nie gesehen hatte. Meryl hörte auf zu fechten und kam neugierig näher.

Der Gegenstand war so groß wie meine Hand, perlweiß mit einem Schimmer von Rosa und Blau, an einem Ende breit, am anderen spitz zulaufend.

»Ist es …?«, hauchte Bella.

»Ja, es ist die Schwanzschuppe eines Drachens.«

Bella griff danach.

»Vorsicht. Die Spitze vorn ist sehr scharf.«

»Habt Ihr den Drachen erschlagen?«, fragte Meryl mit gedämpfter, ehrfürchtiger Stimme.

Bella nahm die Schuppe an ihrem breiten Ende. »Vielen Dank, Rhys.« Sie machte einen Knicks.

Er verbeugte sich wieder. »Nein, ich habe den Drachen nicht erschlagen. Die Schuppe stammt aus der Zitadelle der Zauberer, wo es viele wundersame Dinge gibt.«

Ich hoffte, dass er auch für mich etwas hatte. »Darf ich sie auch mal berühren?«, fragte ich.

Bella hielt sie mir hin. Sie fühlte sich warm an und so trocken, dass sie meinen Fingern Feuchtigkeit zu entziehen schien.

»Hat sie magische Kräfte?«, fragte Meryl.

Bella wollte etwas sagen, aber Rhys kam ihr zuvor. »Sie ist sehr vielseitig, Prinzessin Meryl. Wenn man sie in der Hand hält, ist einem selbst an den kältesten Tagen kuschelig warm. Legt man sie auf den Kaminsims, hält man damit Mäuse und Ratten von Heim und Herd fern. Kocht man sie in einem Topf mit, bekommt man eine köstliche Brühe, feurig und leicht bitter. Nimmt man sie wieder aus dem Topf heraus und trocknet sie, gibt sie einen hervorragenden Brieföffner ab.« Wieder machte er eine Verbeugung.

Bella legte die Schuppe behutsam in ihr Handtäschchen.

»Und das Beste daran ist«, sagte Meryl, »dass der Drache, von dem die Schuppe stammt, tot ist. Das ist das Allerbeste daran.« Sie setzte sich in Richtung Burg in Bewegung. Beim Gehen machte sie immer wieder Ausfallschritte und stieß das Schwert in die Luft.

Wir folgten ihr.

»Seid vorsichtig«, rief Bella. Sie ließ mich stehen und lief los, um Meryl einzuholen.

Rhys trat neben mich. »Auch für Euch habe ich ein Geschenk, Prinzessin Addie.«

Ich schüttelte den Kopf, aus Verlegenheit, weil ich mir so sehr eins gewünscht hatte.

Er griff in eine der Taschen seines Wams und hielt mir eine glatte Holzkugel hin, nicht größer als eine Walnussschale. Ich bemerkte eine dünne Naht, die rundherum um die Kugel lief. »Nur auf den ersten Blick sieht sie unscheinbar aus.« Er drehte die Kugel einmal um sich selbst und sie öffnete sich an der Naht.

Heraus kamen meterlange Bahnen eines dunkelblauen Stoffs, der so verblüffend dünn war, dass er tatsächlich in ein solch kleines Behältnis passte. Rhys hielt ihn mir hin, damit ich ihn anfassen konnte. Der Stoff war weich und zart wie der Hauch eines kleinen Kätzchens.

»Schaut her.« Er deutete auf etwas.

In einem Stoffzipfel steckte die dünnste Nadel, die ich jemals gesehen hatte.

Ich blickte zu ihm auf. Er lächelte, und als ich ihm in die Augen sah, wurde sein Lächeln breiter. Er wirkte höchst erfreut, gerade so, als hätte ich *ihm* etwas geschenkt. Er wickelte den Stoff um seinen Finger und legte ihn dann zurück in die Holzkugel. »Hier.«

Ich nahm die Kugel und überlegte schon, was ich darauf sticken konnte. Eine mondbeschienene Waldszenerie... Drualt mit einem Geist...

»Vielen Dank.« Nein, das reichte nicht. »Ich werde mich bemühen, ihn noch schöner zu machen, als er schon ist.« Dann langte ich, ohne nachzudenken, hoch und berührte Rhys an der Wange. Seine Haut fühlte sich warm an. Ich zog meine Hand wieder zurück.

In diesem Augenblick rief Bella nach mir. »Kommt, Addie.«

»Ich muss gehen.« Und damit rannte ich zu ihr, traurig, dass ich gehen musste, und zugleich froh fortzukommen.

5

IM WOHNZIMMER zeigte ich Meryl und Bella mein Geschenk.

»Ich mag Rhys«, sagte Meryl. »Er ist der beste Zauberer, den Vater je hatte.«

»Ich mag ihn auch«, sagte ich leise.

»Wir sollten ihm ebenfalls etwas schenken«, fügte Meryl hinzu.

Bella war ganz ihrer Meinung. »Das gebietet die Höflichkeit. Ich werde ihm eines meiner Spitzendeckchen aussuchen.«

Ich war entzückt. »Vielleicht gefällt ihm ja der Kissenbezug, den ich letzte Woche fertig gemacht habe«, sagte ich. »Glaubt ihr, Zauberer können etwas mit Kissen anfangen?«

»Und was könnte ich ihm schenken?« Meryls Stickereien glichen mehr einem Fadenwirrwarr als irgendwelchen erkennbaren Stichen.

»Du könntest ihm etwas vortragen«, sagte ich. Darin war sie meisterhaft. Wenn sie im Wohnzimmer rezitierte, schüttelten sich die Sofakissen von selbst auf, strafften die Stühle ihre Rückenlehnen, und der Tisch wurde gleich um zwei Zentimeter höher.

Noch am selben Abend sprach Meryl Rhys im Bankettsaal an. Sie verabredeten sich für Donnerstag, also in drei Tagen. Ich konnte es kaum erwarten. Ich wünschte mir so sehr, dass Rhys Meryl besser kennen lernte und wir alle drei Freunde wurden.

Am Dienstag hatte Bella wieder einmal Kopfschmerzen und konnte uns nicht unterrichten. Meryl ergriff die Gelegenheit beim Schopf und überredete mich, mit ihr zum Orrinic-See zu reiten.

Ich wagte mich nur selten über die umliegenden Felder hinaus, aber der See war bloß fünf Meilen entfernt, und so nahe war noch kein Ungeheuer an unsere Burg herangekommen. Mich lockte der Ausflug sehr, weil ich gerade auf der Suche nach neuen Motiven für meine Stickereien war, und der Orrinic-See lag malerisch an einem Pinienwäldchen und einem Felsen.

Es war ein heißer, sonniger Tag. Wir breiteten unsere Decke am Seeufer aus.

»Ich gehe ein bisschen auf Erkundung.« Meryl zeigte auf eine Höhle im Felsen und schwang Blutbeißer. »Vielleicht können ja die Fledermäuse fechten.«

Als sie weg war, begann ich, eine Episode aus *Drualt* zu zeichnen. In meiner Skizze stand Drualt auf einem Felsen in der Mitte des Orrinic-Sees und kämpfte gegen einen Schwarm Greife. Federn flogen durch die Luft und Drualt lachte beim Kämpfen. Einer der Greife war am Flügel verletzt. Aus einer Wunde an seinem Auge tropfte Blut.

Manchmal verursachten meine blutrünstigen und gewalttätigen Bilder sogar Meryl Unbehagen, aber mich selbst beunruhigten sie nie. Bei einem echten Kampf mit Ungeheuern wäre ich vor Angst gestorben, aber einen gemalten oder gestickten Kampf anzusehen, war für mich ein Vergnügen.

Während ich zeichnete, vergaß ich alles um mich herum, aber als ich fertig war, begann ich, mir Sorgen um Meryl zu machen. Sie hätte inzwischen längst aus der Höhle zurück sein müssen. Ich rannte zum Eingang und rief hinein. Als Antwort kamen nur Echos, die in der Ferne verebbten. Als ich ein paar Schritte in die Höhle hineinging, machte ich einige Meter entfernt im Halbdunkel die Knochen eines toten Eichhörnchens aus.

Ein Gang führte tiefer in die Höhle hinein. Ich hoffte inständig, dass Meryl diesem auf ihrer Entdeckertour nicht gefolgt war. Wieder rief ich nach ihr. Meine Stimme, die als Echo zurückgeworfen wurde, klang verzweifelt. Ich ging rückwärts wieder hinaus und versuchte, mir einzureden, dass sie die Höhle wahrscheinlich schon verlassen hatte.

Rasch lief ich zum Pinienwäldchen hinüber, der einzige andere Ort, an dem sie sein konnte. Die Bäume waren hier riesengroß, einige sogar höher als unsere Burgzinnen. Am Waldrand blieb ich stehen, spähte durch die Bäume und fühlte mich so winzig klein wie ein Maulwurf. Nirgends konnte ich eine Bewegung ausmachen oder etwas hören. Die Stille machte mir Angst. Sie war wie die Stille vor einem Sturm.

Meryl geht es gut, sagte ich mir. Ich machte mich wieder auf den Weg zum See und überlegte, ob ich nach Hause galoppieren sollte, um Wachen zu holen, die die Höhle und den Wald absuchten.

»Lady!«

Ich drehte mich um. Mehrere hundert Meter tief im Wald löste sich ein Kind aus dem Halbschatten.

»Lady!« Der Junge rannte zu mir und machte eine unbeholfene Verbeugung.

Er war ungefähr sechs Jahre alt, trug eine zerrissene Kniehose, ein dreckiges Hemd und war mit seinem niedlichen, pausbäckigen Gesicht ausgesprochen hübsch anzusehen. Seine bernsteinfarbenen Ringellöckchen waren oben zerzaust, so als hätte er sich im Dornengestrüpp verfangen. Ich fragte mich, was er im Wald gemacht hatte. Vielleicht war sein Vater Holzfäller.

»Seid Ihr die andere Prinzessin? Prinzessin …« Er schüttelte den Kopf. »Ich hab's vergessen.«

Mein Herz begann zu klopfen. »Hast du meine Schwester gesehen?«

»Wie ist Euer Name? Ich musste ihr versprechen …«

»Ich bin Prinzessin Adelina – Addie. Und jetzt sprich.«

Beim Lächeln bekam er Grübchen. »Ja, das ist der richtige. Sie hat gesagt …«

»Nun rück schon raus mit der Sprache! Ist alles in Ordnung mit ihr?«

Er nickte. »Sie möchte, dass Ihr kommt. Sie hat etwas gefunden und gesagt, das müsst Ihr unbedingt sehen.«

Dem Himmel sei Dank war alles in Ordnung mit ihr! »Was denn?«

Wieder kamen seine Grübchen zum Vorschein. »Das darf ich nicht verraten.«

Meine Angst vor dem Wald schwand. Meryl hätte mich nie holen lassen, wenn dort Gefahr drohte. Ich war ja so froh, dass ich nun wusste, wo sie war!

Der Junge reichte mir seine Hand und ich nahm sie. Sie war feucht und trotz der Wärme um uns überraschend kühl.

Während er vertrauensvoll meine Hand hielt, fing er an zu plappern. Ich lächelte ihn an. Anscheinend hatte er gesehen, wie Meryl irgendetwas gemacht hatte, er wollte aber nicht verraten, was, und sie hatte ihm etwas Geld dafür gegeben, dass er mich holte. Er öffnete seine andere Hand und zeigte mir eine Silbermünze. »Davon kaufe ich mir Pfefferkuchen.«

Er führte mich ein paar Schritte in den Wald hinein. Die Piniennadeln am Boden bildeten einen weichen Teppich.

Plötzlich blieb ich stehen. Da drinnen gab es vielleicht Spinnen.

Der Junge sah mich neugierig an.

Nein, Meryl hätte mich nicht holen lassen, wenn es dort Spinnen gab. Das hätte sie nicht vergessen.

»Wie weit ist es?«

»Nicht weit. Vielleicht eine Viertel-«

Mit einem Mal traf ihn ein Stein hinter dem Ohr und ich sah Blut. Wir fuhren beide herum.

Meryl rannte von der Höhle her auf uns zu.

Meryl! Aber sie war doch im Wald. Wie konnte sie dann hier sein?

Alle paar Schritte blieb sie stehen, um einen neuen Stein aufzuheben und zu werfen. In der linken Hand schwang sie Blutbeißer.

Ein Stein traf das Kind an der Stirn, und aus der klaffenden Wunde begann ebenfalls, Blut zu fließen. Der Junge brach in Tränen aus.

»Meryl! Was machst du da? Hör sofort auf!« Mit meiner freien Hand fand ich mein Taschentuch und drückte es ihm an die Stirn.

»Lass ihn los, Addie!«

Er war doch nur ein Kind! Aber trotzdem ließ ich seine Hand los.

Inzwischen war Meryl bei uns angekommen und richtete das Schwert auf den Jungen.

Sein Geheul wurde schriller. Am liebsten hätte ich ihn in den Arm genommen und getröstet. Was machte Meryl da?

»Lass ab von meiner Schwester! Du kannst sie nicht haben!«

Er hörte auf zu weinen und kicherte bösartig. Dann ging eine Verwandlung mit ihm vor – er verblasste. Durch seinen offenen, lachenden Mund konnte ich die Bäume sehen.

Er war ein Geist! Fassungslos trat ich ein paar Schritte zurück.

Er löste sich in Luft auf.

»Bleib hier, du Ungeheuer!«, sagte Meryl. »Ich befehle es dir!«

Sein Gesicht wurde wieder voll sichtbar, aber sein Körper blieb geisterhaft durchsichtig. Ich erschauerte. Vor mir stand ein leibhaftiges Ungeheuer!

»Sag mir«, forderte Meryl. »Wann werden meine Abenteuer beginnen?«

Er kicherte noch immer und jetzt erkannte ich das volle Ausmaß seiner Boshaftigkeit. »Euer erstes Abenteuer habt Ihr soeben hinter Euch, also haben sie bereits begonnen. Aber Euer nächstes wird nicht Euren Erwartungen entsprechen.« Er lachte heftiger und begann, sich wieder in Luft aufzulösen.

»Wann wird es kommen?«

»Nur eine Frage ist erlaubt.« Und dann verschwand er mit einem letzten kreischenden Lachen.

»Oh, Meryl!« Fast wäre ich mit ihm gegangen. Er hätte dafür gesorgt, dass ich mich hoffnunglos verirrte. Ich wäre umhergestreift, bis ich vor Hunger oder Gram gestorben wäre. »Woher hast du das gewusst?«

»Er war irgendwie zu schön, und ich habe mich gefragt, wie er hergekommen ist. Als ich näher kam, konnte ich keine Fußspuren entdecken.«

Trotz meiner Angst hätte ich am liebsten geweint, weil dieser niedliche Junge nicht mehr da war. Er hätte mich umgebracht, aber ich stand da und war traurig, dass ich ihn verloren hatte. Das war wahre Magie. Ich konnte nicht aufhören zu zittern.

Meryl ging in die Hocke. »Siehst du, Addie?«

Ich blickte hinunter. Der Boden am Waldrand war weich und feucht. Man sah Abdrücke von meinen und Meryls Stiefeln, aber keine von dem Jungen. Dem Geist.

Sie richtete sich wieder auf. »Was, glaubst du, meinte er mit meinem nächsten Abenteuer?«

Noch immer zitternd, schüttelte ich den Kopf. Er hatte etwas Schreckliches gemeint, da war ich mir sicher.

»Er hätte mir wenigstens sagen können, wann«, murrte Meryl. »Das war nicht wirklich eine neue Frage.«

»Du weißt, wann«, flüsterte ich. »Wenn ich vermählt bin.«

Und dann schwor ich mir, mich niemals zu vermählen. Ohne Meryl wäre Bamar ein zu gefährlicher Ort.

6

NOCH DEN GANZEN restlichen Tag war ich mitgenommen und zittrig auf den Beinen. Zum Glück kamen Geister nie ins Haus, sonst hätte ich wohl jeden Elfen und Bediensteten verdächtigt, den ich nicht gut kannte.

Ich ließ Meryl keine Sekunde mehr aus den Augen und bei Einbruch der Dunkelheit wurde sie darüber sehr ungehalten. Wir waren gerade im Wohnzimmer, wo sie versuchte, einen Schlachtplan für eine Kompanie von vierzig Rittern gegen eine siebenköpfige Ogerhorde zu entwickeln. Ich hatte Rhys' Stoff im Schoß und streichelte ihn geistesabwesend.

»Addie! Jetzt hör endlich auf, dir Sorgen zu machen! Ich kann mich so nicht konzentrieren.«

»Ich mache doch gar nichts.«

»Fast jede Minute schauderst du und schaust mich dann an.«

Allein ihr Anblick beruhigte mich ungemein. Ich betrachtete ihr Profil, ihr störrisches, eckiges Kinn und ihre Stupsnase. Sie saß über unseren kleinen Tisch gebeugt und klopfte mit dem Zeh einen Rhythmus auf den Flechtteppich. Eine Öllampe stand neben ihrem Ellbogen und ich konnte einen Tintenfleck an ihrem Fingerknöchel und einen an ihrem Ärmel ausmachen – ihre Kleider trieben die Waschfrauen immer schier zur Verzweiflung.

»Ich muss das hier ausarbeiten. Hör zu, Addie.« Sie sah auf. »Wenn du ein unwegsames Gelände hast und die Oger mit Steinen werfen, was sollen die Ritter dann zu ihrer Verteidigung machen?«

»Schnell weggaloppieren?«

»Ach, wozu habe ich dich überhaupt gefragt?« Sie beugte sich wieder über ihr Notizbuch.

Am Donnerstag war meine Angst verschwunden, überdeckt von der Aufregung, heute Rhys mein Geschenk zu überreichen. Meine einzige Sorge war, dass es regnen könnte. Aber das war nicht der Fall, obwohl es den ganzen Tag wolkig blieb.

Als wir in den Garten kamen, wartete Rhys schon auf uns. Schnell versteckte ich das Kissen hinter dem Rücken.

Er lief auf uns zu und verbeugte sich dann. »Mistress Bella, Prinzessinnen, ich bin ja so...«

»Wir haben Euch Geschenke mitgebracht«, sagte Meryl und machte einen Knicks.

Er wich einen Schritt zurück. »Ich will keine...«

»Möglicherweise existiert ein Gesetz, dass man königliche Geschenke nicht ablehnen darf«, verkündete Meryl.

»Bitte widersprecht nicht«, sagte ich zu Rhys.

Er sah überrascht aus. »Ich wollte nicht...« Wieder machte er eine Verbeugung. »Es ist mir eine große Ehre, von Euch Geschenke anzunehmen.«

»Du zuerst, Bella«, sagte Meryl.

Sie reichte Rhys ihre Spitzendecke und stand dann steif und abwartend da.

Er legte sich die Spitzendecke auf die offenen Handflächen. »Oh, ist die fein!«

Sie lächelte selbstgefällig.

»Ich weiß sie sehr zu schätzen, Mistress Bella.« Er faltete das Deckchen behutsam zusammen und schob es in den Beutel an seiner Taille.

Ich hielt ihm mein Geschenk hin. Noch nie war ich so befangen gewesen. »Ich hoffe, es gefällt Euch.«

Er betrachtete das Kissen. »Das ist eine Szene aus *Drualt*, nicht wahr? Er ist so viel kleiner als die Oger, und doch ist erkennbar, dass er sie vernichten wird. Es liegt an seiner Körperhaltung, dem Selbstvertrauen, das er verströmt.« Er sah auf. »Wie habt Ihr das bloß hinbekommen?«

Ich zuckte die Achseln, unsicher, was ich antworten sollte.

»Und wie dieser Oger aussieht!« Rhys lachte. »Dumm und wütend und hinterlistig, alles auf einmal. Ihr vollbringt mit dem Faden wahre Zauberkünste, Prinzessin Addie.«

»Ja, es ist wirklich fast wie Zauberei«, stimmte Meryl ihm zu.

»Ihre Hoheit ist eine vollendete Stickerin«, sagte Bella übertrieben züchtig.

Alle lächelten mich an.

»Jetzt ist Meryl dran«, sagte ich, unbehaglich wegen all der Aufmerksamkeit.

»Nicht hier«, sagte sie. Wir standen auf dem belebtesten Gartenweg. »Gehen wir in den alten Hof.«

Ich nickte. Dort würde uns keiner stören.

Meryl ging vorneweg und sprach über die Schulter mit uns. »Ich werde Euch etwas vortragen. Darin bin ich sehr gut.«

»Sie kann das wirklich wunderbar«, murmelte ich.

Der alte Hof lag an der Nordseite der Burg und war ringsum von Wein umrankt. Zwischen den rissigen Pflastersteinen wuchs Gras und der Springbrunnen sprudelte nicht mehr. Die Holzbank, einst farbig angestrichen, war jetzt grau.

Meryl stellte sich vor dem Springbrunnen auf. Rhys winkte mich zur Bank. Bella nahm neben mir Platz und Rhys stellte sich auf die andere Seite neben mich. Während Meryl sprach, konnte ich die ganze Zeit seine Anwesenheit spüren.

»Ich werde Drualts Kampf mit dem Drachen Yune vortragen. Zuerst wird der Drache eingeführt und dann Drualt, obwohl wir den Helden bereits kennen.« Sie holte tief Luft und begann:

»Feuriger Atem,
Schnappende Kiefer, vulkanischer Speichel;
Empfindsamer Bauch,
Umringt von lebenden Stacheln
Mit gift'gen Spitzen;
Lederschwingen, Schuppenhaut
Und peitschender Schwanz –
Zäh und erbarmungslos
Wie der Wüstensand,
Verteilend den Hitzetod
In bitt'ren Dosen –
Der Drache Yune.«

Meryl war eine wahre Meisterin in Intonation und Gestik der traditionellen bamaranischen Vortragskunst. Ihre Stimme schnappte mit den Kiefern des Drachen und peitschte mit seinem Schwanz. Beinahe verwandelte sie sich selbst in den Drachen. Als sie Yunes Bauch erwähnte, schob sie sogar ihren eigenen Bauch vor und rieb ihn mit der Hand.

»Jetzt kommt Drualt ins Spiel.

Keine Schuppen, kein peitschender Schwanz,
Kein heißer Atem.
Nur ein glänzend Gesicht,
Leuchtfeuer im Kampf.
Nur strahlende Augen,
Die Ungeheuer zu sehen,
Aber auch kleine Kinder.
Nur ein Mann, der Lachende,
Hoch aufragend unter den Seinen:
Der Recke Drualt.

Zurück geht's zum Drachen.

Yunes Schatz –
Rittergerippe,
Weiß genagt;
Maidenknochen,
Schwarz verkohlt;
Rubinbrosche;
Diamantendiadem;
Das goldene Pantöffelchen einer Lady –
Yunes Schatz,
So hoch wie ein Turm.

Und wieder zu Drualt.

Drualts Armee:
Widerstand, Drualts Ross;
Blutbohrer, Drualts Dolch;
Blutbeißer, Drualts Schwert;
Drualts eigene kräftige Beine,
Stützen und Gehilfen.
Drualts eigene starke Arme,
Verteidiger und Angreifer;
Drualts Armee,
Nur Sehnen und Stahl.«

Meryls Rezitation war absolut fesselnd. Sie übertraf sich sogar selbst. Die Einleitung ging noch ein paar Minuten weiter, gefolgt von Drualts Aufforderung zum Kampf und Yunes höhnischer Erwiderung. Dann kämpften Held und Ungeheuer in der verlassenen Wüste vor Yunes Höhle.

»Rauch stieß Yune aus,
Eine Wolke heiß und dicht
Und gallenbitter.
Die Wolke verschluckte Drualts Armee.
In ihrem Innern, da
Stolperte Widerstand
Und würgte,
Schlug mit den Hufen im Rauch.
Drualt, der Lachende,
Vernahm Yunes Lachen.
Da hob er Blutbeißer!
Mit hellem Glanz schlug das Schwert
Eine Bresche, wie ein Sonnenstrahl,
Zur klaren Luft
Und, unbemerkt,
Zu Yune.«

Neben mir sprach Bella tonlos mit Meryl mit. Ich warf einen Blick zu Rhys hinauf. Er stand aufmerksam vorgebeugt und nickte zu Meryls Worten.

Meryl fuhr fort. Drualt benutzte die Rauchwolke als Deckung, um unbemerkt unter Yunes Flügel zu gelangen. Er stach ihr in den Bauch und verwundete sie. Der Kampf dauerte mehrere Stunden und beide trugen viele Verletzungen davon. Dann wendete sich das Blatt gegen Drualt. Er wurde vom Pferd geworfen und Blutbeißer wurde ihm aus der Hand geschlagen. Bevor er sein Schwert wieder aufheben konnte, zerschmolz Yune es mit ihrer Flamme.

Meryl sah blass aus, und ich meinte, sie zittern zu sehen. Sie ist erschöpft, dachte ich und fragte mich, warum. Aber ihre Stimme war ruhig, tiefer und voller als sonst.

Drualt wusste, dass ihm jetzt nur noch eine List helfen konnte. Er lief zu Yunes Schatz, während Feuer an seinen Fersen leckte, und sprang mitten hinein. Sofort verschluckte Yune ihre Flamme, weil sie ihren kostbaren Besitz nicht vernichten wollte. Dann scharrte sie, auf der Suche nach Drualt, in dem Haufen aus Schmuck und Knochen herum.

»Im verfaulenden,
Ekel erregenden Schatz
Fand Drualts lebende Hand
Das Schwert
Des lang verstorb'nen Helden
Arkule. Mit ihren Klauen wühlte Yule
Im verrotteten Haufen
Und stach Drualt fast
Das scharfe rechte Auge aus.
Eine Klaue traf stattdessen
Drualts versengte Schulter.
Triumphierend rief der Drache:
›Du bist nun mein. Mein ganz allein!
In meiner Hand liegt's, dich zu verbrennen, dich zu
Verkohlen und zu töten.‹
Yune hob Drualt hoch,
Doch auf dem Weg hinauf,
Dem Verhängnis entgegen,
Stieß Drualt Blutbohrer
In Yunes weiches Fleisch
Und bohrte …«

Unvermittelt brach Meryl ab. Sie atmete stoßweise und hielt sich die Seite. Bella und ich sprangen auf. Rhys machte einen Schritt auf Meryl zu.

Doch sie hob abwehrend die Hand. »Mir geht es gut.«

»... bohrte Arkules langes,
Altes Schwert
In Yunes steinern Herz.«

Der Vortrag war zu Ende. Meryl wollte knicksen, verlor aber das Gleichgewicht und fiel beinahe hin. Dann fing sie sich wieder und machte den Knicks. Lächelnd stand sie da.

Das Lächeln wirkt gezwungen, dachte ich, zu strahlend, um echt zu sein.

Rhys applaudierte laut und begeistert. Ich stand auf und klatschte ebenfalls. Jetzt klatschte auch Bella, runzelte dabei aber die Stirn. Wir wussten beide, dass Meryl sonst immer erst am Schluss der Drachenstrophen aufhörte, nach Yunes Zusammenbruch, nachdem Drualt knapp dem Erstickungstod entronnen und er wieder mit seinem Pferd Widerstand vereinigt war. Ihrer Meinung nach hatte der Kampf erst dann wirklich sein Ende, wenn alles restlos geklärt war.

»Wunderbar! Fantastisch!« Rhys klatschte noch immer. »Ich habe noch nie jemanden so toll rezitieren hören!«

»Vielen Dank.« Meryl ließ sich auf die Bank sinken.

Rhys' Miene wechselte von Freude zu Besorgnis.

Sie muss sich erkältet haben, dachte ich, während ich mich neben sie setzte.

»Ihr solltet Euch zurückziehen und etwas ausruhen«, sagte Bella. »So ein warmer Tag... die Anstrengung...«

»Ich bin nicht müde. Das Rezitieren gibt mir immer Energie. Das weißt du doch.«

Aber sie blieb weiterhin sitzen. Sonst konnte sie nach dem Rezitieren Bäume ausreißen.

»Jetzt bin ich an der Reihe, Euch etwas darzubieten.« Rhys sah immer noch besorgt aus. »Zauberlehrlinge dürfen das zwar eigentlich nicht, aber...« Er lächelte entschuldigend. »Ich kann der Versuchung einfach nicht widerstehen.«

Er stellte sich vor den Brunnen, wo gerade noch Meryl gestanden hatte. »Diese Wolken können mir nützlich sein.« Er zog seinen goldenen Zauberstab hervor und richtete ihn nach oben.

Sofort waren wir in so dichten Nebel gehüllt, dass ich, als ich hinunterblickte, meine Arme nur noch bis zu den Ellbogen sehen konnte.

Ich hörte Rhys sagen: »Nein. Nein.«

Der Nebel verzog sich und eine kleine, dichte Wolke schwebte zum Brunnen herab. Ein Donnergrollen ertönte aus der Wolke – leichter und süßer klingend als normaler Donner. Es war ein Kleine-Wolke-Donner, ohne Blitz, aber rhythmisch: ta-dum *dum*, ta-dum *dum*. Dazu pulsierte die Wolke im Takt, gerade so als würde sie tanzen.

Ich lächelte. Auch Meryl lächelte, den Kopf an meine Schulter gelehnt. Ich sah zu Bella hinauf, deren Miene unbewegt blieb. Sie war nicht so leicht für sich einzunehmen.

Wieder hob Rhys den Zauberstab. Ein kleiner Wolkenfetzen kam herangesegelt und schwebte neben seiner donnernden Kusine in der Luft. Rhys deutete mit seinem Zauberstab auf den Wolkenfetzen, und sogleich wiegte er sich hin und her, als gehe ein starker Wind. Wir konnten den Wind sogar hören, erst ein lautes *SCH*, dann ein leises *sch*, wieder ein lautes *SCH* und ein leises *sch*.

Ta-dum *dum SCH*, ta-dum *dum sch*, ta-dum *dum SCH*.

Jetzt richtete Rhys den Zauberstab wieder auf die kleine Wolke und Regen begann, aus ihr herabzufallen. Die Regentropfen trafen mit einem hohen metallischen Klopfen und leise schlürfendem Platschen und spitzen Plinks und dumpfem Klatschen auf dem Boden auf. Es klang wie Musik, wie lustige, alberne Plätschermusik.

Meryl und ich lachten und selbst Bella musste lächeln. Ich merkte, wie ich im Takt mit dem Wolkenkonzert mitwippte, und Meryl bewegte den Finger, als würde sie dirigieren.

Dann begann Rhys zu singen und vervollständigte damit das lustige Ständchen. Seine Stimme glitt über die ganze Tonleiter hinweg, in einem Moment noch im hohen Falsett, im nächsten schon im Bass. »Vielen Dank für meine Geschenke«, sang er. »Vielen Dank, Prinzessin Meryl, für die Rezitation, und vielen Dank, Mistress Bella, für das Spitzendeckchen, und vielen Dank, Prinzessin Addie, für das Kissen. Danke, dass Ihr meine neuen Freunde seid.«

Er hob den Zauberstab und die Musik steigerte sich zu einem wilden Crescendo. Dann schickte er die Wolken mit einer Handbewegung wieder in den Himmel hinauf und verbeugte sich.

Wir applaudierten, und ich klatschte, bis mir die Hände brannten. Ich erwartete, dass Meryl ihn mit Lob überschütten würde, aber sie blieb stumm. Also sagte ich: »Das war wirklich bezaubernd, findest du nicht, Meryl?«

Sie nickte lächelnd. Dann stand sie auf. »Ich bin müde. Bella, ich würde gern …«

»Entschuldigt uns, Rhys.« Bella sprang auf. Sie legte Meryl einen Arm um die Schulter. »Sie scheint eine Erkältung auszubrüten. Ein bisschen Ruhe wird ihr gut tun.«

»Vielen Dank für die Darbietung«, sagte Meryl. Sie machte einen Knicks und wandte sich zum Gehen.

Ich wandte mich ebenfalls um.

»Wartet, Prinzessin Addie«, sagte Rhys. »Könntet Ihr noch einen kurzen Moment hier bleiben?«

Ich errötete und nickte glücklich. Ich war gespannt, was er mir wohl sagen wollte.

Die beiden anderen gingen, aber er blieb stumm und starrte ihnen lange nach. Als sie hinter einer Trauerweide verschwunden waren, sah er mich an, und Tränen standen ihm in den Augen.

»Manche sterben so jung.« Er blickte in den Himmel hinauf. »Ich habe darüber schon mit Orne, meinem Lehrmeister gesprochen, aber er sagte nur: ›Ihr Leben ist kurz, das ist nun mal ihr Los.‹« Rhys schüttelte den Kopf. »Er hat kein Mitgefühl. Eure Schwester…« Er hielt inne. »Oh, Prinzessin Addie, ich sage es nur äußerst ungern…«

»Was?« Meine Stimme wurde laut. »Was ist?«

»Es hat heute angefangen. Gestern war's noch nicht. So ist es immer. Prinzessin Meryl… hat den Grauen Tod.«

7

MERYL?« Ich stieß ein gezwungenes Lachen aus. »Heute Morgen noch ist sie gleich nach dem Aufstehen in den Stall gelaufen und dann sind wir stundenlang ausgeritten.«

»Ich kenne den Anblick nur zu gut. Ich habe in einem Dorf gelebt ...«

Meryl den Grauen Tod haben? Nein, das konnte nicht sein. Nicht Meryl.

»Das ist unmöglich«, sagte ich ruhig. »Ihr kennt sie nicht. Meryl wäre die Letzte, die daran erkranken würde. Sie ist zu stark. Sie würde sich schlichtweg weigern, ihn zu bekommen.« Ich hob die Stimme. »Und woher wollt Ihr das überhaupt wissen? Ihr seid kein Elf. Ihr seid nicht mal ...«

»Ich habe schon hunderte gesehen, die am Grauen Tod erkrankt sind.« Er nahm meine Hände.

Ich entzog sie ihm wieder. »Sie ist nicht krank, Ihr werdet schon sehen.« Ich rannte in die Burg. Sie konnte nicht krank sein. Ich würde Milton suchen, und er würde mir sagen, dass mit ihr alles in Ordnung war.

In der Kräuterkammer standen zwei Elfen, die ich kaum kannte. Ich hörte, wie Meryls Name fiel, aber das musste nichts bedeuten. Milton war nicht da. Ich drehte mich auf dem Absatz um und rannte weiter.

Vor Meryls Zimmer stand Bella im Flur und weinte. Ich stürzte an ihr vorbei und öffnete die Tür.

Meryl saß in einem Nachthemd aufrecht im Bett, mit Blutbeißer im Schoß. Bei ihrem Anblick wurde mir leichter ums Herz. Sie sah so aus wie immer. Das war die Meryl, die ich kannte – mit der einzigen Ausnahme, dass sie mitten am Nachmittag im Bett lag.

Milton arrangierte Anemonen in einer Vase auf dem Nachttisch. Anemonen! Die Blumen der Sterbenden. Sofort sauste ich zu ihm und entriss sie ihm.

»Die braucht sie nicht!« Ich rannte zu einem Fenster, kurbelte es auf und warf die Blumen hinaus.

»Milton meint, dass ich den Grauen Tod habe.«

Ich drehte mich um. Ich sah, wie viel Angst sie hatte. Ihre Augen waren groß. Sonst hatte sie doch nie Angst!

Ich lief zu ihr. »Milton irrt sich.« Ich starrte ihn wütend an. »Du machst ihr Angst.« Aber mir würde er keine Angst machen. Sie hatte den Grauen Tod nicht.

Er schaute mir direkt in die Augen, mit dem traurigsten Blick, den ich je gesehen hatte.

Ich setzte mich aufs Bett und umarmte Meryl fest.

»Blutbeißer kommt mir so schwer vor, Addie.« Sie drehte das Schwert in ihrem Schoß herum.

Das konnte nicht sein! »Du bist müde. Das ist alles. Tut dir denn etwas weh?«

Sie schüttelte den Kopf. »Als Milton mir gesagt hat, dass ich den Grauen Tod habe, wollte ich es zuerst auch nicht glauben. Zum Beweis, dass er sich irrt, wollte ich Blutbeißer holen und vor ihm fechten. Aber ich konnte Blutbeißer kaum vom Kaminsims heben.« Sie lachte erstickt auf. »Wie soll ich bloß Ungeheuer erschlagen und Bamar retten, wenn ich nicht mal mehr mein Schwert heben kann?«

»Du wirst Ungeheuer erschlagen«, sagte ich. »Du wirst sogar hundert Ungeheuer erschlagen. Wenn es *wirklich* der Graue Tod ist, dann kannst du gegen ihn ankämpfen und ihn bezwingen.«

Sie lachte wieder – es war halb Weinen, halb Lachen. »So war es eigentlich nicht gedacht, dass ich diejenige bin, die krank wird. Ich wollte doch das Heilmittel finden.«

»Wenn du die Krankheit bekämpfen und bezwingen kannst, hast du das Heilmittel gefunden«, sagte ich.

Wie konnte sie so krank sein? Forschend betrachtete ich ihr Gesicht. Ich konnte nicht sagen, was in ihr vorging. Sonst wusste ich es immer, aber diesmal nicht.

Sie konnte nicht den Grauen Tod haben!

Eine lauwarme Brise wehte vom offenen Fenster herein und man hörte von draußen die Rufe der Dienstbotenkinder, die im Garten spielten.

Meryl sagte: »Addie, heute Morgen im Stall, bevor du runterkamst, habe ich einen der Stallburschen angefahren. Er hat nur ein bisschen getrödelt. Du hättest nie mit ihm geschimpft. Meinst du, wenn ich netter zu ihm gewesen wäre...« Sie brach ab und redete dann weiter. »Meinst du, wenn ich netter gewesen wäre, hätte mich der Graue Tod in Ruhe gelassen?«

Unfähig zu sprechen, schüttelte ich den Kopf. Endlich sagte ich: »Es ist nicht deine Schuld, dass du krank bist.« Ich wiederholte es: »Es ist nicht deine Schuld und es ist nicht der Graue Tod.«

In diesem Augenblick kamen Vater und Rhys herein, gefolgt von Bella. Ich knickste und Milton verbeugte sich.

»Guten Tag, Vater«, sagte Meryl.

Er schritt in seiner üblichen würdevollen Art zum Bett, mit so ruhiger Miene wie eh und je.

Das hieß, dass es nicht stimmen konnte. Sonst wäre er ja wohl an ihr Bett gestürzt. Er wäre erschüttert gewesen, sogar er!

»Meine Tochter... Meryl.« Er sah zu Milton hinüber. »Bist du dir sicher, dass sie krank ist?«

»Ja, Majestät. Sie hat den Grauen Tod.«

Vater zog ein kleines, zerlesenes Buch aus seinem Umhang. Es war sein ständiger Begleiter, sein über alles geliebter Ratgeber.

Er sagte: »Ich habe das *Buch der Lebensweisheiten* zu Rate gezogen.« Er schlug es auf und las: »›Mit halben Maßnahmen reißt man kein Krebsgeschwür heraus.‹ In der Vergangenheit habe ich immer wieder Gesandte ausgeschickt, um das Heilmittel gegen den Grauen Tod zu finden, aber in den *Lebensweisheiten* steht geschrieben, dass das nicht ausreicht. Ich muss mich selbst auf den Weg machen.«

Ich wusste nicht recht, ob ich mich verhört hatte. Vater hatte es noch nie gewagt, sich weit von der Burg zu entfernen.

»Meine Tochter ...«

»Ja, Vater?«

Er streckte die Hand aus, als wolle er Meryl berühren, zog die Hand aber gleich wieder zurück. »Leb wohl. Ich werde morgen früh aufbrechen. Komm, Rhys.« Er ging auf die Tür zu.

Rhys sah erst zu Meryl, dann zu mir. Mit einer Verbeugung folgte er Vater.

Sobald sich die Tür geschlossen hatte, lief Bella zu Meryl. »Deckt Euch gut zu! Sonst erfriert Ihr noch.«

Sie versuchte, so zu tun, als wäre der Graue Tod eine harmlose Erkältung. Da endlich kamen mir die Tränen und mit ihnen der Glaube, dass es stimmte. Meryl hatte den Grauen Tod. Ich rannte aus dem Zimmer.

Draußen im Flur kam die Sturzflut. Ich lief in mein Schlafgemach und warf mich schluchzend aufs Bett.

Auf tausend Bildern sah ich Meryl vor mir – wie sie fechten übte, auf Bane galoppierte, über ihrem Schlachtstrategie-Buch hockte, sich meine Ängste anhörte, mich beruhigte, mir Geschichten erzählte, mich vor einem Geist rettete. Die starke Meryl, die kecke Meryl, die mutige Meryl. *Meryl.*

Ich weinte und weinte, aber schließlich zwang ich mich aufzuhören. Ich schluckte die Tränen hinunter und atmete langsam und tief ein und aus. Ich würde nicht weinen, so als wäre sie schon tot, wo sie doch gar nicht sterben würde.

Sie würde gegen den Grauen Tod ankämpfen und ihn bezwingen.

Oder aber Vater würde das Heilmittel finden.

Mir kam die alte Prophezeiung in den Sinn: Das Heilmittel für den Grauen Tod würde gefunden werden, wenn die Ängstlichen Mut fanden und über ganz Bamar Regen niederging. Vater schien Mut gefunden zu haben, also würde der andere Teil vielleicht auch in Erfüllung gehen.

Es gab Hoffnung. Seit Meryl aus dem Epos vorgetragen hatte, hatte sich die Wolkendecke nicht aufgelöst. Vielleicht sammelten sich ja überall in Bamar Wolken und der Regen mochte nicht mehr lange auf sich warten lassen.

Und Meryl war so stark und quicklebendig. Warum sollte sie den Grauen Tod nicht bezwingen können?

Ich fragte mich, wie es wohl Trina ergangen war, obwohl es eigentlich nicht wichtig war. Trina war nicht Meryl.

Ich lachte bitter auf. Jahrelang hatte ich Angst gehabt, Meryl würde die Burg verlassen und draußen umkommen. Nie wäre ich auf die Idee gekommen, sie könnte zu Hause bleiben und hier sterben.

8

IN DIESER NACHT tat ich kein Auge zu. Ich lauschte, ob es vielleicht regnete, und weinte wieder und diesmal konnte ich gar nicht mehr aufhören.

Irgendwann brach die Morgendämmerung an. Regen war nicht in Sicht, aber der Himmel war noch immer wolkenverhangen.

Ich zog mich an und lief hinunter, um Vater zu verabschieden. Im Hof fand ich jedoch nur einen gähnenden Burschen mit einem Besen, der mir mitteilte, dass König Lionel sich gerade zum Frühstück niedergelassen habe.

Worauf wartete er denn noch? Die Sache duldete keinen Aufschub. Ich rannte zum Bankettsaal, wo ich eine Weile in der Tür stehen blieb. Tatsächlich, da war Vater. Er kaute bedächtig und nickte bedächtig zu den Worten des Rates zu seiner Linken.

Ich machte auf dem Absatz kehrt und rannte in den Stall. Überall liefen Stallburschen hin und her. Einer von ihnen sattelte Vaters Ross. Mehrere Ritter kümmerten sich um ihre Pferde und gaben ihren Junkern Anweisungen.

Etwas beruhigter kehrte ich in die Burg zurück. Meryl schlief noch, was sie sonst nie länger tat als bis um sieben, und jetzt war es fast acht. Milton saß auf dem blauen Sessel und strickte. Als ich eintrat, nickte er mir zu. Ich setzte mich auf den Fenstersitz.

Alle paar Minuten blickte ich in den Hof hinunter, um zu sehen, ob Vater schon nach draußen gegangen war. Allmählich fragte ich mich, ob er es sich anders überlegt hatte.

Um halb zehn schlug Meryl die Augen auf. Sie lächelte mich an, und dann konnte ich fast dabei zusehen, wie ihr langsam bewusst wurde, dass sie ja krank war. Sie hörte auf zu lächeln und schloss fest die Augen. Als sie sie wieder öffnete, starrte sie mich mit großen Augen an. Es war der für sie typische wütende Blick. Den hatte ich schon an die tausend Mal bei ihr gesehen – wenn wir schlechte Neuigkeiten über Ungeheuer erfuhren, wenn Bella ihre albernsten Regeln verkündete oder Vater mal wieder feige war. Aber niemals, in keinem Moment, hatte sie mich so angesehen.

Ich stand auf, um zu ihr zu gehen, aber sie schüttelte den Kopf.

»Lass mich in Ruhe, Addie.«

Ich setzte mich wieder.

»Nein, ich meine, geh weg. Milton kann bei mir bleiben.«

Warum tat sie das? Warum war sie wütend auf mich? Ich lief zur Tür.

»Addie?«

Mit neu erwachter Hoffnung drehte ich mich um.

»Milton wird dir Bescheid geben, wenn du wieder kommen kannst.«

Ich ging in mein Zimmer, jetzt noch unglücklicher als zuvor, weil Meryl mich hinausgeworfen hatte. Ich sah aus dem Fenster, aber der Hof war menschenleer. Mehr als einmal dachte ich daran, einfach bei Meryl hereinzuplatzen und mich standhaft zu weigern, wieder zu gehen.

Endlich, kurz vor Mittag, sammelten sich Vater und seine Ritter im Hof. Ich rannte nach unten, froh, endlich etwas zu tun zu haben.

Ich war überrascht, dass Vater nur fünfzehn Ritter mitnehmen wollte, wo es doch eigentlich mindestens ein Bataillon sein sollte. Nein, die gesamte Armee sollte ausrücken, um Meryl zu retten, jeder Ritter, jeder Bogenschütze und jeder Pikenier.

Die Ritter machten einen ungeheuren Wirbel – ihre Rüstungen schepperten, die Pferde stampften und schnaubten. Und mitten in dem Treiben saß Vater seelenruhig auf seinem Pferd, den Blick unverwandt auf das Land hinter der Zugbrücke gerichtet. Er war in voller Rüstung, nur sein Helm lag noch in seinem Schoß.

Los, dachte ich. Brich endlich auf. Es ist schon genug Zeit nutzlos verstrichen.

Eine kleine Menschenmenge hatte sich zusammengefunden. Auch Rhys war da, er stand in der Nähe von Vaters Räten, die die Köpfe zusammengesteckt hatten. Ich ging zu ihm und wie immer verbeugte er sich.

Ich machte einen Knicks, und dann sprach ich so leise, dass nur er mich hören konnte: »Wisst Ihr, wo Vater hin will?«

»Ich habe es aus seinem eigenen Munde: Er will als Erstes zur Elfenkönigin, da sie das Heilmittel für viele Gebrechen und Leiden kenne.«

Das ergab doch keinen Sinn! Wenn Königin Seema das Heilmittel für den Grauen Tod kannte, hätte sie sicher ihren Elfenpflegern davon erzählt, und dann wüsste Milton davon. Zudem war die Hauptverkehrsstraße gen Osten, die zu ihrer Burg führte, die beste und sicherste in ganz Bamar. Vater hatte also, wenn überhaupt, nur ein Quäntchen Mut gesammelt.

Er entdeckte mich und winkte mich zu sich. Auf dem Weg zu ihm musste ich einem tänzelnden Hengst ausweichen.

»Auf Wiedersehen, meine Tochter. Wie steht es so schön im *Buch der Lebensweisheiten* geschrieben? ›Abschied ist nicht nur ein Neuanfang für diejenigen, die gehen, sondern auch für die, die zurückbleiben.‹ Möge es so sein.«

»Lebt wohl, Vater. Möge der Erfolg mit Euch reiten.« Rettet Meryl. Rettet mich.

Er setzte seinen Helm auf und gab seinem Pferd die Sporen. Hinter ihm reihten sich seine Ritter ein. Endlich brachen sie auf. Ich sah zum Himmel hinauf und hoffte, die Wolkendecke würde noch dichter werden.

Als Vater und seine Ritter über die Zugbrücke geritten waren, drehte ich mich um und ging zur Burg zurück. Rhys lief neben mir her. Ich hatte Meryl seit vielen Stunden nicht mehr gesehen. Bestimmt würde sie mich jetzt wieder zu sich lassen.

Rhys sagte nichts, aber ich spürte, dass er traurig war.

»Meryl wird wieder gesund«, sagte ich. »Sie wird zu ihrer alten Stärke zurückfinden oder aber Vater findet das Heilmittel.«

Rhys schwieg noch immer.

Ich blieb stehen. »Könnt Ihr denn nichts für sie tun? Ihr seid doch Zauberer.«

»Ach, Prinzessin Addie.«

»Gibt es denn gar keine Magie, mit der man entweder sie stärken oder den Grauen Tod schwächen kann?«

Er schüttelte den Kopf. Er sah fast aus wie ein Tor, wie er so unentwegt den Kopf wiegte. Wozu waren Zauberer eigentlich gut? Ich ging wieder los, diesmal einen Schritt schneller.

»Unsere Macht reicht dazu nicht aus. Nur Feen können das«, sagte er, während er mühelos mit mir Schritt hielt.

»Ich weiß«, murmelte ich und bedauerte es schon, gemein zu ihm gewesen zu sein.

Eine Weile sprach keiner von uns ein Wort. Dann sagte er: »Ich habe Anweisung von König Lionel, täglich zu ihm zu fliegen, bis ich in unsere Zitadelle muss.« Er fügte hinzu: »Es handelt sich um eine Zeremonie für die Zauberlehrlinge. Ich wünschte, sie würde nicht schon so bald stattfinden.«

»Wann müsst Ihr los?«

»In einer Woche. Ich werde neun Tage weg sein.« Er hielt mir die Holztür zum Treppenhaus auf. »Bis dahin wird mir der König jeden Tag seine Fortschritte melden und ich soll dann seine Räte in Kenntnis setzen.« Er hielt inne.

Ich sah auf.

Er errötete. »Und Euch auch.«

Sein Erröten verriet ihn. Vater hätte nie von selbst an mich gedacht – außer wenn es ausdrücklich in den *Lebensweisheiten* gestanden hätte.

Ohne nachzudenken, fragte ich: »Müsst Ihr denn wirklich in Eure Zitadelle?« Jetzt war ich es, die über meine eigene Kühnheit errötete.

»Ja, das muss ich.«

»Könnt Ihr nicht später hinkommen?«, bettelte ich. Es war eine Schande, aber da Meryl krank war und mich nicht zu sich ließ, brauchte ich jemanden, der... mich beschützte? Wieder brannten mir Tränen in den Augen. Ich war ja so ein Feigling. Genau wie Vater.

Rhys sagte: »Nein, das geht leider nicht. Man holt mich dorthin, ob ich nun will oder nicht.«

»Oh.«

Den restlichen Weg schwiegen wir. Ich fragte mich, ob Meryl wohl noch immer wütend auf mich war.

Als wir ihr Gemach erreichten, blieb ich zögernd davor stehen. Was, wenn sie mich noch immer nicht sehen wollte? Ich klopfte.

»Herein.« Ihre Stimme klang fröhlich.

Beim Eintreten erblickte ich als Erstes Bella, die im roten Sessel am Kamin saß. Als Nächstes sah ich Meryl. Sie war auf den Beinen und stand angezogen am Fußende ihres Bettes. Ein, zwei Meter neben ihr stand Milton mit Blutbeißer. Meryl breitete die Arme aus und ich lief zu ihr.

Sie flüsterte an meinem Hals: »Es tut mir Leid, Addie. Ich war so wütend, dass ich einfach keine gesunden Menschen um mich ertragen konnte. Ich werde dich nicht noch einmal wegschicken. Außerdem werde ich nicht lange krank sein.« Sie bog den Kopf leicht zurück. »Mir ist nämlich etwas klar geworden.«

Ich sah zu ihr hinunter.

Ihre Augen leuchteten. »Das ist es, was der Geist gemeint hat. Dies ist mein nächstes Abenteuer! Der Graue Tod. Und wenn es ein Abenteuer ist, muss es vermeidbar sein, dass ich sterbe.«

Konnte sie Recht haben? Ich erwiderte ihr Lächeln und nickte. Natürlich hatte sie Recht!

»Und jetzt geh mal ein Stück zurück und schau her. Milton, gib mir mein Schwert.« Sie nahm es und hob es mit beiden Armen. Ihre Arme zitterten von der Anstrengung. Sie machte einen Ausfallschritt, verlor das Gleichgewicht und fiel unsanft auf die Knie. Blutbeißer landete scheppernd auf dem Fliesenboden.

Sofort stürzten alle zu ihr.

»Nein!« Sie winkte ab. »Ich kann allein aufstehen.« Sie rappelte sich auf und stand dann bewegungslos da. Sie atmete stoßweise. »Seht Ihr, Sir Grauer Tod? Ich kann alles, was ich will.«

Aber das stimmte nicht. Sie konnte kaum noch etwas tun.

Bella weinte und ich war entsetzt. Meryls Kräfte ließen so schnell nach. Wenn es so weiterging, würde die nächste Phase, der Schlaf, nicht lange auf sich warten lassen. Und danach verblieben Meryl nur noch zwölf Tage.

Rhys hob das Schwert hoch und gab es ihr.

»Danke.« Sie hielt das Schwert mit beiden Händen, machte wieder einen Ausfallschritt, und diesmal fiel sie nicht hin.

Das war ja schon mal etwas.

»Siehst du«, sagte ich. »Du hast es geschafft.«

»Legt es bitte beiseite.« Auffordernd hielt sie Rhys das Schwert hin und dabei zitterten ihre Arme wieder. »Ich werde später weiterüben. Ich denke, jetzt gehe ich erst mal etwas auf und ab.«

Sie schritt auf die Tür zu. Ihre Bewegungen waren langsam, aber mühelos. Das dachte ich zumindest, bis ich ihre zusammengeballten Fäuste sah und die pochende Ader auf ihrer Stirn. An der Tür drehte sie sich um und ging zurück zum Fenster.

Wir sahen ihr schweigend und angespannt zu.

Bei der fünften Zimmerdurchquerung atmete sie schwer. Trotzdem schritt sie noch drei weitere Bahnen ab. Vom bloßen Zuschauen schmerzten mir die Beine und ich keuchte mit ihr.

Ich musste mir auf die Zunge beißen, um sie nicht zu bitten, sich auszuruhen.

Sie blieb stehen. »Glaubst du, das reicht, Addie? Rhys? Glaubt ihr, ich schlage den Grauen Tod zurück?«

Ich hatte ungeheure Angst, sie würde jeden Moment zusammenbrechen, aber trotzdem sagte ich: »Ich glaube, der Graue Tod ist noch niemals jemandem wie dir begegnet!«

Rhys stimmte mir zu und Milton half ihr ins Bett.

»Bella, würdest du uns heute hier unterrichten? Ich möchte es so, als ob ... ich möchte es einfach. Morgen sind wir dann wieder in der Bibliothek. Morgen ...«

»Ihr solltet Euch ausruhen«, sagte Bella. »Die Lektion für heute heißt: Wenn jemand krank ist, sollte er sich ausruhen.«

»Addie glaubt, ich darf nicht zulassen, dass der Graue Tod Macht über mich bekommt.«

»Sie darf nicht nachgeben«, stimmte ich ihr zu und hoffte inständig, dass ich Recht hatte. »Ich finde, wir sollten ruhig unseren Unterricht abhalten. Kannst du den Schluss von *Drualt* und den Angriff der Ungeheuer auf Bamar durchnehmen?« Wenn irgendetwas Meryl gegen den Grauen Tod stärken konnte, dann das.

Milton war der Meinung, eine Unterrichtsstunde könnte nicht schaden, und so rief Bella nach den Bediensteten, damit sie uns Bücher und einen Tisch aus der Bibliothek holten. Rhys verabschiedete sich, um die Räte des Königs aufzusuchen.

Die Bediensteten brachten drei Stühle herein und stellten sie um den Tisch. Meryl ging das kurze Stück bis dorthin mit zehn langsamen, kleinen Schritten und setzte sich schwer atmend hin. Ich hatte meine Hände zu Fäusten geballt. Als ich sie öffnete, sah ich auf meinen Handflächen, wo sich die Fingernägel eingegraben hatten, lauter weiße Stellen.

Bella schlug das Buch *Greife, Oger und Drachen: die Schlachten von Bamar gegen die Ungeheuer* auf. Sie zog ihre Brille aus ihrem Handtäschchen und nahm ihre Lehrerinnen-Stimme an. »Ich hoffe, Ihr erinnert Euch noch daran, dass König Alfred der erste König war, von dem uns schriftlich überliefert wurde.« Sie begann zu lesen. *»Als er drei Jahre lang an der Macht war, verwüstete ein Ogerstamm …«*

Im Ersten Ogerkrieg hatte König Alfred fünf Jahre gebraucht, um eine Horde Oger zurück zum Eskerngebirge zu treiben, das im Norden unsere natürliche Grenze bildete. Unter der Herrschaft von Alfreds Neffen begann das Drachenweibchen Vollys, die Dörfer in der Ebene von Bamar anzugreifen, was sie bis zum heutigen Tage tat.

Als Bella kurz innehielt, sagte Meryl: »Addie, erinnerst du dich noch daran, was ich zu dir gesagt habe, als Vollys letztes Jahr diesen Bauern hinweggerafft hat?«

Ich schüttelte den Kopf, obwohl ich mich sehr wohl daran erinnern konnte. Doch ich wäre in Tränen ausgebrochen, wenn ich es ausgesprochen hätte.

»Ich sagte: Eines Tages werde ich Vollys erschlagen und ihre Eier als Omelett verspeisen.« Meryl holte tief Luft. »Ich werde sie noch immer erschlagen. Ich hoffe, Ihr hört mir gut zu, Grauer Tod. Ich werde es noch immer tun!«

»Ja, das wirst du!«, sagte ich, um sie aufzumuntern. Und mich auch.

»Meryl«, sagte Bella, »der Drache wird Euch schneller schnappen, als Ihr schauen könnt, egal ob Ihr krank seid oder nicht. Vollys … Aber hört gut zu. Es kommt genau in dieser Lektion vor.« Sie zählte die vielen Verwüstungen des Drachen auf: heruntergebrannte Bauernhöfe, an Ort und Stelle gefressenes Vieh, verschleppte Familien, in ihren Rüstungen geröstete Ritter, geplünderte Burgen. Und alle Menschen tot oder auf Nimmerwiedersehen verschwunden.

Bella kam zum Zweiten Ogerkrieg. Anfangs saß Meryl noch aufrecht auf ihrem Stuhl und stellte Fragen oder gab Kommentare ab, aber nach einer Viertelstunde wurde sie schweigsam und hielt sich mit der Hand an der Tischkante fest.

Sie durfte nicht wieder umkippen! Ich stand auf. Im selben Moment legte Milton sein Strickzeug beiseite und ging zu ihr.

»Ein wenig Ruhe kann nicht schaden«, sagte er.

Sie nickte. »Ja, ich glaube, im Bett hätte ich es etwas bequemer.«

Bella klappte das Buch zu.

»Nein, nicht aufhören.« Meryl lehnte sich auf dem kurzen Weg zum Bett an Miltons Schulter.

Hatte der Kampf gegen den Grauen Tod sie geschwächt, oder wäre sie noch schwächer gewesen, wenn sie nicht gegen ihn angekämpft hätte?

Oder hatte der Graue Tod einfach die Oberhand und alles andere war ohnehin nicht von Belang?

9

REZITIER DEN SCHLUSS von *Drualt,* Bella«, bat Meryl, als Milton die Decken um sie herum feststeckte. »Das gibt mir neuen Lebensmut.«

»Wäre es nicht besser, Ihr würdet etwas schlafen?«

Energisch schüttelte Meryl den Kopf.

Sie hat noch immer etwas Kraft, dachte ich und klammerte mich verzweifelt an diesen Strohhalm.

»Ich kann nur hoffen, dass Ihr das nicht bedauert.« Bella griff nach der Bibliotheksausgabe des *Drualt*-Epos. »Ihr wisst doch noch, dass Drualt erst neunzehn war, als sein Leben endete?«

Meryl und ich nickten.

An dieser Stelle des Epos kämpften Drualt und seine Geliebte Freya allein gegen die Ungeheuer. Zuvor hatten ihnen König Bruce' Armee und sogar die zivilen Einwohner von Bamar zur Seite gestanden. Gemeinsam hatten sie die Ungeheuer bis zu den Bergen, der Wüste und dem Wald zurückgeschlagen. Doch mit der Zeit hatten die Leute immer weniger Lust gehabt, ihr Leben im Kampf gegen die Ungeheuer zu riskieren, die ihnen nur noch selten Schwierigkeiten machten.

Bella sagte: »Die letzte Episode beginnt damit, dass Drualt und seine Liebste ihr Lager vor den Mauern des Dorfes Surmic im Eskerngebirge aufschlagen. Drualt geht auf die Jagd, und Freya macht sich auf den Weg zum Fluss bei Surmic, um Fische zu fangen.«

Meryl hatte die Augen geschlossen, aber sie nickte zu Bellas Worten. Milton legte sein Strickzeug hin und lauschte andächtig.

Bella fuhr fort: »Als der Held zurückkehrt, hört er Freya um Hilfe rufen. Er galoppiert zum Fluss, wo er sie in höchster Bedrängnis findet, umzingelt von einem Dutzend Greife – und kein einziger Dorfbewohner ist ihr zu Hilfe gekommen.

Hier setze ich ein:

Zwei Greife lagen tot
Und mit herausquellenden Eingeweiden
Am Uferrand.
Zwei andere Greife taumelten
Und schwankten mit zerfleischten Flügeln.
Drualt lachte. Seine Geliebte
War eine wahrhaft wack're Kämpferin.«

Meryl öffnete die Augen und setzte sich aufrechter hin.

»Doch acht Greife fielen noch immer
Über Freya her und aßen sie
Bei lebendigem Leib.
Freya hockte auf ihren
Aufgerissenen Knien und
Kämpfte unbeirrt weiter, aber
Ihr Lebensblut ergoss sich
In den sich trübenden Fluss.
Drualts Gelächter erstarb und
Fortan ward sein Lachen
In Bamar nicht mehr zu hören.«

An dieser Stelle versagte Bella die Stimme und sie schnäuzte in ihr Taschentuch.

Meryl rezitierte das Epos leise weiter. Trotz ihrer schwachen Stimme war ihr Vortrag noch genauso gefühlvoll wie eh und je.

»Wiewohl die Greife auch über ihn herfielen,
Ihn bissen und kratzten,
Schlug Drualt sich bis zu seiner Liebsten durch.
Er kniete sich hin und versuchte,
Das rote Blut, das in stetem Strom
Aus ihrem Herzen kam, zu stillen.«

Ich begann zu weinen. Heute zerriss mir Freyas Tod schier das Herz.

Bella nahm den Faden wieder auf. Drualt hielt Freya in den Armen. Er erklärte ihr seine Liebe und sie sprach ihre letzten Worte: Sie wisse, dass er sie nie im Stich lassen würde. Dann starb sie.

Tränen liefen mir übers Gesicht. Auch Meryl weinte. Ich rannte zu ihr und umarmte sie.

»Ich will nicht sterben«, schluchzte Meryl. »Ich will nicht sterben.«

Bella stürzte an Meryls andere Seite. »Weinet nicht, mein Liebes.«

»Weiter, Bella«, stieß Meryl unter Schluchzen hervor. »Ich möchte es hören ... Warte ... nur einen Moment ... Es tut ... es wird mir bestimmt gut tun.«

Und so warteten wir ab und sahen zu, wie Meryl sich an meiner Schulter ausweinte. Darüber vergaß ich sogar meine eigenen Tränen.

Nach ein paar Minuten drückte Meryl sich von mir weg. »Mir geht es wieder besser. Tränen gehören zum Abenteuer dazu. Mach weiter, Bella.«

Bella brauchte einen Augenblick, um sich wieder hinzusetzen. Dann begann sie von neuem:

»Ein Ungeheuer pickte
An Freyas toten Lippen.
Da erhob sich Drualt in wildem Zorn und
Streckte es mit einem einzigen Hieb
Seines erzürnten Schwertes nieder.«

Drualt tötete auch die restlichen Greife in rascher Folge. Als alle tot dalagen, öffneten sich die Tore von Surmic, und die Dorfbewohner kamen ängstlich heraus. Bei ihrem Anblick reckte Drualt drohend die Faust.

Bella rezitierte weiter, und ihre Stimme wurde tiefer:

»›Ihr kommt erst jetzt?‹, dröhnte der Held.
›Ihr kommt erst jetzt, da es nicht mehr
Nötig ist? Erst jetzt,
Da meine Liebste tot ist?‹
Verängstigt zogen sich
Die Dorfbewohner zurück und tuschelten
Leise, mit Stimmen
So trocken wie Salz.«

Drualt hob Freya auf die Arme und kehrte den Dorfbewohnern den Rücken. Aus seinen vielen Wunden blutend, ging er von dannen. Doch eine alte Frau lief ihm eilig nach und holte ihn ein. Sie wollte wissen, ob er wiederkäme, wenn sie seine Hilfe brauchten.

»Da sprach Drualt zu dem alten Weib:
›Bamar wird mich erst wiedersehen,
Wenn die Feigen
Mitgehen mit den Starken.
Doch solang die Helden
Kämpfen weiter allein,
Wird Bamar mich nicht mehr wiedersehen.‹«

Meryl nahm meine Hände und ich strich mit dem Daumen über ihr Handgelenk.

Es war seltsam – noch nie zuvor waren mir die Parallelen zwischen Drualts Gelöbnis und der Prophezeiung des Geistes, der die Heilung des Grauen Todes vorhergesagt hatte, aufgefallen. Drualt würde erst zurückkehren, wenn die Feigen Seite an Seite mit den Starken kämpften, und das Heilmittel würde erst gefunden, wenn die Ängstlichen mutig wurden. Ich wünschte mir, das bedeutete etwas Gutes für Meryl, aber wahrscheinlich war es nur eine zufällige Übereinstimmung. Dennoch war und blieb es sonderbar.

Meryl begann, leise mit Bella mitzusprechen.

»Hierauf ging Drualt
In die Berge,
In den Armen Freya,
Mit mutigem Sinn, aber verlorener Liebe.
Und in Bamar ward er nicht mehr gesehen.

Und wenn jetzt ein Geist umgeht
Oder ein Drache Feuer speit
Oder ein Oger angreift
Oder ein Greif herabstürzt,
Kämpft Bamar allein.
Drualt, der Lachende,
Hoch aufragend unter den Seinen,
Ist nicht mehr da.
Doch das ist nicht das
Ende der Geschichte – noch nicht ganz.
Drum sei mutig, Bamar!
Gehe hin, Bamar,
Geht, ihr Feigen, mit den Starken.
Steh deinen Helden, Bamar,

Im Kampfe bei.
Und dann, eines Tages,
Im Frühling des Jahres,
Wenn die Ungeheuer jagen,
Wird ein Held kommen,
Ein Lachender,
Hoch aufragend unter den Seinen.
Drualt, der Held von Bamar,
Wird wiederkehren.
Drum erheb dich, Bamar!
Sei mutig, Bamar!
Erweise dich würdig, Bamar,
Der Rückkehr deines Helden.«

Damit schlug Bella das Buch zu. Milton wischte sich über die Augen. Ich hätte dasselbe getan, wenn Meryl nicht noch immer meine Hände gehalten hätte, doch ich wollte sie nicht wegziehen.

10

NACH DER UNTERRICHTSSTUNDE schlief Meryl ein, und ich ging in mein Schlafgemach, wo ich erschöpft aufs Bett sank, sogar zum Weinen zu müde.

Zu müde! Genauso hatte sich Meryl nach ihrer Rezitation gefühlt. Erschrocken sprang ich auf.

Ich lief auf den Flur hinaus. In der Ferne sah ich Milton, der langsam von mir wegwanderte. Als ich nach ihm rief, blieb er wartend stehen.

»Ja, Prinzessin Addie?«

Die Elfen hatten nur Trinas Gang gesehen und schon gewusst, dass sie krank war. Milton hatte gesehen, wie ich auf ihn zugerannt war, also würde er es jetzt bereits wissen.

»Milton...« Ich hatte keine Ahnung, wie ich anfangen sollte. »Äh, ich fühle mich nicht krank, aber ich bin so müde, dass ich mich gefragt habe... dass ich mich gefragt habe...«

»Ihr habt nicht den Grauen Tod«, sagte Milton lächelnd. »Ihr seid überhaupt kein bisschen krank.« Beim Lächeln wurden seine faltigen Wangen so rund wie Walnüsse und seine Augen zogen sich zu freundlichen Schlitzen zusammen.

»Aber warum bin ich dann so müde?«

»Krankheit macht müde, selbst wenn ein anderer krank ist.« Er reckte sich und berührte mich an der Schulter. »Das kommt oft vor. Viele sind verunsichert, wenn jemand, den sie lieben...«

»Meryl wird nicht sterben.« Ich drehte mich abrupt um und ging eilig weg, fast so schnell, wie ich noch vor einer Minute auf ihn zugelaufen war. Ich wurde erst langsamer, als ich in den nächsten Flur bog, und schließlich schlenderte ich in den Garten hinaus.

Nach ein paar Minuten hatten mich meine Füße in den alten Hof getragen, wo Meryl erst am Vortag ihre Rezitation zum Besten gegeben hatte. Ich setzte mich auf die Holzbank und sah zum Himmel hinauf. Er war noch immer bewölkt, aber es hatte noch nicht geregnet. War es möglich, dass das Schicksal – oder die alte Prophezeiung – abwartete, erst Vaters Aktionen abwägte und den Himmel so lange in Bereitschaft hielt? Wenn mein Vater sich als mutig und tapfer erwies, würde Regen niedergehen und das Heilmittel gefunden werden, falls jedoch nicht, so würde das Heilmittel im Verborgenen bleiben und der Himmel aufklaren.

Ich beobachtete einen Schmetterling, der über das Gras flatterte, das zwischen den rissigen Pflastersteinen emporwuchs. Auch als der Schmetterling schon lange davongeflogen war, starrte ich weiterhin zu Boden. Ich weiß nicht, wie lange ich so dasaß, an nichts dachte und nichts fühlte.

Schließlich hob ich den Kopf. Der Nachmittag war verstrichen. Die Weinreben und der Brunnen hoben sich gegen das schwache Licht der Dämmerung ab. Ich fröstelte in der kühlen Abendluft.

»Umhänge von Zauberern sind sehr warm.«

Ich fuhr zusammen.

Rhys legte mir seinen Umhang um die Schultern. »Beim Fliegen ist es oft sehr kalt.«

»Danke.«

Hatte er mich etwa schon länger beobachtet? Nein. Warum sollte er?

Ich zog den Mantel enger um mich. Er war so wärmend wie Wolle und so weich wie Samt.

Rhys kam auf meine Seite der Bank. »Ich muss Euch etwas sagen. Ich habe mit Orne, meinem Lehrmeister, gesprochen. Ich habe ihm erzählt, dass Prinzessin Meryl krank ist.«

Bestimmt wusste sein Lehrmeister, wie man sie heilen konnte! Ich sprang auf. »Hat er erzählt …«

»Ich wollte keine falschen Hoffnungen in Euch wecken«, sagte Rhys kleinlaut. »Orne wusste nicht, wie man ihr helfen kann, aber er sagte: ›Der Wind dreht sich in Bamar.‹ Ich fragte ihn, was er damit meine, aber er wiederholte es nur noch mal. Ich glaube, es heißt etwas Gutes, denn er lächelte beinahe, als er es sagte, und er lächelt fast nie.«

Der Wind … Vielleicht würde ja der sich drehende Wind Regen mit sich bringen! Und vielleicht konnte man dem Wind etwas nachhelfen.

»Rhys? Erinnert Ihr Euch an gestern, als Ihr die Wolkenmusik gemacht habt und es aus einer Wolke regnen ließet? Könntet Ihr es überall regnen lassen?«

»Nein, aber ich wünschte, ich könnte es. Es ist eine wunderbare Idee.«

»Könnte Orne es?«

Er schüttelte den Kopf.

»Könnten es alle Zauberer zusammen?«

»Wenn es überall Wolken gäbe, was nicht der Fall ist, und wenn es genug Zauberer gäbe, was nicht der Fall ist. Ich kann es nur aus ein paar Wolken gleichzeitig regnen lassen. Orne kann über eine ganze Wolkenmeile gebieten, was großartig ist.« Rhys schaute selbst bewundernd, ließ dann aber seine Schultern hängen. »Aber das würde immer noch nicht ausreichen. Es tut mir Leid, Prinzessin Addie.«

»Nicht so schlimm.« Ich setzte mich wieder hin.

»Prinzessin Meryl ist ein außergewöhnlicher Mensch«, sagte er. »Wenn irgendjemand den Grauen Tod bezwingen kann, dann sie.«

»Genau das denke ich auch«, sagte ich, obwohl ich eigentlich gar nicht mehr so genau wusste, was ich dachte. »Ob Trina ihn wohl bezwungen hat?«

Rhys sagte nichts, doch seine Miene verriet ihn.

»Sie ist tot, oder?«

Er nickte.

»Oh.« Arme Trina. Ich fragte mich, ob sie meine Methode überhaupt ausprobiert hatte.

»Prinzessin Addie...« Rhys sprach hastig und schritt dabei auf dem Hof auf und ab. »Ich habe gerade an etwas gedacht. Die Prophezeiung könnte sich erfüllen, auch wenn der König keinen Erfolg hat. Sie könnte sich erfüllen und Ihr würdet es vielleicht noch nicht mal wissen.«

»Wie denn?«

»Möglicherweise findet ein Fremder fünfzig Meilen von hier Mut...«

Es gibt hunderte Ängstliche in Bamar, dachte ich. Tausende. »Das ist wahr.«

»Dazu kommt, dass der Regen spätnachts fallen könnte, und es brauchte nicht einmal länger als eine Minute zu regnen.« Er lächelte triumphierend.

Ich erwiderte sein Lächeln und fühlte mich schon etwas besser.

Sein Lächeln wurde breiter, und als reiche ihm das noch nicht, stieg er einen Meter in die Luft empor.

Dann änderte sich seine Miene jedoch und er kam wieder auf dem Boden auf. »Es ist schon spät. Ich muss das Lager Eures Vaters suchen. Er erwartet mich.« Er machte eine Verbeugung, dann schoss er in die Luft hinauf und im nächsten Moment war er schon im dämmrigen Himmel verschwunden.

Der Wind dreht sich in Bamar.

Irgendwann musste die Prophezeiung ja in Erfüllung gehen. Warum also nicht jetzt?

Der Wind blies kalt und ich zog den Umhang enger um mich. Rhys' Umhang! Ich trug ihn noch immer. Ich schmiegte mich an ihn und verließ den Garten.

Auch der nächste Tag war bewölkt. Meryl drehte zehn Runden in ihrem Schlafgemach und musste sich danach hinlegen. Mittags wollte sie in den Speisesaal gehen, kam aber nicht weiter als bis zur großen Treppe. Abermals konnte sie Blutbeißer nicht mit einem Arm allein heben, aber mit beiden zusammen ging es noch.

Für mich war es schier unerträglich, mir diese klitzekleinen Leistungen anzusehen und dabei ermutigend zu lächeln, während ich sie eigentlich gern in den Arm genommen und fest an mich gedrückt hätte, um ihr etwas von meiner Kraft zu übertragen.

Mein einziger Trost war, dass sie keine Schmerzen hatte. Sie selbst sagte mit Galgenhumor, dass der Graue Tod nur tötete, einem aber wenigstens keine Schmerzen zufügte.

Am frühen Nachmittag kehrte Rhys zurück und berichtete, dass Vater ein Viertel der Wegstrecke zu Königin Seemas Schloss hinter sich gebracht hatte. Bislang war er mit seinem Gefolge noch nicht von Ungeheuern behelligt worden. Vater hatte seine Pantoffeln vergessen und Rhys sollte sie ihm noch am selben Abend vorbeibringen.

Am Sonntag kam die Sonne zum Vorschein, obwohl noch ein paar Wattewölkchen am Himmel standen. Ich versuchte, mir selbst einzureden, dass es gleichgültig war, ob die Sonne schien, solange sich nur Wolken am Himmel befanden.

Am folgenden Morgen fragte Milton Meryl, Bella und mich, ob wir gern eine Geschichte über Drualt hören würden, die sich die Elfen erzählten.

»Ja, bitte!«, sagte Meryl und setzte sich ein wenig aufrechter hin.

Milton legte sein Strickzeug beiseite und stellte sich in die Mitte des Raums. »All unsere Geschichten beginnen mit den Worten ›Auf Euer Wohl‹ und diese Worte bilden auch den Refrain. Und hier ist nun die Geschichte.« Er faltete die Hände über seinem kleinen Bäuchlein und begann:

»Auf Euer Wohl.
Es war Frühling und Zeit für Königin Iola, das Kummerkraut zu segnen. Und so begab sie sich mit ihren Zofen auf die Wiese.
Da verdunkelte sich der Himmel und
Königin Iola hörte lautes Flügelschlagen.
Hundert Greife verdeckten die Sonne, sie krächzten
und kreischten, flatterten und kreisten.«

Milton tat so, als würde er mit den Flügeln schlagen, und rannte ein paar Schritte im Zickzack hin und her. Es gelang ihm aber nicht, gefräßig oder gar bösartig auszusehen. Meryl beobachtete ihn nickend und lächelnd.

Ich war ihm unendlich dankbar dafür, dass er uns einen Augenblick schenkte, der nichts mit dem Grauen Tod zu tun hatte.

Er nahm den Faden der Erzählung wieder auf. Die Greife stürzten herab. Einige taten sich an dem Picknick der Elfen gütlich, andere verschlangen die Ernte.

Ich unterbrach ihn. »Ich dachte, Greife sind reine Fleischfresser?«

»Aber nein, Addie«, sagte Meryl. »Sie fressen fast alles.«

Milton fuhr fort:

»Auf Euer Wohl.
Die Greife begannen, sich an Königin Iola und ihrem Gefolge zu laben.
Ein Greif biss der Königin den linken Daumen ab, als sie ihre jüngste Zofe schützen wollte.«

Ich griff nach meinem eigenen Daumen und hielt ihn schützend umklammert.

»Auf Euer Wohl.
In diesem Moment ritt Drualt vorbei und
kam der Königin im Galopp zu Hilfe.«

Die Geschichte ging weiter. Drualt erschlug mehrere Greife und hielt den Rest in Schach, während die Königin sich mit ihren Zofen ins Schloss zurückzog.

»Auf Euer Wohl.
Zum Zeichen ihres Dankes heilte Königin Iola Drualt von einem entzündeten Zeh.«

Meryl lachte und ich fiel mit ein. Unser Held mit einem geschwollenen Zeh! Die Königin fragte Drualt, ob es sonst noch etwas gebe, womit sie ihre Schuld begleichen könne.

»›Ihr seid mir gar nichts schuldig‹, sagte Drualt, ›aber bei Bedarf könntet Ihr König Bruce und seine Untertanen gesund pflegen.‹
Königin Iola und Drualt begegneten sich nie wieder, aber seit diesem Tage pflegen die Elfen die Menschen.
Auf Euer Wohl.«

Milton machte eine Verbeugung und alle klatschten, sogar Bella.

»Gab es wirklich mal eine Elfenkönigin namens Iola?«, fragte ich.

Aus dem Krug auf dem Waschgestell goss Milton Wasser in ein Glas und brachte es Meryl.

»Unsere Königin Seema ist eine Nachfahrin von Königin Iola und es handelt sich um eine wahre Geschichte. Sie steht in unserer *Schriftrolle der Zeit* geschrieben.«

Meryl und ich sahen einander an. Die Elfen glaubten also, dass Drualt wirklich gelebt hatte! Meryl fragte mich: »Was denkst du, Addie? Glaubst du, das könnte wahr sein?«

»Ich weiß nicht«, sagte ich. »Vielleicht hat es ja wirklich einen historischen Drualt gegeben, der den Elfen geholfen hat, aber trotzdem können die Geschichten aus dem *Drualt*-Epos weitgehend erfunden sein.«

Jetzt mischte sich Bella ein: »Drualt hatte aber nie einen geschwollenen Zeh, so viel ist sicher.«

»Warum nicht?«, sagte Meryl und lachte wieder. »Er hatte doch Füße, oder nicht? Wenn er einen geschwollenen Zeh hatte, so war es bestimmt der größte und beste seit Anbeginn der Zeiten. Ich denke, die ganze Geschichte ist wahr, und ich glaube, das bedeutet, dass auch alles andere aus dem *Drualt*-Epos wahr ist!« Sie strahlte Milton an. »Danke!«

Er machte wieder eine Verbeugung und kehrte dann zu seinem Strickzeug zurück.

»Hast du Lust, dich jetzt etwas körperlich zu betätigen?«, fragte ich in der stillen Hoffnung, dass Miltons Geschichte sie gestärkt hätte.

Sie wollte es gern, aber sie schaffte weniger Runden als am Tag zuvor, nämlich nur acht, und sie machte nicht einmal den Versuch zu fechten. Stattdessen übte sie, leichtere Gegenstände hochzuheben – eine Haarbürste, einen Handspiegel und ihre Stiefel. Schließlich verkündete sie, sie sei sehr zufrieden mit sich.

Als Rhys am Nachmittag in der Burg eintraf, erzählte er, Vaters Ritter hätten einen Greif zur Strecke gebracht, worüber großer Jubel geherrscht habe. Er fügte hinzu, der königliche Trupp sei nun schon auf halbem Weg zu Königin Seema.

Am Donnerstagmorgen, eine Woche nachdem Meryl erkrankt war, brach sie auf dem Weg zu ihrem Kleiderschrank zusammen. Milton musste ihr zurück ins Bett helfen, während ich hilflos daneben stand und mir inständig wünschte, doch irgendetwas tun zu können.

Sie sagte: »Mir geht's bald wieder besser, Addie. Sir Grauer Tod hat noch nicht gewonnen.«

Ich bemühte mich zu lächeln, brachte aber wohl nur eine verzerrte Miene zustande.

»Schau nicht so trübsinnig. Er mag vielleicht das Scharmützel um meine Beine gewonnen haben, aber mein Herz und mein Geist haben ihn bereits mehrfach zurückgeschlagen. Über sie wird er nicht siegen.«

Ich hätte ihr so gern geglaubt, aber ich konnte es nicht. Der Geist in Kindergestalt war einfach nur grausam gewesen, als er dies als Abenteuer bezeichnet hatte.

An diesem Tag kam Rhys spät, schon fast zur Abendessenszeit. Königin Seema hatte Vater erklärt, dass sie weder ein Heilmittel kenne noch wisse, wo man ein solches finden könne.

»Wo will er als Nächstes hin?«, fragte Meryl. Sie saß im Bett und trug einen bestickten Morgenmantel über dem Nachthemd. Ich saß auf dem Fenstersitz.

Rhys senkte den Blick, als er antwortete: »König Lionel kommt nach Hause.«

11

VATER KOMMT nach Hause?«, sagte ich. »Wieso?«

Bella ergriff das Wort: »Er sollte auch hier an der Seite seines Kindes sein.«

Ich hob die Stimme. »Was ist mit den ›Lebensweisheiten‹ und damit, das Krebsgeschwür mit der Wurzel auszureißen?« Was war damit, dass aus einem ängstlichen ein mutiger Mensch werden sollte?

Den Blick noch immer gesenkt, antwortete Rhys: »Er sagte mir, dass das *Buch der Lebensweisheiten* ihn angewiesen hätte, sich Rat einzuholen. Er kommt zurück, um sich mit seinen Räten zu besprechen.« Er hob den Kopf und schaute uns an. »Ich konnte ihm nicht gut widersprechen.«

»Ich weiß«, sagte ich. Ein Zauberlehrling konnte dem König keine Vorhaltungen machen.

»Ich habe nie wirklich geglaubt, dass er das Heilmittel findet«, sagte Meryl ruhig und ließ sich tiefer ins Bett rutschen. »Nicht so schlimm.«

Doch ich für meinen Teil war fuchsteufelswild, weil unser Vater aufgegeben hatte, und wütend auf mich selbst, dass ich überhaupt etwas von ihm erwartet hatte.

»Einer der Ritter hatte eine unglückselige Begegnung mit einem Geist«, sagte Rhys.

Meryl setzte sich auf. »Was ist passiert?«

Ich schauderte. Allein das Wort *Geist* reichte aus, um mir Angst einzujagen.

Rhys lehnte sich gegen den Kaminsims. »Der König lagerte mit seinem Gefolge vor den Mauern von Königin Seemas

Schloss, eine Viertelmeile von den Meeresklippen entfernt. Sir Osbert, einer der Ritter, konnte nicht schlafen und ging spazieren. Er war nicht weit gekommen, als er ein Rascheln hörte, wie von einem Damenrock.«

»War das der Geist?«, fragte Meryl.

»Ja, das war er. Vor sich sah Sir Osbert jedoch seine eigene Schwester, die vor fünf Jahren am Grauen Tod gestorben ist.«

Ich stellte mir vor, wie ein Geist eines Tages vielleicht Meryls Gestalt annehmen würde. Am liebsten hätte ich fluchtartig den Raum verlassen.

Rhys fuhr fort: »Er umarmte sie, ohne sich auch nur eine Sekunde zu fragen, was sie dort überhaupt machte. Vielleicht hatte ihr Geruch ihn verzaubert. Der Geist hatte sich nämlich mit dem Duft der toten Maid umgeben.«

Der Geist erzählte Sir Osbert, kein Opfer des Grauen Todes wäre wirklich gestorben, sondern sie alle wären an einen nahe gelegenen verborgenen Ort gebracht worden, wo sie in aller Behaglichkeit lebten.

Rhys sprach weiter: »Der Geist führte Sir Osbert an den Rand einer Klippe und sorgte dafür, dass dieser den Abgrund zu seinen Füßen nicht bemerkte. Stattdessen sah der arme Mann eine grüne Wiese und einen Pavillon, der von tausend Laternen hell erleuchtet war. Im Laternenlicht erspähte er zwei weitere Gestalten, die er kannte: seinen Cousin und einen Freund aus Kindheitstagen. Er lief auf sie zu – und stürzte geradewegs über die Klippe.«

Ich schrie auf. Ich hätte dasselbe getan, wenn Meryl dagestanden hätte.

Alle sahen mich an. Ich ging zu Meryl hinüber und sie legte die Arme um mich.

»Es ist noch mal gut gegangen«, sagte Rhys. »Er ist auf einen jungen Baum gefallen, der seinen Sturz abgebremst hat.«

»Hat er sich was getan?«, fragte Milton.

»Er ist mit ein paar blauen Flecken und dem Schock davongekommen. Er hat großes Glück gehabt.«

Bella sagte: »Meine Kusine Clara ist auch mal einem Geist begegnet. Sie erzählte ebenfalls, dass er geduftet hat. Nach Gepökeltem und Honig, glaube ich.«

»Ich muss Euch nun leider verlassen«, sagte Rhys. »Ich habe Anweisung vom König, seine Rückkehr den Räten zu melden, aber ich wollte zuerst hierher kommen.« Er machte eine Verbeugung und ging.

Ich rannte in den Flur hinaus. »Rhys!«

Er drehte sich um und wartete auf mich.

»Sie kann jetzt kaum noch laufen. Wie lange glaubt Ihr, wird es noch dauern, bis der Schlaf kommt?«

»Oh, Prinzessin Addie.« Er streckte die Hand nach mir aus, dann ließ er sie wieder fallen. »Manchmal überraschen einen die Kranken. Manchmal …«

»Wie lange?«

»Ein paar Tage. Höchstens eine Woche.«

Er konnte mich gerade noch rechtzeitig am Ellbogen festhalten, bevor ich umkippte. Nur noch eine Woche! Danach kamen neun Tage Schlaf und drei Tage Fieber. Neunzehn Tage, und davon würde sie neun Tage schlafen. Bestenfalls noch neunzehn Tage und dann würde ich sie unwiederbringlich verlieren.

Milton trat in den Flur. »Eure Schwester fragt nach Euch, Prinzessin Addie.«

Als ich wieder hineinging, verkündete mir Meryl, sie wolle jetzt schlafen.

Ich muss ganz irr vor Angst ausgesehen haben, denn sie fügte hinzu: »Ich werde nur ein wenig schlummern. Es ist noch nicht der tiefe Schlaf. Der ist noch nicht gekommen. Habe ich nicht Recht, Milton?«

Er nickte.

Sie dachte noch immer zuallererst an mich. Ich brachte ein

Lächeln zustande und gab ihr einen Kuss. Dann drehte sie sich auf die Seite und schloss die Augen.

Ich ging aus dem Zimmer und stieg am Ende des Flurs die Stufen hinauf, die zum Nordturm führten. Dort hatte Meryl immer Zuflucht gesucht, wenn sie allein sein wollte.

Die Tür zum Turm ließ sich schwer öffnen. Ich musste mit aller Kraft dagegen drücken. Noch vor einer Woche hatte Meryl sie mühelos aufbekommen. Innen führte eine Leiter aufs Turmdach. Ich stieg sie hinauf.

Ich ging über das Dach und lehnte mich an die Zinnen. Der Wind zerzauste mir die Haare, es war ein trockener Wind, der direkt aus der Westwüste kam. Drehte sich der Wind?

Ich wünschte mir, Vater wäre so wie Drualt. Hätte Drualts Tochter den Grauen Tod bekommen, hätte Drualt sich kurzerhand einen Geist geschnappt und das Heilmittel aus ihm herausgepresst. Er hätte sich auf den gehorteten Schatz eines Drachen gesetzt und sich so lange geweigert, sich von der Stelle zu bewegen, bis der Drache ihm die richtige Antwort gegeben hätte. Wäre Meryl seine Tochter gewesen, hätte er sie auf seinen Armen getragen, bis er das Heilmittel gefunden hätte, und es ihr gleich an Ort und Stelle verabreicht. Von allen Kranken wäre sie als Erste genesen. Wäre Meryl seine Tochter gewesen, hätte er einfach nicht *zugelassen,* dass sie starb.

Da kam mir plötzlich ein verblüffender Gedanke, der eigentlich auf der Hand lag: Wäre ich an Meryls Stelle am Grauen Tod erkrankt, hätte sie noch im selben Moment, in dem Milton mir mein Schicksal verkündete, mit der Suche begonnen. Sie hätte nicht weinend in der Burg herumgesessen und all ihre Hoffnungen auf einen schwachen König oder eine alberne Theorie gesetzt.

Ich hätte genau so handeln sollen wie sie an meiner Stelle. Das sollte ich jetzt noch tun. Sechs Tage waren bereits nutzlos ins Land gegangen, vielleicht ein Drittel der Lebenszeit, die Meryl noch verblieb.

Allerdings wüsste sie im Gegensatz zu mir, was zu tun wäre. Ihr ganzes Leben lang hatte sie schon über diese Suche nachgedacht und sich mit Ungeheuern befasst. Ich hatte keine Ahnung, wohin ich gehen sollte, und würde keine zehn Meilen weit kommen, bis mich schon ein Ungeheuer tötete. Genauso gut könnte ich von dieser Zinne herunterspringen. Und was für einen Sinn hatte es, wenn wir am Ende beide starben?

Aber selbst wenn ich nicht umgebracht wurde, gab es nur eine geringe Aussicht auf Erfolg, und ich verpasste auf diese Weise ihre letzten Tage. Das würde sie nicht wollen. Sie wollte sicher, dass ich bei ihr blieb.

Ich blickte hinunter auf das Farmland unter mir – die heranreifenden Kornfelder, die Rinder, eine Schweineherde. Nirgendwo gab es ein Anzeichen auf all die Probleme, die uns plagten.

Nach Meryls Tod würde meine Trauer grenzenlos sein, ebenso wie meine Angst, wenn ich sie nicht mehr als Beschützerin hatte. Und wie konnte ich weiterleben in dem Bewusstsein, dass ich nichts unternommen hatte, um sie zu retten?

Sie würde sterben, ohne die Abenteuer, nach denen sie sich so gesehnt hatte, erlebt zu haben, und dies alles nur wegen des Versprechens, das sie mir gegeben hatte. Sie hatte die Verwirklichung ihrer Träume einzig und allein aufgeschoben, um mich zu beruhigen.

Wie konnte ich ihr da nicht helfen oder es nicht wenigstens versuchen?

Wieder blickte ich über das schöne Bamar hinweg. Der Tag neigte sich dem Ende zu und im Westen färbte sich der Himmel rosarot. Im Dunst wirkten die Umrisse des Kilketgebirges im Norden weicher als sonst. Ein paar vereinzelte Wolken warfen ihre beweglichen Schatten auf das Weideland rings um die Burg und auf das noch sattere Grün des Kiefernwäldchens beim Orrinic-See.

Vom Haunmeer wehte eine Brise heran, sie war salzig, feucht und erfrischend. Als eine Art Willkommensgruß hob ich die Arme, und ich streckte die Zunge heraus, um die Meeresluft zu schmecken. Dreimal atmete ich tief ein und aus.

Ich würde versuchen, Meryl zu retten. Höchstwahrscheinlich würde ich dabei sterben, aber nichtsdestotrotz würde ich alles daran setzen, das Heilmittel zu finden.

12

ICH WANDTE MICH von der Zinne ab und verließ den Turm. Auf meinem Weg hinunter beschloss ich, als Erstes Rhys Bescheid zu sagen. Bella würde mich bestimmt nicht weglassen wollen, und ich wusste nicht, was Meryl dazu sagen würde, doch Rhys würde mir helfen, sofern es in seiner Macht stand.

Er saß mit Vaters Räten im Speisesaal. Ich setzte mich auf meinen Stammplatz und fixierte ihn in der Hoffnung, er würde auf mich aufmerksam werden. Ich musste nicht lange warten – er sah beinahe sofort in meine Richtung. Ich stand auf, verließ den Saal und hoffte, dass er mir folgen würde. Und das tat er denn auch.

»Prinzessin Addie? Ihr wolltet mich sprechen?«

Ich nickte und öffnete den Mund, um ihm zu sagen, dass ich mich auf die Suche nach dem Heilmittel machen würde, aber ich brachte kein Wort heraus. Hatte ich es erst ausgesprochen, gab es kein Zurück mehr. Ich lächelte schwach. Das hier war so lächerlich!

»Fühlt Ihr Euch auch wohl?«

Ich nickte wieder. »Ich … ich habe mich entschlossen … Ich werde mich auf die Suche nach dem Heilmittel machen.«

Rhys guckte erschrocken. Er sagte nichts, musterte mich aber aufmerksam.

Ich wurde nicht schlau aus seiner Miene. »Tue ich das Richtige? Glaubt Ihr, ich sollte wirklich losziehen?« Warum fragte ich ihn das? Natürlich würde ich losziehen.

»Ich wünschte nur, ich könnte mit Euch kommen. Wann wollt Ihr aufbrechen?«

Ach, wie sehr ich mir wünschte, er käme mit! »Im Morgengrauen. Wann müsst Ihr zur Zitadelle?«

»Der Aufruf wird um Mitternacht kommen.«

»Glaubt Ihr, ich sollte wirklich losziehen?« Halb hoffte ich, er würde mir einen Grund geben, zu Hause zu bleiben, in Sicherheit.

»Ja, ich denke, Ihr solltet losziehen, aber...« Er hob die Hand, dann ließ er sie wieder fallen. »Aber ich werde mir große Sorgen machen...«

Das stimmte mich frohgemut. Ich war vermutlich eine völlige Närrin, was ihn betraf, aber ich war glücklich, dass er sich Sorgen machte.

»Möglicherweise kann ich mich Eurer Suche anschließen, zumindest zeitweise. Bei unserer Zeremonie wird es Pausen geben. Da kann ich mich vielleicht davonstehlen. Wohin wollt Ihr?«

»Ich weiß es nicht. Wohin sollte ich Eurer Meinung nach gehen?« Ich setzte hinzu: »Wahrscheinlich ist es ja sowieso hoffnungslos.«

Er schwieg einen Moment. »Wir Zauberer glauben fest daran, dass eine Tat, die aus den richtigen Gründen begangen wird, unverhältnismäßig große Aussicht auf Erfolg hat. Ich glaube, die Suche wird Euch finden, egal wo Ihr anfangt. Falls ich die Zitadelle verlassen kann, werde ich nach Euch suchen. Ich werde Euch schon finden.«

Würde er mich auch finden, bevor ein Ungeheuer mich getötet hätte?

Seine Miene hellte sich auf. »Ich habe da ein, zwei Sachen, die Euch bei der Suche nützlich sein könnten. Genau das Richtige!«

Magische Gegenstände? Die konnten mir allerdings tatsächlich Mut machen – und helfen.

Er verkündete, er wolle sie sogleich aus seinem Schlafgemach holen, und wir vereinbarten, uns in ein paar Minuten in der Bibliothek zu treffen.

Ich selbst begab mich sofort dorthin und zog zwei Stühle vor das hell lodernde Feuer. Draußen war die Nacht hereingebrochen, aber die Gaslampen verbreiteten ein goldenes Licht.

Rhys kam mit einem Bündel herein. Er setzte sich und machte sich daran, es zu öffnen. »Wollt Ihr eigentlich die Räte des Königs von Eurer Suche in Kenntnis setzen?«

Darüber hatte ich noch gar nicht nachgedacht. Ich konnte es ihnen jedoch nicht sagen. »Nein. Sie würden mich nicht gehen lassen. Sie würden mich zwingen, so lange zu warten, bis mein Vater wieder hier ist.«

»Ihr habt Recht.« Er lächelte zustimmend. »Und jetzt schaut mal her.«

Er hielt ein Stück Stoff in die Höhe und schüttelte ihn auf. Es war ein dunkelblauer Umhang. Rhys legte ihn auf einen Tisch, der im Halbdunkel am Fenster stand. Dann kehrte er mit leeren Händen zum Feuer zurück. Ich sah wieder zu dem Tisch hinüber. Der Umhang war verschwunden.

Ich schnappte überrascht nach Luft und lief zum Tisch. Als ich näher kam, bemerkte ich, dass der Umhang noch immer da, aber nur ein schwacher Schimmer von ihm zu sehen war. Ich hob ihn hoch. »Was …? Wie …?«

Ich drückte ihn an mich und kehrte an meinen Platz zurück. Der Stoff fühlte sich fest und solide an. Er war schwer. Aber auf meinem Arm war er kaum zu sehen, ebenso wenig wie mein Arm selbst.

»Es ist leider kein Umhang, der unsichtbar macht. Ich wünschte, ich hätte einen für Euch. Im hellen Sonnenschein können Euch alle sehen. Aber seid Ihr im Schatten, selbst im Tageslicht – unter einem Baum zum Beispiel – und bewegt Euch nicht, wird keiner Euch bemerken. Und nachts kann Euch keiner sehen. Der Schatten wirkt dort, wo Ihr steht, tiefer, das ist alles. Leider funktioniert es nicht bei Geistern und Drachen, aber Oger und Greife kann man damit täuschen. Auch Menschen und Zauberer.«

»Vielen Dank.« Der Umhang konnte mir vielleicht das Leben retten.

Rhys griff wieder in sein Bündel und zog einen weiteren Stoff hervor, diesmal ein großes quadratisches Leinentuch. Es war bis zum letzten Zentimeter mit den Szenen eines kunstvoll ausgearbeiteten Festmahls bestickt.

»Eine Tischdecke.« Ich konnte mir nicht vorstellen, wozu die gut sein sollte. »Vielen Dank.«

»Gern geschehen. Und jetzt seht her. Gute Tischdecke, bitte deck dich.«

Sofort flog sie ihm buchstäblich aus der Hand und faltete sich von selbst auseinander. Mit geraden Kanten und spitzen Ecken schwebte sie in der Luft, gerade so als läge sie auf einem Tisch – aber ich sah keinen Tisch.

Doch dann … doch dann …

Wie aus dem Nichts tauchten urplötzlich Unmengen von Speisen auf und stellten sich mit einem leisen Klirren auf den Tisch. Gebratene Fasane, Kaninchen, Wildschweine und vieles mehr – Braten aller Art. Dazu die verschiedensten Brotsorten, alle möglichen Fische, Gemüsesorten, Obst und Gebäck. Genug Essen für die ganze Burg also, und dazu noch Porzellanteller und Silberbesteck.

Anscheinend fielen mir fast die Augen aus dem Kopf, denn Rhys lachte.

»Ist das Essen echt?«, flüsterte ich. »Kann man es wirklich essen?«

»Probiert ruhig. Es ist alles ganz köstlich.«

Ich nahm eine Gabel zur Hand.

Rhys fügte hinzu: »Aber passt auf. Ein Mann, den ich kenne, hat sich so überfressen, dass ihm eine Woche lang schlecht war.«

Die Silbergabel war schwerer als unser bestes Besteck. Ich nahm einen großen Bissen vom Blaubeerkuchen, meiner Lieblingssüßspeise.

»Mmm. Schmeckt himmlisch.« Ich legte die Gabel hin.

»Sonst wollt Ihr nichts mehr kosten?«

Ich schüttelte den Kopf.

Rhys sagte: »Gute Tischdecke, ich dank dir für ein feines Mahl.«

Das Essen schwebte mitsamt dem Geschirr in die Luft empor und schrumpfte dann vor meinem neugierigen Blick so schnell zusammen, dass es fast schien, als verschwinde es auf ein kurzes Schnippen hin.

»Alles ist zusammengeschrumpft!« Verwundert griff ich mit der Hand in die Luft über dem Tischtuch. Sie fühlte sich an wie ganz normale Luft. »Ist die Luft jetzt etwa voller Braten und Kuchen, so winzig, dass man sie nicht sehen kann?«

Die Tischdecke legte sich selbst zusammen und Rhys reichte sie mir. »Ich glaube nicht.« Er lachte. »Aber sicher wissen kann man es natürlich nicht.«

Ich lachte ebenfalls, aber ich war doch etwas überrascht darüber, dass er als Zauberer das nicht wusste.

»Ihr müsst die Worte exakt so sprechen wie ich – ›Gute Tischdecke, bitte deck dich‹ und …«

Die Tischdecke hüpfte mir aus den Armen.

Hastig setzte Rhys hinzu: »Und dann: ›Gute Tischdecke, ich dank dir für ein feines Mahl!‹«

Die Tischdecke schwebte kurz in der Luft, ehe sie zu Boden segelte, aber ich konnte sie gerade noch auffangen.

»Denkt dran: Wenn Ihr ein Wort zu viel oder zu wenig sagt, geschieht nichts.«

Ich wiederholte die Worte, obwohl ich bezweifelte, dass die Magie bei mir funktionieren würde. Aber es klappte. Es war ein herrliches Geschenk. Auf diese Weise hätte ich bei meiner Suche immer Speis und Trank – außer natürlich, ich wurde vorher selbst verspeist.

Doch solche Gedanken sollte ich lieber verdrängen. Die

Tischdecke würde mich mit Essen versorgen und der Umhang würde mir Sicherheit geben.

Ich setzte mich wieder hin. »Danke. Das sind fantastische Geschenke.«

»Und diese ...« Er griff wieder in sein Bündel, das nun schon ziemlich flach war. »Seht her.« Er reichte mir einen dünnen Stapel Pergamentpapier.

Ich legte ihn mir auf den Schoß und hielt das oberste Blatt Papier ins Licht. »Das ist ja eine Karte des Eskerngebirges!« Ich betrachtete sie genau. Die Eintragungen waren dünn und fein, aber doch klar erkennbar, wenn man genau hinsah. Über die gesamten Hänge waren Ogerlager verteilt. Ich hielt den Atem an. Es waren so viele! Und oben auf den Gipfeln waren Greifennester. Zwar nicht auf jedem, aber auf vielen. Im Eskerngebirge würde ich meinen Zauberumhang bestimmt brauchen.

»Die Karten haben leider keine Zauberkraft«, sagte Rhys. »Sie werden von Zauberlehrlingen gezeichnet.«

Ich legte die Karte vom Eskerngebirge beiseite und nahm die nächste zur Hand.

Rhys fuhr fort: »Einige Karten sind älter als andere und die alten sind vielleicht nicht immer ganz exakt, denn Ungeheuer bleiben schließlich nicht ewig am selben Fleck. Außerdem werden ständig neue geboren.«

Auf der nächsten Karte war die Burg von Bamar mit ihrem Umland eingezeichnet. Man sah Bauernhöfe, den Orrinic-See mit der angrenzenden Höhle und das Kiefernwäldchen. Entlang des südöstlichen Waldrands entdeckte ich ein Wort: *Geister.* Das Geisterkind hatte ich aber im Westen getroffen, also hatten sie sich seit Anfertigung der Karte offenbar gen Westen ausgebreitet.

Die nächste Karte stellte das Kilketgebirge dar. Dann folgten noch vier Karten: vom Muleewald; von der Westwüste, wo die Drachen hausten; von der Meeresküste und dem Schloss der Elfenkönigin; und schließlich eine von der Zitadelle der Zauberer und der umliegenden Ebene im südwestlichen Bamar, zwischen der Wüste und dem Muleewald.

»Gibt es auch eine Karte, die zeigt, wie man zum Mount Ziriat kommt?« Wenn ich konnte, würde ich mich auf direktestem Wege zu den Feen begeben.

»Leider wissen wir nicht, wo der Berg liegt. Er ist auch für uns unsichtbar. Gelegentlich besuchen eine oder zwei Feen unsere Ältesten, aber ich bin kein Eingeweihter und weiß nicht, warum sie kommen oder was sie zu sagen haben.« Er verstummte. »Ich würde selbst liebend gern mal eine Fee zu Gesicht bekommen.«

»Ich auch.«

Wir lächelten einander an. Mit wehmütigem Blick.

Wenn ich starb, würde ich ihn nie wieder sehen.

Doch ich würde nicht sterben.

»Was die Feen anbelangt, das ist nicht so schlimm.« Ich tippte auf die Karten. »Dies ist das allerbeste Geschenk von allen.«

»Ich wünschte, sie wären absolut verlässlich. Ich wünschte ...« Unglücklich zuckte er die Achseln.

Um keinen Preis wollte ich am Ende noch in Tränen ausbrechen. »Ich werde das Heilmittel finden und dann dank Eurer herrlichen Tischdecke kugelrund zurückkommen.« Ich stellte mich auf die Zehenspitzen und küsste ihn auf die Wange. »Vielen Dank für alles.« Dann errötete ich ob meiner Kühnheit.

Er blickte überrascht, dann wurde er ganz ernst. Das Letzte, was ich von ihm sah, war eine Verbeugung.

13

AUF DEM WEG in mein Schlafgemach wurde mir klar, dass ich Bella und Milton nichts von meiner Suche erzählen durfte, denn sie würden es vielleicht für ihre Pflicht halten, es Vaters Räten zu melden.

Doch wie gern hätte ich es ihnen erzählt! Ich blinzelte, um meine Tränen zurückzuhalten. Ich brauchte ihren Rat. Bella kannte tausende Geschichten von Ungeheuern, sodass einiges aus ihrem großen Wissensschatz mir vielleicht helfen konnte, und Milton hatte möglicherweise nützlichen Elfenrat. Aber am allermeisten wünschte ich mir, dass sie mir mit ihren Blicken folgten, wenn ich mich bereit zum Aufbruch machte. Ich hätte gern ihre Liebe zu mir gespürt, damit ich diese mitnehmen konnte.

Meryl wollte ich es am späten Abend erzählen, wenn sie alleine war. Sie war noch nicht so krank, dass nachts eine Elfe an ihrem Bett wachen musste.

In meinem Zimmer verfasste ich einen Brief an Vater.

»Majestät«, schrieb ich, *»Euer kühner Versuch, meine Schwester zu retten, hat mich dazu veranlasst, Euch nachzueifern. Ich kann sie nicht dem Tod überlassen, ohne nicht wenigstens, so wie ihr, den Versuch unternommen zu haben, sie zu retten. Ich begebe mich auf die Suche nach ihrer Errettung und dem Heilmittel für den Grauen Tod. Ich habe das ›Buch der Lebensweisheiten‹ zu Rate gezogen und fand darin die folgenden Worte …«*

Ich nahm mein Exemplar vom obersten Regalfach meines Schranks und blätterte darin. *»Erinnerte Gefahr ist besser als vermiedene Gefahr.«* Nein, das passte nicht richtig. *»Das Krankenzimmer ist ein Schlachtfeld; übernimm das Kommando oder verwirke es.«* Auch nicht gut. Ah ja. »*Eine Anstrengung, welche man in höchster Not unternimmt, ist ihr eigener Imperativ.*« Ich wusste zwar nicht genau, was das bedeuten sollte, aber es klang dringlich und gewichtig genug.

Ich schrieb den Spruch ab und fuhr fort: »*Bitte schickt mir keinen Trupp hinterher, wenn Ihr Euch nicht gegen die ›Lebensweisheiten‹ wenden und Unheil über uns beide bringen wollt. Sollte ich nicht zurückkehren, so hoffe ich, Ihr behaltet mich immer als gehorsame und respektvolle Tochter in Erinnerung.*«

Das Briefchen wollte ich Meryl geben, damit sie es ihm nach seiner Rückkehr überreichte. Ich nahm auf meinem Fenstersitz Platz, sah in den sternenklaren Himmel und schlief dabei ein. Um Mitternacht erwachte ich. Ich stand auf und reckte mich.

Als ich ihre Tür öffnete, lag Meryl auf der Seite, das Gesicht mir zugewandt. Der Mond schien durchs Fenster, und ich sah, dass sie die Augen offen hatte. Sie lächelte mich an. »Ich habe gerade an dich gedacht. Ich dachte …«

»Ich bin gekommen, um dir zu sagen, dass ich fortgehe.«

»Wohin willst du?« Angestrengt versuchte sie, sich aufzusetzen.

Sofort lief ich zu ihr.

»Nein, hilf mir nicht.« Sie atmete schwer. »So …« Sie straffte die Schultern und saß aufrecht da. »So ist's besser. Wohin willst du?«

Tränen liefen mir übers Gesicht. Was, wenn ich sie niemals wieder sah? »Ich werde das Heilmittel finden.«

»Du verlässt die Burg meinetwegen?« Ihre Stimme klang tränenerstickt. »Oh, Addie.«

Wir umarmten einander und ein paar Minuten lang sprach keiner von uns ein Wort.

Endlich flüsterte sie erbittert: »Sir Grauer Tod hat mich meines Abenteuers beraubt und es dir gegeben.«

Ich drückte sie an mich. »Nicht nur darauf ist er uns eine Antwort schuldig.«

Bei ihren nächsten Worten klang sie schon wieder etwas gefasster: »Das wird er noch bereuen.« Sie löste sich aus meiner Umarmung und sah mich an. »Du hast bessere Chancen als Vater. Du willst es von ganzem Herzen und das wird dir helfen.« Sie dachte kurz nach und dann hellte sich ihre Miene auf. »Du kannst Blutbeißer mitnehmen. Auch er wird dir helfen.« Sie zuckte die Achseln. »Zumindest habe ich deinen Geist neulich damit bedroht. Dazu habe ich es wenigstens schon benutzt.«

Ich hob das Schwert vom Kaminsims und legte es vor die Tür. Wie sollte ich davon Gebrauch machen? Vom Fechten hatte ich keine Ahnung.

»Wohin hättest du dich auf die Suche nach dem Heilmittel begeben?«

Sie lächelte. »Überallhin, da es ja ein großes Abenteuer werden sollte. Aber als Erstes hätte ich die Feen gesucht.«

»Und wie?«

»Ich hatte vor, mir einen Geist zu schnappen und ihn zu fragen, wie ich sie finden kann. Wann brichst du auf? Gleich morgen früh?«

Ich nickte und übergab ihr den Brief an Vater.

»Was hat Bella dazu gesagt?«

»Bella habe ich es gar nicht gesagt und das darfst du bitte auch nicht tun.«

»Du musst es ihr aber sagen. Sie wird dir nie verzeihen, wenn du es nicht tust. Sie wird es niemandem weitererzählen, der es nicht erfahren soll. Außerdem kannst du ihr das befehlen. Sie wird dir sicher helfen. Und sag es auch Milton.«

Ich widersprach ihr nicht. Wir verabschiedeten uns und umarmten uns noch einmal. Ich hätte sie wohl noch die nächsten neunzehn Tage so an mich gedrückt, aber sie sagte: »Geh, Addie. Ich brauche etwas Schlaf, um morgen den Kampf wieder aufnehmen zu können.«

Als ich bereits auf dem Weg zur Tür war, sagte sie plötzlich:

»Du bist die mutigste Schwester von ganz Bamar.«

»Ach, ich wünschte, ich wäre wirklich mutig.« Ich machte auf dem Absatz kehrt und umarmte sie noch einmal. »Ich wünschte, ich wäre so wie du.« Ich hob Blutbeißer hoch und rannte hinaus.

Am Fuße der Treppe, die zu Bellas Schlafgemach führte, blieb ich stehen. Es war an der Zeit, dass ich begann, eigenständig zu denken, und ich hielt es für das Beste und Sicherste, Bella und Milton nichts von meinem Plan zu erzählen.

Aber ich hatte trotzdem das ungute Gefühl, dass Meryl meine Gedanken hören konnte.

In meinem Zimmer fiel ich augenblicklich in einen tiefen, festen Schlaf.

Noch vor Morgengrauen erwachte ich. Das Abenteuer würde schon damit beginnen, unbemerkt aus der Burg zu gelangen und über die Zugbrücke zu kommen. Ich starrte in meinen Kleiderschrank und wünschte mir, mit einem Zimmermädchen Kleider tauschen zu können. Ich suchte mein schlichtestes Gewand heraus. Es war immer noch feiner, als mir lieb war, aber es musste gehen.

Dann packte ich meine Siebensachen in meinen Nähkorb. Zuunterst legte ich frische Unterwäsche und darauf die Landkarten, den Zauberumhang und das magische Tischtuch. Ganz oben kam meine zerfledderte Ausgabe des *Drualt*-Epos hinein. Ich wählte zwei Goldbroschen aus, die ich bei Bedarf gegen Geld eintauschen konnte. Sie waren klein, und ich befürchtete, sie könnten aus dem Korb fallen, deshalb steckte ich sie an meinem Unterkleid fest. Als Letztes verstaute ich Rhys erstes Geschenk, die Holzkugel mit dem schönen Stoff, ganz unten im Korb. Die würde ich zwar nicht brauchen, aber ich brachte es nicht über mich, sie zurückzulassen.

Beim Zusammenpacken dachte ich nicht mehr an die Suche. Ich dachte auch nicht an meine Ängste. Ich überlegte noch nicht mal, wohin ich als Erstes gehen wollte. Ich arbeitete nur vor mich hin, im Takt meines klopfenden Herzens.

Plötzlich fiel mein Blick auf Blutbeißer. Wie sollte ich …

Da klopfte es an die Tür. Schnell schob ich den Korb unten in meinen Kleiderschrank. Dann lief ich zur Tür und öffnete sie einen Spaltbreit. Davor stand Milton.

»Ist was mit Meryl? Es geht ihr doch nicht schlechter, oder?« Ich öffnete die Tür ganz, um ihn hereinzulassen.

Er schüttelte den Kopf und trat ein. »Nein, es geht ihr nicht schlechter. Ich wollte Euch nicht erschrecken.«

Mein Herz begann wieder zu schlagen. Milton setzte sich auf den Sessel neben dem Schrank.

»Ich bin früh aufgewacht und habe nach Prinzessin Meryl gesehen. Sie sagte mir, Ihr wollt fort …«

»Hast du es jemandem weitererzählt?«

»Nur Bella.«

»Wird sie zu den Räten gehen?«

»Nein. Sie meinte nur, dass sie etwas für Euch hätte, und das Gleiche gilt auch für mich. Hier, meine Liebe.« Er hielt mir einen Lederbeutel hin.

Noch bevor ich ihn geöffnet hatte, stieg mir schon der Geruch in die Nase – so frisch wie Minze, so süß und schwer wie Flieder. Drinnen lagen winzige getrocknete dunkelrote Blüten. Verwirrt sah ich Milton an.

Er lächelte. »Das ist unser Kummerkraut. Unser Kummerkraut wird Euch mit neuem Mut erfüllen. Tut eine Blüte in Euren Tee und Ihr werdet wieder Kraft finden zum Weitermachen. Solltet Ihr keinen Tee zur Hand haben, steckt Euch einfach eine in den Mund und lutscht daran.«

»Vielen Dank. Ich werde …«

In diesem Augenblick stürzte Bella ins Zimmer, noch in Nachthemd und Nachthaube. Über ihrem Arm hing ein Kleid und sie hatte einen grob gewebten Leinensack dabei. Sie blieb abrupt stehen und stand unsicher da, sah zur Decke hoch, auf den Boden hinunter – überallhin, nur nicht zu mir. Dann brach sie in Tränen aus.

»Ich muss fortgehen«, sagte ich. »Ich muss es einfach tun.«

Sie nickte. »Hier, zieht das an.« Sie reichte mir das Kleid.

Es war aus rauem Musselin und in einem Hellgrün, das ich nie für mich selbst ausgesucht hätte. Mit seiner hellgelben Schürze passte es zu einem munteren Dienstmädchen, einem, das kleiner und kräftiger war als ich. Aber es würde seinen Zweck erfüllen.

»Und damit könnt Ihr alles transportieren.« Sie hob den Sack hoch.

Er war besser als mein Korb, der keinen Deckel hatte.

»Und das mag Euch ebenfalls nutzen. Seid damit aber vorsichtig.« Sie griff in den Sack hinein und zog ein Paar abgetragener schwarzer Stiefel hervor.

»Du liebe Güte, sind die groß!«, sagte Milton.

Sie waren groß genug für eine der königlichen Wachen, und außerdem trug ich bereits meine Reitstiefel, die sehr robust waren.

»Dahinter verbirgt sich mehr, als auf den ersten Blick erkennbar. Es sind Sieben-Meilen-Stiefel.« Sie griff wieder in den Sack. »Und das hier gehört dazu.«

Ich verstand nicht. »Was sind Sieben-Meilen-Stiefel?« Und warum gehörte ein Fernglas dazu?

»Eure Mutter hat sie Euch und Meryl hinterlassen.« Bella wischte sich über die Augen und schniefte. »Sie sagte, wenn man einen Schritt macht, tragen die Stiefel einen sieben Meilen weit. Ich weiß aber leider nicht, wozu das Fernglas gut ist.«

»Wieso hast du uns die Sachen nicht schon früher gegeben?«

Bella wurde rot. »Sie ziemten sich nicht für Prinzessinnen und Meryl hätte bestimmt regen Gebrauch von ihnen gemacht.« Sie sah so aus, als kämpfe sie mit den Tränen. »Jetzt ist das nicht mehr wichtig.«

Meryl hätte die Sachen heiß und innig geliebt. Bella und ich hatten Meryl beide davon abgehalten, ihre sehnlichsten Wünsche zu verwirklichen.

»Danke.« Ich schob die Stiefel mit dem Fernglas in den Sack zurück und packte die Sachen aus dem Korb dazu.

Meryl hatte recht daran getan, Milton einzuweihen. Wieder einmal hatte sie ihre jüngere Schwester beschützt.

Den Beutel mit dem Kummerkraut heftete ich mir mit einer der Broschen ans Unterkleid. Dann blickte ich auf Blutbeißer, der an meinem Waschgestell lehnte.

Ich war wahrlich keine Kriegerin, aber das Schwert war ein Geschenk von Meryl. Also schob ich es ebenfalls in den Sack. Es passte haargenau hinein. Ich konnte kaum noch die Sackkordel zuziehen. Hoffentlich würde die Schwertscheide sich nicht durch den Stoff bohren.

»Wohin wollt Ihr?«, fragte Bella.

Ich zuckte die Achseln. Rhys hatte gesagt, die Suche würde mich finden. Ich hoffte, er behielt Recht, denn ich konnte nicht weiter denken als bis zur Überquerung der Zugbrücke. Ich konnte ja kaum so weit denken.

14

MILTON VERSPRACH, am höchsten Turm einen grauen Wimpel zu hissen, wenn bei Meryl das nächste Stadium des Grauen Todes einsetzte. Durch das Fernglas würde ich den Wimpel sehen können. Ich umarmte den Elfen zum Abschied.

Anschließend schloss Bella mich in die Arme. »Drachen und Geister verfügen über großes *Wissen.*« Vom vielen Weinen hatte sie einen Schluckauf. »Am besten findet Ihr jemanden, der sie für Euch befragt. Macht's nicht selbst.«

Auf dem Weg aus der Burg hinaus sah ich nicht noch einmal nach Meryl. Sonst wäre ich niemals fortgekommen.

Ich überquerte die Zugbrücke zu Fuß. Niemand erkannte mich. Ein Mann rempelte mich an, ohne sich zu entschuldigen. Eine Frau nannte mich einen Faulpelz, weil ich für ihren Geschmack nicht schnell genug ging.

Auf der anderen Seite der Zugbrücke bog ich von der Straße auf einen der Feldwege, auf dem Meryl, Bella und ich oft ausgeritten waren. Eine heiße Brise fuhr durch die Weizenfelder um mich herum. Über mir kreiste ein Schwarm roter Gänse und schlug unter lautem Geschrei mit den Flügeln.

Als ich von der Straße aus nicht mehr gesehen werden konnte, blieb ich stehen und stellte meinen Sack ab, der mir schwer geworden war. Ich setzte mich auf den staubigen Weg, um zu überlegen, wohin ich gehen sollte. Da kamen mir Meryls Lieblingszeilen aus *Drualt* in den Sinn:

Schritt folgt auf Schritt.
Hoffnung folgt auf Mut.
Blick der Gefahr ins Auge.
Setz beherzt auf Sieg.

Ich hatte entsetzliche Angst vor Geistern, aber noch mehr Angst hatte ich vor Drachen, und so beschloss ich, als Erstes zum Muleewald zu laufen. Dort lebten keine Menschen, und so wäre jeder, dem ich begegnete, ein Geist. Sicherheitshalber würde ich aber in tiefer Nacht in den Wald gehen und meinen Zauberumhang tragen, der mich vor allem und jedem verbergen würde, außer vor Geistern – und vor Drachen, falls denn welche in der Nähe sein sollten.

Ohne Mutters Geschenk, die Sieben-Meilen-Stiefel, hätte ich den Muleewald nie rechtzeitig erreichen können. Ich zog das Fernglas aus dem Sack. Mir war klar geworden, warum es zu den Stiefeln dazugehörte: So konnte ich sehen, wohin ich ging, und würde nicht mitten in einem Meer oder auf einem Berg landen.

Ich fragte mich, ob Meryl wohl schon aufgewacht war. Dies wäre der erste Tag in meinem Leben, den ich ohne sie verbrachte.

Ich untersuchte das Fernglas. Hinter dem Okular waren drei bewegliche Ringe. Auf dem ersten befanden sich oben kleine Rillen, die von eins bis fünfzig nummeriert waren. In winzig kleiner Schreibschrift stand darauf: *Sieben Meilen.* Ich nahm an, dass man mit jeder Rille die Entfernung um jeweils sieben Meilen erhöhen konnte. Folglich, so rechnete ich mir aus, war die größte Distanz, die ich durch das Fernglas sehen konnte, dreihundertfünfzig Meilen oder fünfhundertsechzig Kilometer. Mehr als genug.

Der nächste Ring war beschriftet mit *Wegstunden* und von eins bis hundertfünfundzwanzig nummeriert. Der dritte Ring war weder gekennzeichnet noch beschriftet.

Der Muleewald war ungefähr dreihundert Meilen entfernt. Ich stellte den Sieben-Meilen-Ring auf dreiundvierzig, wandte mich nach Süden und hob das Okular ans Auge.

Der Wald lag dunkel wie die Abenddämmerung vor mir. Die Bäume waren riesig und standen so dicht, dass ich nicht hindurchsehen konnte. Dicke Ranken hingen zwischen ihnen und überwucherten den Waldboden. Das Fernglas zeigte die Ranken nicht klar, sondern verschwommen. Am Boden wuchsen strahlend buttergelbe Blumen, die ich ebenfalls unscharf, aber dennoch als sonnenhelle Tupfen im Zwielicht des Waldes wahrnahm.

Es war ein friedliches Bild, ohne jeden Schrecken und Düsternis. Plötzlich huschte, für mich ebenfalls nur undeutlich erkennbar, etwas Dunkelrotes vorbei und setzte sich auf einen niedrigen Ast. Ich wusste, dass es ein Vogel war, aber ich wünschte mir trotzdem, ihn besser sehen zu können.

Ich legte die Finger um den unmarkierten Ring und drehte daran. Das Bild wurde klarer.

O nein! Auf einer Ranke saß eine haarige braune Spinne!

Ich konnte nicht dorthin!

Lieber würde ich in die Wüste ziehen, um einen Drachen zu finden. Ich begann, das Fernglas neu einzustellen, hielt dann aber inne. War eine Spinne wirklich schlimmer als ein Drachen?

Nein.

Ich saß reglos da. Also würden die ersten Ungeheuer, mit denen ich es aufnahm, Spinnen sein. Meine Finger zitterten, aber dennoch schnürte ich meine normalen Stiefel auf und holte die Zauberstiefel aus dem Sack.

Die Sohle des rechten Stiefels war lose, die linke Ferse halb abgetragen. Und noch schlimmer, die Stiefel waren so groß, dass ich befürchtete, sie würden mir schon beim ersten Schritt vom Fuß fallen.

Doch als ich in einen der Stiefel schlüpfte, schrumpfte er zur perfekten Passform zusammen. Vielen Dank für dieses Geschenk, Mutter.

Ich stellte den Sieben-Meilen-Ring auf dem Fernglas auf die erste Rille und blickte hindurch, um zu sehen, wohin mein erster Schritt mich führen würde. An einen See. Doch ich wollte lieber nicht schon gleich zu Anfang ertrinken. Also drehte ich mich leicht zur Seite und sah wieder durch das Fernglas. Ein Dorf. Ich drehte mich weiter zur Seite. Eine Schafweide. Perfekt. Ich nahm meinen Sack und stellte mich sorgsam in Position, mit festem Stand.

Die Suche begann.

Gleichzeitig hob ich das Fernglas und den rechten Fuß. Meryl, ich werde dich retten!

Genau in diesem Augenblick bog ein angeschirrtes Pferd ein paar Meter vor mir auf den Feldweg. Vor Überraschung bäumte sich das Pferd auf und ich stolperte rückwärts. Sofort sausten die Stiefel davon und ich mit ihnen. Ich sah noch flüchtig das erschrockene Gesicht des Bauern, und dann war ich auch schon verschwunden, in rasender Fahrt rückwärts.

Ich fühlte mich wie eine Flickenpuppe, die vom Wirbelwind fortgezerrt wird, die Füße nur wenige Zentimeter über dem Boden. Ich stieß gegen Steine und Dreck – es ging zu schnell, um alles erkennen zu können. Und weiter wurde ich gezogen, durch einen Bach, einen Sumpf, über einen Zaun hinweg, nur wenige Zentimeter an einem steinernen Fort vorbei – und überall trafen mich peitschender Wind, Staub, Blätter, Dornen, Büsche, Schlamm.

Plötzlich verlangsamten sich die Stiefel ruckartig und machten auf einem Hügel Halt. Doch leider fand ich das Gleichgewicht nicht so schnell wieder, stolperte erneut und war schon wieder unterwegs.

Ich versuchte verzweifelt, die Kontrolle wiederzuerlangen, sodass ich nach dem nächsten Schritt wirklich stehen bleiben konnte. Während ich über Stock und Stein glitt, über hohes Gras, eine Straße und einen Fluss hinweg, bemühte ich mich, die Arme zu heben. In der linken Hand hielt ich noch das Fernglas, mit der rechten umklammerte ich den Sack.

Nach ungefähr drei Minuten wurden die Stiefel langsamer. Ich prallte gegen etwas und plumpste auf die Knie. Für einen kurzen Moment war ich froh, dass ich wirklich und wahrhaftig angehalten hatte. Doch dann sah ich, wogegen ich geprallt war.

Es war ein Oger. Er war riesig – doppelt so groß wie ich und fünfmal so breit. Einen Augenblick lang starrten wir uns beide nur dümmlich an. Dann begann ich, auf den Knien von ihm wegzurutschen. Ich hätte aufstehen und Gebrauch von den Stiefeln machen sollen, aber vor Angst war mein Hirn wie benebelt.

Er grinste und packte mich am linken Arm. Ich versuchte, mich zu befreien, schaffte es aber nicht. Er sagte etwas. Seine Stimme klang wie aneinander stoßende Steine. Weitere aneinander stoßende Steine antworteten ihm. Er hatte drei Gefährten, die allesamt grinsten. Ihre lippenlosen Münder wirkten wie lange Schlitze in ihren blassen Gesichtern.

Der Oger, der mich festhielt, nahm seine Keule und hob sie in die Höhe. Endlich kam ich wieder zur Besinnung. Ich stand auf und machte einen Schritt.

Der Oger kam mit! Ich schleifte ihn hinter mir her! Mir riss fast der Arm aus. Meine Schulter brannte höllisch.

Die Welt nun von vorn auf mich zustürzen zu sehen, war sogar noch schlimmer. Da, eine Steinmauer! Ich machte mich innerlich aufs Schlimmste gefasst und holperte hinüber. Eine Baumgruppe! Krachend sausten wir hindurch, knickten Äste und Blätter ab.

Ich warf einen Blick nach hinten zu dem Oger. Er versuchte, sich mit seinem freien Arm zu schützen. Sein Gesicht war dunkelrot angelaufen und seine Augen blickten wie irr.

Die Stiefel wurden langsamer und blieben dann vollständig

stehen. Brüllend hob der Oger seine Keule. Wieder machte ich einen Schritt und schrie auf, weil meine Schulter so schmerzte.

Wie lange konnte ich ihn noch so mitschleifen?

Da, links vorne – da kam ein Beobachtungsturm! Wir würden daran vorbeisausen, außer… Ich lehnte mich so stark wie möglich nach links. Die Stiefel änderten die Richtung, wenn auch nur ein kleines bisschen. Ich lehnte mich stärker zur Seite. Das Ogerbrüllen wurde schriller, er wimmerte und kreischte. Der Turm war nur noch Sekunden entfernt. Aah! Ich würde mit ihm zusammenstoßen!

Der Turm!

15

Mit einem letzten Quäntchen Kraft legte ich mich stärker nach rechts. Der Oger knallte gegen den Turm und ich riss mich los und jagte weiter. Ungefähr eine Minute später verlangsamten die Stiefel ihren Schritt und ich warf mich selbst zu Boden. Die Schmerzen in meiner Schulter waren unerträglich.

Meine Kleiderärmel waren halb vom Oberteil abgerissen, sodass ich die Haut darunter sehen konnte, die ganz verfärbt war – schwarz, dunkelrot und orange. Schulter und Arm schwollen so stark an, dass der Ärmel bereits spannte. Das verstärkte die Schmerzen noch. Die Finger konnte ich zwar noch bewegen, den Arm aber nicht mehr heben. Bestimmt hatte ich mir den Arm ausgekugelt. Was hätte ich darum gegeben, Milton jetzt bei mir zu haben!

Ich schloss die Augen. Solange der Schmerz anhielt, konnte ich nichts tun.

Milton! Vielleicht würde mir sein Geschenk, das Kummerkraut, helfen. Ich machte den Beutel von meinem Unterkleid ab und schaffte es, ihn mit meiner gesunden Hand zu öffnen. Bereits der Geruch des Heilkrauts wirkte schmerzlindernd. Ich legte mir eine Blüte auf die Zunge. Ihr Aroma breitete sich in meinem Mund aus und für einen herrlichen Moment hatte ich keine Schmerzen mehr. Dann kehrten sie zurück, aber nicht mehr so überwältigend wie vorher.

Ich lehnte mich zurück und verlor das Bewusstsein. Ich träumte von einem Freund, der aus dem Norden zu mir kam. Ich wusste, dass er ein Freund war, obwohl ich ihn noch nie gesehen hatte. Und doch war ich schrecklich glücklich, ihn wiederzusehen.

Er setzte sich neben mich und trennte den Ärmel ganz von meinem Kleid ab. Dann führte er den Oberarmknochen behutsam in mein Schultergelenk zurück.

Mich durchfuhr der Gedanke, es könnte Rhys sein, aber sofort wusste ich, dass er es nicht war.

Der Traum verblasste und ich schlug die Augen auf. Der Nachmittag war halb vorüber. Den Schmerz in meiner Schulter spürte ich nur noch dumpf. Mein Arm war nackt und noch immer geschwollen, aber nicht mehr ganz so schlimm wie vorher. Mir ging es sogar wieder gut genug, um Hunger zu verspüren.

Mein Kleiderärmel lag zerknittert ein paar Meter von mir entfernt. Die Stiefel lehnten an meinem Sack, obwohl ich mich nicht entsinnen konnte, sie ausgezogen zu haben. Sie waren wieder gewachsen und wirkten abermals viel zu groß für mich.

Sie waren ein gefährliches Transportmittel. Doch sie hatten es mir immerhin ermöglicht, den Oger loszuwerden. Ich setzte mich auf. Ich hatte einen Oger getötet oder zumindest ziemlich stark verletzt, und es würde lange dauern, bis seine Wunden verheilt waren. Ich grinste. Ich, Addie die Ängstliche, Addie die Schüchterne, hatte die Oberhand über einen *Oger* gewonnen!

Ich konnte mir nun gut vorstellen, wie Drualt zumute gewesen war, wenn er einen Feind bezwungen hatte. Es war mir vorher nie verständlich gewesen, aber jetzt wusste ich, warum man Drualt »den Lachenden« nannte.

Drualt, der Lachende, lachte
Über die Sonne auf seinem Schild,
Den Mond auf seinem Silberschwert,
Die Trommel in seinem Herzen.
Lachte über seinen Tod,
Den er flüchtig in der Ferne erblickte.
Drualt, der Lachende,
Lachte über das Lachen.

Addie, die Lachende.

Ach, könnte ich das alles nur Meryl erzählen!

Meryl... plötzlich war ich mir ganz sicher, dass etwas Schreckliches geschehen war – dass der Schlaf gekommen war oder noch etwas Schlimmeres. Ich hob das Fernglas.

Nein, kein grauer Wimpel. Tief atmete ich die Luft aus, die ich angehalten hatte.

Ob man mit dem Fernglas durch die Burgmauern hindurch in Meryls Zimmer sehen konnte? Ich senkte das Fernglas etwas und blickte jetzt geradewegs auf die nordwestliche Burgmauer. Aber Meryls Schlafgemach ging wie auch meins nach Osten hinaus. Ich drehte den dritten Metallring und jetzt spähte ich in ein kleines Bedienstetenzimmer. Mit dem Fernglas konnte man tatsächlich durch Stein und Holz sehen! Ich drehte wieder am Ring und erblickte einen Flur. Es dauerte ein paar Minuten, aber schließlich hatte ich Meryl gefunden. Sie saß im Nachthemd auf ihrem blauen Sessel, im Schoß ein Essenstablett. Sie sah nicht schlechter aus als zuvor.

Bella saß vorgebeugt im roten Sessel. Wahrscheinlich bekniete sie sie, etwas zu essen. Ich wünschte mir ein Zauberglas für meine Ohren, und ein weiteres, in das ich sprechen konnte. Ein Lauschglas und ein Sprechglas.

Ich senkte das Fernglas. Dadurch, dass ich die Burg ausfindig gemacht hatte, wusste ich, wie weit ich mich bereits von zu Hause entfernt hatte und wo ich mich genau befand. Ich hatte zwei Stiefelschritte nach Norden gemacht und dann zwei nach Westen. Ich war in der Ebene von Bamar, und der Fluss zu meinen Füßen war der Byne, der auch durch unseren Burggraben zu Hause floss.

Hier war der Fluss allerdings schmaler und träger. Am anderen Ufer grasten fünf Kühe. Flussabwärts hing eine Weide ihre Äste ins Wasser. Ich holte Rhys' Landkarten aus dem Sack. Am Byne lagen mehrere Dörfer. Ich konnte eines aufsuchen und in einer Herberge übernachten. Dort wäre ich vor Ogern sicher.

Und den Rest des Tages nutzlos verstreichen lassen? Nein, das ging nicht. Und außerdem – ich sah an mir hinunter – hätte man mich in einer anständigen Herberge gar nicht aufgenommen. Mein Rock war fleckig und schlammverdreckt, der Saum zerfetzt, und ein Riss zog sich bis zu meinem Knie hoch.

Eine Herberge kam nicht infrage, aber bevor ich mich in den Muleewald wagte, musste ich unbedingt etwas essen. Ich war völlig ausgehungert. Ich griff wieder tief in meinen Sack hinein und zog das magische Tischtuch heraus.

Ich kam mir lächerlich dabei vor, eine Tischdecke anzusprechen. »Gute Tischdecke, bitte deck dich.«

Sie schüttelte sich selbst auf, und eine Mahlzeit baute sich vor mir auf, genau die richtige Menge für mich, nicht die absurde Überfülle, die sie letztes Mal zur Schau gestellt hatte. Es gab kalte, süße Erbsensuppe, gebratene Seebrasse und als Nachtisch Maulbeerpudding. Alles Speisen, die ich gern aß.

Ich nahm den Suppenlöffel zur Hand, aber da *schubste* mich der Stoff, der an der Seite des nicht existenten Tisches herunterhing! Ich stolperte rückwärts und plumpste plötzlich auf einen Sitz. Soweit ich sehen konnte, gab es keinen Stuhl, aber es fühlte sich so an, als würde ich auf einem Holzstuhl mit einem dünnen Kissen sitzen. Ich tastete unter mich. Das Kissen hatte unsichtbare Fransen und unterhalb des Kissens berührte ich Holz, oder so schien es zumindest. Ich glaubte sogar, die Maserung zu spüren, und mir kam der Gedanke, ich müsste vor Splittern aufpassen, da ein unsichtbarer Splitter womöglich nur schwer zu entfernen war.

Schließlich gewann mein Hunger die Oberhand. Ich vergaß den Stuhl und begann zu speisen. Als ich alles bis zum letzten Bissen aufgegessen hatte, sagte ich aus tiefstem Herzen: »Gute Tischdecke, ich dank dir für ein feines Mahl.«

Sofort legte sie sich zusammen und schwebte noch kurz in der Luft, ehe sie schlaff zu Boden sank. Ich fing sie auf und schob sie in den Sack zurück.

Die Sonne stand bereits tief am Himmel. Ich zog wieder die Stiefel an, hob den Sack und richtete das Fernglas nach Süden. Wenn ich einen Oger bezwungen hatte, so konnte mir das auch mit einem Geist gelingen. Ich machte einen Schritt.

Jetzt, da ich wusste, wie ich die Richtung beeinflussen konnte, war es nicht mehr ganz so unheimlich. Bald merkte ich, dass ich immer dann die größte Wirkung erzielen konnte, wenn die Stiefel langsamer wurden.

Beim vierten Schritt wäre ich um ein Haar in einem See gelandet. Aber ich konnte die Katastrophe gerade noch vermeiden, indem ich schnell gegenlenkte, und begann, das Ganze sogar zu genießen. Es war ein erhebendes Gefühl, so durch die Welt zu sausen, die Ebenen in Gebirge und die Gebirge wieder in Ebenen übergehen zu sehen. Einen Augenblick lang flitzten die Stiefel mit mir eine Straße entlang. Ich stürzte auf Fuhrwerke zu, die in einer Reihe hintereinander fuhren. Als ich an ihnen vorbeiglitt, sah ich die entsetzte Miene des vordersten Kutschers.

Mitten beim sechzehnten Schritt fand ich mich plötzlich im Muleewald wieder. O nein! Niemals konnte ich all diesen Baumstämmen ausweichen. Bestimmt würde ich mit tödlicher Wucht gegen einen Baum prallen!

Doch die Stiefel wussten, was sie taten. Ich stieß zwar öfters irgendwo an, sodass mein offen stehender Mund sich mit Blättern füllte, aber ich trug keine ernsthaften Verletzungen davon. Endlich wurden die Stiefel wieder langsamer, und ich warf mich zu Boden. Ich spuckte die Blätter aus, setzte mich auf und blickte mich suchend nach Spinnen um.

Als ich nirgends eine sah, atmete ich auf.

Ich zog die Sieben-Meilen-Stiefel aus und an ihrer Stelle meine ganz normalen an. Im Wald war es mucksmäuschenstill, wahrscheinlich hatte meine plötzliche Ankunft alles voll Schreck verstummen lassen. Falls Geister hören konnten – mir war nicht klar, ob sie Ohren hatten –, wussten jetzt alle, dass ich hier war.

Nun ja, ich war ja auch gekommen, um einen Geist zu finden. Ich wollte, dass sie wussten, dass ich hier war.

Die Luft war unerträglich süß, parfümiert und schwer. Ich stand mitten zwischen bamaranischen Robinien, von denen die haarigen Ranken herabhingen, die ich schon durch das Fernglas gesehen hatte. Der Boden war weich, mit vielen Schichten jahrzehntealtem, wahrscheinlich sogar jahrhundertealtem totem Laub bedeckt. Zwischen den Robinien wuchsen langstielige wächserne rote Blumen, die in diesem Schattenland eine fast unnatürliche Leuchtkraft hatten.

Dann setzten allmählich die Geräusche des Waldes wieder ein. Eine Lerche sang. Sie klang so süß und bezaubernd wie die Lerchen zu Hause. Insekten summten und brummten. Ein Specht hämmerte. Im Unterholz raschelte es. Ich blieb ganz still stehen und wartete mit rasendem Puls, aber nichts sprang hervor.

Die Luft war feucht und kühl. Ich suchte den Umhang aus dem Sack heraus, wickelte mich darin ein und augenblicklich wurde mir wärmer.

Ich wusste nicht, was ich als Nächstes tun sollte. Weiter als bis hierher hatte ich nicht gedacht.

»Hier bin ich«, rief ich schließlich. »Kommt und sucht mich.« Meine Stimme klang schrill und brüchig. Sie hing in der Luft, und ich wartete darauf, dass sie brach und klirrend zu Boden schlug.

In meiner Vorstellung lauerten plötzlich hinter jedem Baum Geister, die sich lustig machten über mich – über meine Hoffnungen, meine Absichten und meine Torheit, in ihr Reich einzudringen. Für sie wäre es ein Fest, wenn Meryl starb. Sie wären entzückt, wenn sie auch meinen Tod verursachen könnten.

Ich marschierte los und hielt auf dem Weg Ausschau nach Geistern und Spinnen. »Hier bin ich. Kommt her.«

Doch nichts geschah. Unbeirrt setzte ich meinen Weg fort,

obwohl ich erschöpft war und meine Schulter zu pochen begonnen hatte.

Das Glück war auf meiner Seite, denn ich sah keine Spinnen.

Das Glück war gegen mich, denn ich sah auch keine Geister.

Die Waldszenerie veränderte sich nur unwesentlich. Nach den Robinien kamen Eichen und nach den Eichen Schierlingstannen. Die Blumensorten veränderten sich, aber die Ranken blieben die gleichen und das trübe Licht wurde nicht dunkler, auch wenn außerhalb des Waldes die Nacht hereingebrochen sein musste.

Gerade als ich so müde wurde, dass ich dachte, ich könnte keinen weiteren Schritt mehr gehen, kam ich an eine Lichtung. Ich sank auf einem Moosteppich zusammen und schaute hinauf. Hoch droben, weit über mir, war eine Lücke in der Blätterdecke und ich sah den dunklen Himmel und drei Sterne.

Der Himmel und die Sterne wirkten tröstlich auf mich. Sie symbolisierten die Welt außerhalb des Waldes. Ich lächelte sie von unten an. Heute war ein anstrengender Tag gewesen. Ohne ein wenig Rast konnte ich nicht weiter.

Ich schob mir den Sack als Kissen unter den Kopf, streckte mich aus und war in kürzester Zeit eingeschlafen.

16

»Prinzessin Addie?«

Das war Rhys' Stimme. Mühsam kämpfte ich mich aus dem Tiefschlaf hoch. Rhys! Schlagartig war ich hellwach. »Geht es Meryl schlechter?« Ich setzte mich auf und zog den wärmenden Umhang enger um mich.

»Nein, ihr Zustand ist unverändert.«

Klar und deutlich konnte ich ihn im gespenstischen Licht des Waldes sehen.

Er kauerte sich neben mich. »Ich wollte Euch keine Angst einjagen.«

Lächelnd betrachtete ich sein sorgenvolles Gesicht. Ich freute mich so sehr, ihn zu sehen!

»Ihr habt Euch am Arm verletzt!«

»Ach, das ist nichts. Ich habe mich nur aus den Klauen eines Ogers befreit«, sagte ich, von der Verlockung mitgerissen, ein wenig zu prahlen.

Bewundernd machte er eine Verbeugung. »Ich habe ebenfalls Neuigkeiten«, sagte er. »Über das Heilmittel.«

Ich sprang auf. »Ihr habt es gefunden?«

»Nicht *das* Heilmittel, aber *ein* Heilmittel. Es befindet sich hier im Wald. Genauer gesagt, unter dem Waldboden. Ich erzähle Euch davon auf unserem Weg dorthin.«

Ich griff nach meinem Sack. »Ich bin bereit.«

Er nahm mir den Sack aus der Hand und wir machten uns auf den Weg. Im Wald war es stiller als zuvor. Ich hörte es nur rascheln und vernahm hin und wieder das Knacken eines Zweiges, aber kein Vogelgezwitscher. Was für eine Tageszeit mochte es wohl sein?

Oft war nicht genug Platz, um nebeneinanderher zu gehen, und dann lief Rhys hinter mir, wobei er mich mit einer Hand auf meinem Ellbogen führte. Seine Berührung war tröstlich – mehr als tröstlich.

Sogar über Spinnen machte ich mir keine Sorgen mehr. Wenn ich eine sah, würde Rhys wissen, was zu tun war.

Auf dem Weg erklärte er mir, wie er auf dieses spezielle Heilmittel gestoßen war. Sein erster Tag in der Zitadelle hatte zur Mittagszeit geendet und er hatte bis zum folgenden Nachmittag frei. Er war zur Burg von Bamar zurückgekehrt, um zu sehen, wie es Meryl ging. Dann war er aufgebrochen, um mich zu suchen, und unterwegs einem Zwerg begegnet.

»Ich bin ein Stück des Weges mit ihm gegangen«, sagte er. »Bis dahin habe ich noch nie einen beschwipsten Zwerg getroffen, Addie... Prinzessin Addie. Der Kerl hatte zu viel Ale getrunken und das löste seine Zunge.«

Der Zwerg hatte Rhys von der großen Zwergenzeremonie erzählt, die alle zweihundert Jahre stattfand. Wie mir Rhys erklärte, lebten die meisten Zwerge zweihundert Jahre. Ihre Königin aber war unsterblich und überdauerte eine Lebenszeit nach der anderen. Jedes Mal, wenn sie alt wurde und im Sterben lag, trugen die Zwerge sie auf einer edelsteinbesetzten Sänfte durch einen hunderte von Meilen langen unterirdischen Gang zu einer Stelle tief unter dem Muleewald.

Rhys sprach mit gedämpfter Stimme. Als ich mich zu ihm umdrehte, sah ich, dass er die Augen weit aufgerissen hatte, in Gedanken ganz bei dem dramatischen, großen Ereignis. »Auf ihrem Marsch singen sie, damit die Königin nicht den Mut verliert. Ist das nicht großartig?«

»Ja«, sagte ich leise.

»Schließlich kommen sie zu einer geheimen Kammer, ihrem heiligsten Ort. Die Wände sind voller kostbarer Edelsteine und in der Mitte steht ein goldener Altar. Oben auf dem Altar befindet sich ein kleines Eichenkästchen, in dem ein schlichter Silberring liegt. Ein Zwergenprinz steckt der sterbenden Königin den Ring an den Finger und sie lebt wieder auf. Nachdem sie den Ring eine Stunde lang getragen hat, nimmt sie ihn ab. Sie braucht ihn nicht mehr, denn ihre Gesundheit wurde für die nächsten zweihundert Jahre wiederhergestellt. Dann beginnt die Zeremonie.«

Glaubte er, wir könnten Meryl mit dem Ring retten? »Aber es handelt sich um einen Zauber für Zwerge und nicht für Menschen«, sagte ich zögernd, ohne zu begreifen. »Und die Königin bekommt nie den Grauen Tod.«

»Das Gleiche habe ich auch gedacht, Addie... Prinzessin Addie.« Er blieb stehen, und ich hielt ebenfalls inne, sonst hätte er seine Hand von meinem Arm nehmen müssen. »In meinen Gedanken seid Ihr immer Addie, einfach nur Addie.«

In seinen Gedanken! Er dachte also an mich, wenn ich nicht da war?

Ich stammelte: »Ihr d-dürft mich ruhig Addie nennen, einfach nur Addie.«

»Addie... Ah, das kommt mir viel leichter über die Lippen.« Er drückte sanft meinen Arm und wir setzten unseren Weg fort. »Wie ich schon sagte, Addie, der Zwerg erzählte mir, dass der Ring Menschen königlichen Geblüts heilt, egal wen und egal von welcher Krankheit.«

Ich überlegte. »Aber sollten wir nicht lieber zur Königin gehen und sie fragen, ob wir uns den Ring ausleihen dürfen? Mit meinen Stiefeln wäre ich schnell dort und Ihr könntet hinfliegen.«

Rhys ließ meinen Arm los. Ich drehte mich zu ihm um. Mit sorgenvoller Miene stand er reglos da. »Das wäre natürlich das Beste und so sollten wir es eigentlich machen, nur dauert es Wochen, eine Audienz bei der Königin zu bekommen. Wenn wir dagegen direkt zur Geheimkammer gehen, können wir uns den

Ring innerhalb weniger Stunden ausgeborgt und wieder zurückgegeben haben.«

Ich dachte darüber nach. Der Ring konnte Meryl retten, vielleicht sogar heute noch. Ich stellte mir im Geiste vor, wie sie wieder gesund war, mir und Rhys dankte, mit Bella im Kreis herumtanzte, Blutbeißer schwang. »Gleich nach Meryls Heilung könnten wir den Ring zu dritt zurückbringen und uns dann bei der Zwergenkönigin bedanken.«

Rhys' Miene hellte sich auf. »Genau so machen wir es...«

Aus der Ferne rief jemand meinen Namen. »Habt Ihr das eben gehört?«, fragte ich.

»Nein.« Er blieb stehen und lauschte. »Was gehört?«

»Jemand hat mich gerufen. Es kam aus dieser Richtung.« Ich deutete nach rechts. Es war eine Männerstimme gewesen, aber ich hatte sie nicht erkannt.

»Habt Ihr sie zum ersten Mal gehört?«

»Ja, zum ersten Mal.«

»Im Muleewald gibt es allerhand Phantomgeräusche, Laute, die einen in lebensgefährliche Situationen locken sollen. Vielleicht werdet Ihr es noch öfter hören.«

»Ist es ein Geist?«

»Das muss es wohl sein, aber so tief im Wald werdet Ihr ihn nicht einfangen können. Wenn Ihr seiner Stimme folgt, wird er Euch nur in den Tod führen.«

Machen wir, dass wir schnell den Ring finden, und dann nichts wie weg von hier, dachte ich und ging weiter. »Und wie kommen wir in die Geheimkammer hinunter?«

»Es gibt einen Eingang. Der Zwerg hat ihn mir beschrieben. Er ist nicht weit von hier. Ich hätte den Ring selbst geholt, aber der Zwerg meinte, der Zauber würde gebrochen, wenn jemand die Kammer beträte, der weder ein Zwerg noch königlichen Geblüts sei. Dafür werde ich den Eingang bewachen. Als ich dort war, schlichen mehrere finstere Gestalten in der Nähe herum.«

Eine Weile gingen wir schweigend weiter. Ich war in Gedanken bei der Zwergenkönigin. Schließlich sagte ich: »Ich bin …«

Gleichzeitig sagte er: »Addie …«

Verlegen verstummten wir beide. Dann sagte Rhys galant: »Ihr zuerst, dann ich.« Seine Hand zuckte auf meinem Arm, und ich hatte das Gefühl, dass er gegen den Impuls ankämpfte, sich zu verbeugen.

Ich lächelte. »Ich wollte sagen, dass ich überrascht bin, dass die Königin sich nie mit dem Ring gemeldet hat, als meine Mutter krank war, aber vielleicht hat sie nur nicht daran gedacht.«

»Das ist die einzige Erklärung. Bestimmt war es keine Absicht.«

»Was wolltet Ihr sagen?«

»Hmmm. Ich wollte sagen, dass ich heute etwas von Orne erfahren habe. Er …«

»Über den Grauen Tod?«

»Nein, es geht um Orne selbst, aber vielleicht sollte ich nicht jetzt damit anfangen.«

»Doch, bitte sagt es mir.«

»Es ist so.« Er räusperte sich. »Kein Zauberer ist strenger als Orne. Keiner hat weniger Interesse an der Welt außerhalb der Zauberei, und doch hat mir Orne gestern gestanden, dass er einst mit einer Menschenfrau vermählt war! Vor dreihundert Jahren, wie er sagte.«

Rhys' Lehrmeister, derjenige, der wahrscheinlich den größten Einfluss auf ihn ausübte – vermählt mit einer Menschenfrau!

In diesem Augenblick hörte ich wieder die Phantomstimme. Sie rief meinen Namen. Und gleich darauf noch mal. »Prinzessin Addie, Prinzessin Addie.« Sie klang täuschend echt.

»Ich dachte, er machte sich nichts aus Menschen, aber er schwärmte davon, wie wunderbar seine Frau gewesen sei.«

Ich stolperte über eine Baumwurzel. Rhys verstärkte den Griff um meinen Arm und bewahrte mich vor dem Fall.

»Und dann sagte er noch etwas Überraschendes: Er meinte, dass die besten Zauberer alle einmal einem anderen Geschöpf gegenüber treu ergeben gewesen seien, einem Menschen, Elfen oder Zwerg.« Rhys machte eine kurze Pause. »Doch dann wollte er plötzlich kein Wort mehr darüber verlieren. Er warnte mich nur, mein Studium nicht zu vernachlässigen.«

Zu viel geschah auf einmal. Und dann erklang wieder diese Stimme, die mich rief und mich daran erinnerte, welch ein furchtbarer Ort der Muleewald war.

»Eigentlich wollte ich kein einziges Wort darüber verlieren«, sagte Rhys. »Ich bin kein guter Zauberer, wenn ich meine Zunge nicht im Zaum halten kann.«

Ich wünschte, er hätte es mir später erzählt, nachdem Meryl … nachdem Meryl geheilt war – in nur wenigen Stunden, falls ich den Ring fand!

War Meryl erst wieder gesund, würde ich entzückt sein über Ornes Frau – und dann wäre ich auch in der Lage, darüber nachzudenken, was das für mich bedeutete.

»Sind wir bald beim Eingang?«, fragte ich.

»Wir sind schon ganz in der Nähe. Addie?« Er hielt inne. »Darf ich es ein andermal – Ornes Vermählung und, ähm, damit zusammenhängende Dinge … darf ich es zu einem besseren Zeitpunkt wieder ansprechen?«

Die Antwort lautete: Ja. Sie konnte nicht anders lauten, aber ich wünschte mir, er würde für den Augenblick mit dem Thema aufhören. »Ich weiß nicht. Ich glaube schon.«

Endlich schwieg er. Ich fragte mich, wie lange wir schon so vor uns hin gingen. In dem gleich bleibenden Halbdunkel hatte ich jegliches Zeitempfinden verloren.

»Ah. Da sind wir.«

Vor mir sah ich keinen Eingang, nur einen Haufen Steine, fast schon Felsblöcke. Rhys nahm seinen Zauberstab und richtete ihn auf den obersten, größten Stein, der sich daraufhin in die Luft erhob und zum Fuß eines hohen Ahornbaums schwebte.

Wo gerade noch der Stein gewesen war, kam jetzt ein Loch zum Vorschein, mit abwärts führenden Stufen. Ich hätte mich ihnen gern mutig genähert, aber da ich weiche Knie hatte, ging ich nur langsam darauf zu. Die Öffnung war vorne breit, wurde dann aber schnell schmaler. Kalte, faulige Luft wehte mir entgegen.

Ich wich zurück. »Wie weit ist es bis zur Kammer?«

»Der Zwerg sagte, man geht nicht mal eine halbe Stunde.«

Eine halbe Stunde hin und eine halbe Stunde wieder zurück. Insgesamt also eine Stunde in dem unterirdischen Gang! »Wie soll ich da unten den Weg erkennen?«

»Ich kann Euch Licht mitgeben, aber mir gefällt der Gedanke nicht, dass Ihr alleine hineingeht. Vielleicht sollten wir doch lieber der Königin aufwarten.«

»Das geht nicht. Meryl kann nicht warten.«

Rhys schwang zweimal seinen Zauberstab und hielt ihn mir dann hin. »In der Dunkelheit fängt er an zu leuchten.«

Ich nahm den Zauberstab entgegen. »Wenn mir irgendwas zustoßen sollte, geht Ihr dann geradewegs zur Königin und bittet sie um eine unverzügliche Audienz?«

Er nickte mehrmals und nickte auch dann noch, als ich hinzufügte: »Sollte sie sie Euch nicht gewähren, so meldet es meinem Vater. Ihn lässt sie vielleicht schneller vor.«

Ich kauerte mich über den Eingang. Ein übel riechender Luftschwall blies mir entgegen. Ich zog den Umhang enger um mich und wandte mich noch mal an Rhys. »Könntet Ihr nicht …« Ich wollte ihn fragen, ob er nicht ein kurzes Stückchen mit mir kommen konnte, aber ich durfte Meryls Leben nicht aufs Spiel setzen. »Ich glaube … ich gehe dann jetzt.«

Rhys sah so besorgt aus, dass meine Angst ein wenig abnahm.

»Lebt wohl.« Vorsichtig ließ ich den Fuß auf die erste Stufe hinab. Eiseskälte kroch mein Bein hinauf und setzte sich fort bis zu meinem Herzen. Ich zog das Bein wieder zurück. Ich konnte da nicht hineinsteigen.

Doch ich musste es tun.

Ich versuchte, mich zu rühren, stand aber wie erstarrt da.

Es war absurd. Im Vergleich zu dem, was ich heute schon alles überstanden hatte, war es ein Kinderspiel, den Gang zu betreten. Dort würden keine Ungeheuer auf mich lauern und Rhys würde den Eingang bewachen.

Ich holte tief Luft – konnte mich aber noch immer nicht bewegen. Ich war also immer noch feige, unfähig zu tun, was nötig war. Ich schaute zu Rhys hinüber.

»Wenn Ihr es nicht für sicher haltet«, sagte er, »braucht Ihr nicht hineinzugehen. Ihr könnt auch einfach Eure Suche fortsetzen.«

Wie sollte ich die Suche fortsetzen, wenn ich nicht einmal so was zuwege brachte? Ich stellte den Fuß wieder auf die erste Stufe, und diesmal zog ich ihn nicht zurück, aber ich konnte den anderen Fuß nicht dazu bringen, ihm zu folgen. Fünf geschlagene Minuten stand ich so da und starrte in die Dunkelheit, während das Loch mir seine feuchten Dämpfe entgegenblies.

Wenn ich den Ring holte, würde Meryl gesund werden und ich wäre wieder in Sicherheit. Nie mehr müsste ich die Burg verlassen, wenn ich nicht wollte.

Der linke Fuß folgte dem rechten. Ich machte mich an den Abstieg.

»Prinzessin Addie?«

Ich drehte mich um.

Da war ein zweiter Rhys. Er flog ein paar Meter von mir entfernt zwischen den Bäumen. »Prinzessin Addie? Seid Ihr hier?«, rief er. Er schien mich nicht zu sehen.

Ein Geist! Ich war im Begriff, mir einen Geist zu schnappen!

»Fort mit dir, du Ungeheuer!«, befahl Rhys. »Ihr sollt nicht…«

»Nein! Wartet!« Ich trat aus dem Loch. »Geh nicht weg, Ungeheuer«, rief ich. »Ich habe eine Frage, die ich dir stellen muss.« Vielleicht musste ich doch nicht ins Loch hinunter.

Der Geist drehte mir den Kopf zu. »Prinzessin Addie? Seid Ihr das? Ich kann Euch nicht sehen. Tragt Ihr Euren Zauberumhang?«

17

Mein Umhang! Rasch zog ich ihn mir vom Leib. Wenn ich ihn trug, konnten nur Geister und Drachen mich sehen. Ich war also die ganze Zeit mit einem Geist mitgegangen! Wieder war ich das Opfer einer Täuschung geworden.

Der Geister-Rhys, das Ungeheuer, das mich hierher gelockt hatte, begann zu lachen. Es klang schrill und grausam. Der Geist schlang die Arme um seinen Leib und schüttete sich aus vor Lachen. Dann begann er zu verblassen.

»Bleib«, sagte ich. Meine Stimme klang schwach, von der Angst und dem Schock, den ich davongetragen hatte.

Trotzdem verblasste der Geist weiter. Gleich würde er sich ganz in Luft aufgelöst haben.

»Bleib!«, rief ich. »Ich befehle es dir.«

Er wurde wieder sichtbar.

»Sag mir, wie ich das Heilmittel gegen den Grauen Tod finde.«

Der echte Rhys nahm dem Geist den Sack aus der Hand.

Der Geist sprach: »Ich selbst weiß nichts von einem Heilmittel, aber Drachen und Feen kennen es.« Er lachte wieder. »Allerdings werdet Ihr leichter einen Drachen finden als eine Fee.« Er machte eine übertriebene Verbeugung, eine spöttische Nachahmung von Rhys' Geste. Dann verschwand er endgültig. Sein Zauberstab, den ich noch immer in der Hand hielt, verschwand ebenfalls, und zwischen meinen Fingern war plötzlich nur noch Luft.

Ich wich vom Loch zurück. Einen Augenblick lang konnte ich nicht sprechen. Endlich sagte ich: »Ist mit Meryl alles in Ordnung? Oder geht es ihr schlechter?«

»Ihr Zustand ist unverändert. Sie ist nicht schwächer geworden.«

Nicht schwächer. Zumindest in dieser Hinsicht hatte der Geist also die Wahrheit gesprochen.

»Seid Ihr verletzt? Euer Arm sieht…«

»Mir geht es gut.« Die Falle des Geistes – der unterirdische Gang – lauerte noch immer bedrohlich. »Könnt Ihr das Loch wieder zumachen?«

Mit größter Mühe schob Rhys den Stein wieder über den Eingang. Er keuchte von der Anstrengung. »Das ist die schlimmste Stelle im Wald, glaube ich.« Er machte eine kurze Pause, um wieder zu Atem zu kommen. »Nicht weit von hier habe ich eine Lichtung entdeckt. Würdet Ihr gern dorthin gehen?«

Ich nickte und folgte ihm, aber in meinem Inneren kämpfte ich noch immer mit der Angst.

Rhys drehte mir den Kopf zu und sagte: »Orne findet, dass Geister schön sind, aber ich…«

Ich hätte das Ungeheuer als solches erkennen müssen. Rhys, der echte Rhys, hätte nie einen Ring gestohlen oder die Betrunkenheit eines Zwerges ausgenutzt.

Woher hatte ich aber die Gewissheit, dass *dieser* Rhys wirklich echt war? Er hatte mich vor dem Loch gerettet, aber er konnte trotzdem… Vielleicht war ich das Opfer eines raffinierten Plans mehrerer Geister. Schließlich wollte er mich ebenfalls an einen mir unbekannten Ort führen.

Beim Gehen musterte ich forschend seinen Rücken, konnte aber nichts Besonderes feststellen.

»Die Lichtung müsste eigentlich ganz nahe sein. Mal sehen. Ah ja, da ist sie.«

Alles schien in bester Ordnung. Wieder beruhigte mich der Anblick des Himmels. Es war noch immer Nacht, aber die Sterne verblassten schon allmählich.

Rhys wirbelte zu mir herum, wodurch sein Umhang sich hinter ihm aufbauschte. »Ich bin ja so froh, dass ich Euch gefunden habe.«

»Woher wusstet Ihr, wo Ihr suchen musstet?«

»Prinzessin Meryl verriet mir, dass sie Euch gesagt hat, vielleicht wüssten Geister, wo das Heilmittel zu finden wäre.«

Das stimmte. Das hatte sie tatsächlich gesagt. Ich entspannte mich kurz, aber gleich darauf nagten wieder Zweifel an mir. Ein Geist konnte wissen, was Meryl gesagt hatte.

Ich kniete mich hin und begann, das Laub am Boden beiseite zu schieben. Ich arbeitete fieberhaft. Vor langer Zeit, als Meryl die Geschichte von König Willard und der Prophezeiung des Grauen Todes erzählt hatte, hatte sie erwähnt, wie man einen Geist entlarven konnte. Und das hatte sich bei dem Geist am Orrinic-See bestätigt.

»Was macht Ihr da, Prinzessin Addie? Kann ich Euch behilflich sein?«

Doch ich beachtete ihn nicht. Innerhalb weniger Minuten hatte ich eine kleine Fläche frei geräumt. Die Erde war feucht und weich. Ich stützte meine Hand darauf und hinterließ einen Händeabdruck.

Dann richtete ich den Oberkörper auf und sagte: »Stellt Euch hierhin.«

Er sah verdutzt aus, tat aber wie geheißen.

»Und jetzt macht einen Schritt.«

Er tat es – und hinterließ keinen Fußabdruck.

»Du bist...« Mir versagte die Stimme. »Du bist ebenfalls ein Geist. Wie dumm von euch, zweimal zu versuchen, mich reinzulegen.«

Das Ungeheuer stand da wie ein begossener Pudel. Es hatte noch immer meinen Sack in der Hand. Ich griff hoch und schnappte ihn mir und die Kreatur leistete keinen Widerstand. Den Sack fest umklammert, begann ich, meine normalen Stiefel auszuziehen. »Also sag mir, was du weißt, Kreatur«, stieß ich hervor. Und dann rief ich – ich brüllte geradezu: »Wie geht es meiner Schwester wirklich?«

»Prinzessin Addie, ich bin kein Geist.« Er fiel auf die Knie und faltete in einer dramatischen Geste die Hände. Er hielt die Rolle wirklich bis zum Letzten durch. »Welchen Test habe ich nicht bestanden?«

Mit einem kräftigen Ruck zog ich die Zauberstiefel aus dem Sack und schob stattdessen meine normalen hinein. »Du kennst den Test so gut wie ich. Jetzt musst du mir eine Frage beantworten. Sag mir wahrheitsgetreu: Wie geht es meiner Schwester?« Ich schob den rechten Fuß in einen Zauberstiefel – nur leider war es der linke Schuh. Ich zog den Zauberstiefel wieder aus. »Antworte mir, ich befehle es dir.«

»Und wenn ich Euch nicht antworte, würde das dann beweisen, dass ich kein Geist bin?«

Reglos saß ich da. Ich wusste es nicht. Dann schüttelte ich den Kopf. »Du hast bewiesen, was du bist, weil du keinen Fußabdruck hinterlassen konntest.«

Er kicherte. Kicherte! Anscheinend fand er es höchst amüsant, mit mir sein Spielchen zu treiben.

»Ach, das ist also das Problem?«, sagte der Geist. »Natürlich kann ich einen Fußabdruck hinterlassen, nichts leichter als das.« Er trat zurück auf die Fläche, die ich frei geräumt hatte, dann machte er einen Schritt und hinterließ zwei klare und deutliche Stiefelabdrücke.

»Das sind die Stiefel, nicht Ihr. Ihr seid ein Zauberer. Ihr könnt alles. Ich meine, Ihr seid ein Geist und könnt alles.«

Er setzte sich auf den Boden und begann, seine Stiefel aufzuschnüren. »Zaubererfüße sind sehr hässlich, sehr knochig. Ich hätte Euch den Anblick lieber erspart.« Er zog sich die Beinlinge aus. An der rechten Ferse hatte er eine große gestopfte Stelle.

Seine Zehen waren wirklich knochig, mit einem Haarbüschel

an den Knöcheln. Die Zehennägel hatten etwas Pflege nötig. Erneut trat er auf die frei geräumte Stelle …

Und machte zwei herrliche Fußabdrücke.

Er war Rhys!

Zutiefst erleichtert lächelte ich ihn von unten an. »Aber warum habt Ihr zuerst keine Fußabdrücke hinterlassen?«

Er wurde rot. »Nur wenige Menschen wissen das von uns.« Er setzte sich neben mich auf den Boden. »Unser natürlicher Zustand ist es zu fliegen oder in der Luft zu schweben, nicht zu laufen. Im Beisammensein mit Menschen sind wir jedoch dazu angehalten, richtig zu laufen und unser Gewicht aufzusetzen. Aber …« Er wurde noch röter. »Ich schummle. Ich schwebe immer eine Handbreit über dem Boden.« Er lachte leise. »Bitte sagt das aber nicht Orne.«

Orne! Ich fragte mich, ob der Geist auch in dieser Hinsicht die Wahrheit gesagt hatte. »Rhys … Wisst Ihr … Hat Orne … War Euer Lehrmeister jemals vermählt?«

Rhys sah mich fragend an. »Hat der Geist Euch das erzählt?«

Ich errötete. »Mit einem Menschen.«

»Orne?« Er schüttelte den Kopf. »Das bezweifle ich. Er ist absolut dagegen, dass Zauberer heiraten.«

Ich schob die Zauberstiefel in den Sack zurück und zog wieder meine normalen an. Wie närrisch von mir, dass ich so enttäuscht war!

Rhys begann, seine Beinlinge wieder anzuziehen. »Orne ist normalerweise sehr wortkarg, aber über den Irrsinn der Ehe kann er sich stundenlang auslassen.«

Hastig wechselte ich das Thema und erzählte die Geschichte, die der Geist ersponnen hatte. Ich fragte Rhys, ob es wirklich einen Ring gäbe, der das Leben der Zwergenkönigin verlängerte.

»Ja, aber er wirkt nur bei Zwergen. Prinzessin Meryl würde er nicht helfen und er wird nicht in einer Kammer unter dem Muleewald aufbewahrt.«

»Was wäre wohl geschehen, wenn ich meinen Abstieg fortgesetzt hätte? Hätte der Geist mit einem großen Stein den Ausgang blockiert?«

Er stand da und schüttelte den Kopf. »Das glaube ich nicht. Das wäre nicht typisch für Geister. Wahrscheinlicher ist, dass der Gang eine Weile so ausgesehen hätte, wie vom Geist beschrieben, aber dann hätte er sich plötzlich gegabelt...«

»Und ich hätte nicht gewusst, welchen Weg ich nehmen soll.« Ich konnte mir die Situation lebhaft vorstellen. »Ich wäre umgekehrt, um noch einmal nachzufragen, und da wären noch mehr Gänge abgezweigt und keiner...« Mir wurde schwarz vor Augen. Ich atmete tief ein und aus, um nicht ohnmächtig zu werden.

»Alles in Ordnung mit Euch?«

Ich nickte und wechselte erneut das Thema. »Bevor ich in den Muleewald kam, habe ich über einen Oger gesiegt.« Ich erzählte Rhys die ganze Geschichte und fühlte mich gleich viel wohler.

»Euer erster Sieg.« Bewundernd machte er eine Verbeugung – genau wie der Geist, was mich erschauern ließ.

»Addie... Prinzessin Addie...«

Ich erschauerte wieder und fragte mich, warum Rhys sich versprochen hatte. Ich konnte mir nicht vorstellen, dass ich auch in seinen Gedanken »immer Addie, einfach nur Addie« war. Aber wenn ich dem falschen Zauberer gestattet hatte, mich wenig förmlich anzusprechen, so konnte ich es genauso gut dem echten erlauben. »Ihr könnt einfach Addie zu mir sagen, ohne meinen Titel. Das macht mir nichts aus.«

Er nickte ernst. »Vielen Dank, Prin-, vielen Dank, Addie.« Dann lächelte er breit und sagte: »Gestern in der Zitadelle habe ich etwas für Euch vorbereitet, eine kleine Überraschung.«

Es war albern, dass ich mich so darüber freute.

»Darf ich es Euch jetzt gleich zeigen, um Euren Sieg über den Oger zu feiern?«

»Bitte, nur zu.« Falls mich morgen ein Drache röstete, würde ich sonst nie erfahren, was es war.

Rhys zog seinen Zauberstab aus seinem breiten, geblümten Ärmel und richtete ihn zum Himmel. Er holte eine kleine Wolke herunter, die er über der Lichtung schweben ließ. »Als Erstes müssen wir es hier im düsteren Muleewald etwas heller machen.« Er drehte den Zauberstab und die Wolke formte sich selbst zu einer Mondsichel. Dann stieß Rhys den Zauberstab in die Luft. Die Wolke erhellte sich und glühte gelblich. Sie war der hübscheste, tröstlichste Mond, den ich jemals gesehen hatte.

»Könnte ich … Darf ich sie anfassen?«

»Aber bitte sehr.«

Ich näherte mich der Wolke, die mir freundlicherweise entgegenkam und sich zu mir herabsenkte. Ich streckte die Hand aus und … meine Finger kribbelten. Ich berührte eine Wolke! »Es kribbelt«, sagte ich, während ich die Wolke tätschelte. »Und sie ist ganz weich. *So* ist ein Abenteuer ganz nach meinem Herzen.«

Rhys grinste hoch erfreut.

Sanft schob ich den Finger in die Wolke hinein und sie ließ mich gewähren. Jetzt kribbelte meine ganze Hand. »Oh!«

Nach kurzer Zeit zog ich meine Hand wieder zurück und stellte mich neben Rhys.

»Jetzt, da wir Licht haben …« Er holte eine weitere kleine Wolke vom Himmel, diesmal eine ovale, die nur ein paar Zentimeter über dem Boden schwebte. Vor meinen Augen veränderte sie Form und Farbe und wurde zum Abbild der Bank im alten Burghof.

Und noch eine Wolke holte Rhys herunter. Er bewegte seinen Zauberstab auf und nieder, zeichnete damit s-förmige Figuren und Achter in die Luft, und dann drückte er auf verschiedene Stellen des Zauberstabs, so ähnlich, als spielte er Flöte.

Ich gab einen überraschten Laut von mir. Da vorne saß ich – als eine Wolke – auf der Wolkenbank.

Das Wolken-Ich zeigte mich von meiner besten Seite – nein, noch besser als das. Nie hatte die echte Addie so hübsch ausgesehen wie diese Wolkenmaid, die dort im Schein des Wolkenmondes saß.

Das glatte braune Haar der Wolken-Addie war nicht dünn, sondern voll und anmutig. Auch meine Pose – nein, ihre Pose – war anmutig, ihr Rücken gerade, ihre langen Beine hatte sie ordentlich unter die Wolken gesteckt. Ihre grauen Augen leuchteten und waren voller Leben und Leidenschaft. Sie blinzelte zu oft, genau wie ich, was mich nach Bellas Ansicht immer leicht dümmlich wirken ließ. Aber bei dem Wolkenmädchen sah das einfach nur süß aus. Zu meiner Überraschung stand ihr das knallig grüne Kleid, das sie trug. Es brachte die Farbe ihrer Wangen zur Geltung. Sie war reizend, diese Wolken-Addie.

Eine weitere Wolke gesellte sich zu mir auf die Bank und begann, Gestalt anzunehmen. Ich erwartete, Rhys zu sehen, und das war auch so, allerdings –

»Euer Kinn ist nicht so lang.«

»Ich bekomme mich einfach nie richtig hin. Das wollte ich eigentlich noch verbessern, bevor ich es Euch zeige.«

Der Wolken-Rhys stand da und machte eine Verbeugung. Mein Wolken-Ich knickste. Der Wolken-Rhys zeigte zum Himmel. Die Wolken-Addie legte beide Hände aufs Herz und nickte.

Und dann nahm der Wolken-Rhys das Wolken-Ich in die Arme und flog mit ihr in den rosaroten Morgenhimmel davon!

»Oh!«, sagte ich und wünschte mir inständig, das Wolken-Ich zu sein.

Jetzt erhob sich auch der Wolken-Mond, der Wolken-Rhys und ich umkreisten ihn dreimal und flogen dann zum Himmel, schossen hierhin und dorthin, tauchten in die vielen echten Wolken ein und flogen wieder heraus.

Neben mir schwang Rhys den Zauberstab und die Wolkengestalten und der Mond wurden wieder zu normalen Wolken. Noch ein Schwingen des Zauberstabs und die Wolkenbank schwebte hoch und vereinte sich wieder mit ihren Gebrüdern.

»Hat es Euch gefallen?«

»Es war fantastisch!«

Er machte eine Verbeugung.

Wäre mir Ornes Ansicht über die Ehe nicht bekannt gewesen, hätte ich mich vielleicht gefragt, warum er mit meinem Wolken-Ich in den Armen davongeflogen war. Aber jetzt war mir klar, dass es nur sein Hang zum Dramatischen war, seine Freude daran, andere zu erfreuen.

Ich blickte in den Himmel. Außerhalb des Waldes war der Morgen angebrochen und ich musste meine Suche fortsetzen. »Kommt, verlassen wir den Muleewald.« Ich suchte in meinem Sack nach den Zauberstiefeln.

»Die braucht Ihr nicht. Ich kann Euch fliegen.«

Mich fliegen? Mein echtes Ich? Droben im Himmel?

»Ich lasse Euch auch bestimmt nicht fallen. Fliegen ist …«

Mit den Stiefeln durch die Welt zu rasen war zwar unbequem, aber ich hatte mich mittlerweile daran gewöhnt, und da konnte man wenigstens nicht weit fallen.

»… wunderschön – ich kann Euch zeigen, wie der Wind sich anfühlt, und Ihr könnt noch mehr Wolken anfassen.«

Er sah mich so erwartungsvoll an, dass ich mir mühsam ein hysterisches Lachen verkniff. Wenn er mich fallen ließ, so müsste ich wenigstens keinen Drachen mehr aufsuchen.

»Fliegt aber bitte nicht mit mir über den Mond hinweg oder um die Sonne herum.«

»Bestimmt nicht, das verspreche ich. Wohin wollt Ihr?«

»Nach Westen.«

Er hob mich genauso hoch, wie der Wolken-Rhys die Wolken-Addie hochgehoben hatte, eine Hand in meinem Rücken, die andere unter meinen Knien, sodass ich in seinen Armen lag.

Mein Herz begann zu klopfen – eine Mischung aus Angst und einem anderen Gefühl, das ich lieber nicht benennen wollte.

»Wir verlassen den Muleewald auf schnellstem Wege«, sagte er.

Ich nahm allen Mut zusammen und wagte einen Blick hinunter. Der Waldboden entfernte sich rasch. Einen Augenblick später glitten wir schon über die Wipfel der höchsten Bäume hinweg. Rhys flog vertikal, als stünde er aufrecht. Er war nicht annähernd so schnell wie meine Zauberstiefel, aber als ich erst mal meine Angst überwunden hatte, fand ich seine Art zu reisen viel schöner. Ich legte den Kopf an seine Brust und war überrascht, dass ich durch seinen Umhang die Hitze seines Körpers spüren konnte.

»Spürt Ihr meine Zaubererflamme?«, sprach er in mein Haar. »Sie brennt dort drin, genau über meinem Brustbein.«

»Ja«, murmelte ich. »Ich spüre sie.«

Wir ließen den Wald hinter uns, aber er flog noch ein paar Minuten weiter, bevor er über einem Hang, der oberhalb eines Sees lag, niederging. Ich stellte mich ein Stück von Rhys weg und hoffte, mein Herz würde bald aufhören zu klopfen.

Er machte eine ausladende Geste mit den Armen. »Ist es hier nicht herrlich, Addie?«

Ich nickte. Im See spiegelte sich der Himmel und zwei stattliche Schwäne schwammen im Wasser. Eine Reihe von Bäumen zog sich mit prächtigen rosa Blüten die Anhöhe hinauf.

»Danke, dass Ihr mich hier abgesetzt habt.«

Er machte eine Verbeugung, was mich wieder an den Geist erinnerte.

»Ich nehme an, ein Geist wäre imstande, mich genauso perfekt nachzuahmen, wie er Euch nachgeahmt hat«, sagte ich.

»Ich bin mir nicht sicher. Er würde nicht wissen, ob er die ängstliche Addie sein soll oder die Addie, die in fliegender Fahrt Oger abwirft und Geistern befiehlt, ihr zu gehorchen.«

Dieses Kompliment ließ mich den Kopf schütteln. »Beide Male hatte ich entsetzliche Angst.«

»Trotzdem habt Ihr es geschafft.« Nach einer kurzen Pause sagte er: »Leider muss ich Euch gleich verlassen. Wo wollt Ihr als Nächstes hin?«

Ich holte tief Luft. »In die Wüste, um einen Drachen zu finden.«

»Einen Drachen!« Rhys verstummte. Dann sagte er nickend: »Ihr habt Recht. Was Prinzessin Meryl anbelangt, ist ein Drache die größte Hoffnung. Aber Addie, mir gefällt gar nicht … Ich wünschte, ich könnte …« Wieder versank er kurz in Schweigen. »Ich weiß ein paar Dinge über Drachen, mehr jedenfalls als ihr Menschen.«

»Bitte erzählt sie mir.« Ich setzte mich ins Gras.

Er hockte sich neben mich. »Sie sind Einzelgänger. Sie mögen keine anderen Drachen und verabscheuen alle übrigen Lebewesen. Und doch sind sie einsam und haben gern ein wenig Unterhaltung. Deshalb zögern sie das Töten ihrer menschlichen Opfer gern etwas hinaus. Solltet Ihr gefangen werden, müsst Ihr den Drachen also unbedingt unterhalten.«

Unterhalten! Ich hasste es, mit Fremden zu sprechen. Wie sollte ich da wohl einen Drachen unterhalten? »Wie unterhält man sie denn am besten?«

»Ich nehme an …« Unvermittelt wurde seine Miene unbeweglich. »Gerade werde ich gerufen und leider kann ich nicht noch mal von dort fort.«

»Wann ist es vorüber?«

»Die Abschlussveranstaltung findet in sechs Tagen statt.« Hastig fügte er hinzu: »Der Bauch ist nicht ihre einzige verletzliche Stelle. Man kann sie auch an den Unterseiten ihrer Klauen und an den Ohren verwunden.« Er stand auf. »Passt gut auf Euch auf. Es wäre schrecklich …« Und damit schwebte er in die Luft empor.

Was wäre schrecklich?

Bald war er nur noch als kleiner Fleck zu sehen und dann war er ganz verschwunden.

Ich wünschte, er könnte bleiben. Noch nie hatte ich mich so allein gefühlt. Für diese Sache war ich eindeutig die falsche von uns beiden Schwestern.

Ich zog das Fernglas aus dem Sack. Es war Zeit, einen Drachen zu finden. Zeit, einen Drachen zu *unterhalten.*

18

Bella hatte uns einiges Wissenswertes über Drachen beigebracht, und Meryl hatte früher immer über den dicken Wälzern in Vaters Bibliothek gehockt, um aus den alten Überlieferungen mehr über sie zu erfahren. Man wusste von ihnen, dass sie immer einen vollen Tag am Stück jagten oder sogar länger. Ihre Beute waren Pferde, Rinder, Ziegen oder Schafe, aber hin und wieder, wenn es sie überkam, auch Menschen. Tiere verschlangen sie für gewöhnlich gleich an Ort und Stelle, sodass ihre Besitzer nur noch deren Knochen vorfanden. Menschenknochen wurden jedoch nie gefunden. Und mehr als einmal hatte man einen Drachen dabei gesehen, wie er mit einem Gefangenen, den er mit dem Schwanz umklammert hielt, durch die Lüfte flog. Wir nahmen an, dass sie mit ihren Gefangenen spielten, manchmal monatelang, bevor sie sie töteten. In *Drualt* rettete der Held, nachdem er den Drachen Yune erschlagen hatte, eine Maid, die von der fünfwöchigen Folterzeit halb tot und verblödet war.

Wenn sie nicht jagten, schliefen Drachen viel, aber sie beschäftigten sich auch gern mit ihren Knochen und den übrigen geplünderten Schätzen: Sie wogen sie, zählten sie, bewunderten sie. Was sie daneben noch so taten, wusste ich nicht, ob sie etwa Gedichte aufsagten oder sangen oder Stuhlbeine schnitzten.

Über eines war ich mir allerdings im Klaren: Ich wusste, dass ich niemals einen Drachen im Zweikampf besiegen konnte. Meine einzige Chance lag darin, ihn auszutricksen. Aber wie sollte ich ein Lebewesen austricksen, das für seine Schlauheit bekannt war? Das bereitete mir einiges Kopfzerbrechen und darüber verstrich der Vormittag.

Endlich kam mir eine Idee. Wenn der Drache schlief oder auf der Jagd war, würde ich in seine Höhle schleichen und mit meinen Sieben-Meilen-Stiefeln reglos – ohne zu zucken, ohne einen Fehler zu machen – darauf warten, dass der Drache aufwachte oder zurückkehrte. Sobald das geschah, wollte ich ihm sagen, dass ich erwartete, für das Wissen mit dem Tod bezahlen zu müssen, aber ob er mir bitte verraten könnte, wie man den Grauen Tod heilen konnte? In der Annahme, dass es für mich ohnehin kein Entrinnen gab, würde er es mir vielleicht sagen. Und dann würde ich einen Schritt machen und wäre über alle Berge.

Das erschien mir recht einfach.

Ich zog Rhys' Karte von der Westwüste hervor. Da gab es ein paar Eintragungen – eine Oase nahe dem Nordrand der Wüste, eine weitere in der Mitte und drei Drachenhöhlen. Eine Höhle – sie war beschriftet mit *Kib* – war etwa zwanzig Meilen von der Westgrenze zum Königreich Pevir entfernt. Eine andere, neben der das Wort *Jafe* stand, befand sich südöstlich von der ersten, ungefähr hundert Meilen entfernt. Die dritte lag in der Mitte der Wüste, unweit der einen Oase. Sie war beschriftet mit *Vollys* – dieselbe Vollys, die letztes Jahr hoch droben vom Himmel herabgestürzt war und einen Bauern ergriffen hatte. Dieselbe Vollys, die Meryl einmal zu erschlagen hoffte. Dieselbe Vollys, an deren Eiern Meryl sich so gern gütlich tun wollte.

Ich hob das Fernglas, um damit zur Wüste hinüberzuschauen. Doch mein Arm hatte seinen eigenen Willen und richtete das Fernglas gen Norden, zur Burg hin. Ich hielt die Luft an und dann stieß ich sie wieder aus. Der graue Wimpel war noch nicht gesetzt! Meryl hielt sich wacker!

Ich holte die Burg näher heran und fand Meryl in ihrem Gemach vor. Sie saß gegen ihre Kissen gestützt im Bett und starrte aus dem Fenster. Ich fragte mich, ob sie überhaupt ein Fünkchen Hoffnung besaß, dass ich das Heilmittel finden würde.

Ich ließ das Fernglas sinken und stellte die Ringe auf den Abstand ein, in dem sich Vollys nach meiner Schätzung befinden musste. Sie galt allgemein als der älteste Drache in ganz Bamar, und daraus folgerte ich, dass sie am ehesten das Heilmittel für den Grauen Tod kennen würde.

Die Wüste bestand im Wesentlichen aus riesigen, einzelnen Felsblöcken und niedrigen Sandsteinfelsen. Mit den Augen suchte ich nach irgendeinem Lebenszeichen, aber die Landschaft war vollkommen öde. Ich ließ den Blick weiter wandern, bis ich plötzlich Rauch von einem hohen Felsblock aufsteigen sah. Ich folgte der Rauchsäule nach unten bis zu einer Höhle im Sandsteinfelsen. Ich drehte am letzten Ring des Fernglases und da war Vollys. Sie schlief vor ihrer Höhle.

Ihr Anblick war anders als erwartet. Sie lag nicht ausgestreckt da, sondern eingekringelt, mit ordentlich gefalteten Flügeln. Ihr länglicher Kopf ruhte auf einem ihrer Vorderbeine. Genauso hatte ich zu Hause die Burgkatzen hunderte Male schlafen sehen.

Während ich sie noch beobachtete, öffnete sie ein Auge und sah in meine Richtung. Ich hatte das Gefühl, dass ihr Blick mich durchbohrte, auch wenn sie zu weit entfernt war, um mich sehen zu können. Ihr Augapfel war klar, glänzend und so facettenreich wie ein Diamant, das Weiße blutunterlaufen. Ihren kalten und klugen Blick hatte sie wahrscheinlich auf eine arme Wüstenschlange gerichtet.

Aber vielleicht sah sie mich doch. Drachen verfügten über ein ungeheures Wissen. Möglicherweise verfügten sie auch über eine ungeheure Sehkraft. Vielleicht durchschaute Vollys in diesem Moment meine Absichten und meine Angst und wusste jetzt Bescheid über mich und Meryl.

Das Auge schloss sich wieder, aber ich traute ihrem Schlaf nicht länger. Wenn ich zu ihr ging, wäre sie sicher wach, um mich zu empfangen.

Ich stellte das Fernglas neu ein, um den Drachen Kih zu finden. Da – da war die Höhle, mit einem heillos durcheinander geworfenen Stapel Knochen davor, aber kein Kih in Sicht, auch nicht in der näheren Umgebung. Wahrscheinlich war er unterwegs auf Jagd.

Ich zog mir die Zauberstiefel an, obwohl meine Hände zitterten und ich kaum die Schnürsenkel zubinden konnte. Ich richtete mich wieder auf und hob das Fernglas noch einmal ans Auge, um die Richtung zu überprüfen.

Jetzt entdeckte ich Kih. Flügelschlagend landete er vor seiner Höhle, in den Vorderbeinen einen blutigen Pferdekadaver. Seine Schnauze war fleckig und rot beschmiert.

Ich schwankte und machte beinahe einen Schritt. Mit weichen Knien setzte ich mich hin. Wäre er ein paar Minuten später gekommen, wären wir beide gleichzeitig eingetroffen.

Abermals hob ich das Fernglas und diesmal suchte ich nach Jafe.

Wieder eine leere Höhle – nein, nicht leer. Ein Schwanz ragte aus dem Höhleneingang heraus und ich konnte den dunklen Umriss des Drachen in der Höhle ausmachen. Der Schwanz klopfte auf den Boden, dann schlug er von links nach rechts. Auch Jafes Schlaf war also nicht tief und fest.

Ich sah wieder zu Vollys hinüber. Sie hatte beide Augen geschlossen, kratzte sich aber gerade mit einem Hinterbein an der Seite. Nein, ich wagte es nicht, zu ihr zu gehen.

Ich versuchte, mir einen anderen Plan zurechtzulegen, konnte aber keinen klaren Gedanken fassen, außer dem, dass ich hungrig war. Also zog ich wieder meine anderen Stiefel an und nahm die Tischdecke heraus. Während des Essens sah ich immer wieder nach den Drachen. Ich beobachtete, wie Kih den Kadaver in seine Höhle schleifte. Jafe blieb in seiner Höhle und Vollys schlief weiter ihren unruhigen Schlaf.

Ich beendete mein Mahl. »Gute Tischdeck-«

Weiter kam ich nicht, denn plötzlich fiel ein Schatten über den See. Ich blickte auf.

Sieben Greife flogen lautlos auf mich zu. Ich griff nach meinen Zauberstiefeln, aber es war schon zu spät. Sie waren bereits über mir und stießen gackernd und kreischend auf mich herab. Ich zog Blutbeißer aus dem Sack. Eher würde ich einen Greif töten als sterben.

Ich trat von der Tischdecke weg, um mehr Platz zum Kämpfen zu haben. Neue Mahlzeiten tauchten jetzt auf – Braten, Brotlaibe, volle Teller –, so als wolle die Tischdecke neue Gäste begrüßen.

Heißhungrig stürzten sich die Greife auf das Essen. Mich würdigten sie keines Blickes.

Noch bevor ihre Füße die Tischdecke berührten, begannen die Greife schon zu mampfen. Soße spritzte nach allen Seiten, Krüge kippten um, Schüsseln fielen vom Tisch und wurden sofort umringt. Die Kreaturen kreischten beim Essen, und sie schubsten und hackten sich gegenseitig, um an das gewünschte Gericht heranzukommen. Manchmal zapften sie sogar das Blut ihrer Kameraden an und tranken es zusammen mit allem anderen.

Sie stanken nach Schweiß und verfaultem Essen. Ihr löwenartiges Fell war mit einem Kreuzmuster aus nässenden Striemen und schwarzen Narben versehen und ihr Adlergefieder so dünn, dass die rostbraune Haut darunter durchschimmerte.

Ein paar Minuten lang war ich zu überrascht, um klar denken zu können. Dann erwachte ich schlagartig aus meiner Trance. Ich wusste nicht, wie lange die Tischdecke immer neue Mahlzeiten hervorbringen konnte, aber sobald sie damit aufhörte, würden die Greife auf mich losgehen. Ich langte nach meinem Sack, um die Zauberstiefel anzuziehen und mich auf und davon zu machen. Doch kaum hatte ich mich gerührt, als auch schon ein Greif auf mich zukam. Sofort wich ich vom Sack weg und er kehrte zu seinem Essen zurück. Als ich einen zweiten Versuch unternahm, kamen zwei Kreaturen auf mich zu.

Anscheinend hatten sie mich als Nachspeise vorgesehen. Ich blieb also still stehen, umklammerte Blutbeißer und überlegte, was ich tun konnte. Hier würde ich meinen Tod finden. Wenn Rhys nach mir suchte, wäre alles, was er finden würde, mein sauber abgenagtes Skelett.

Immer mehr Mahlzeiten erschienen. Allmählich wurden die Greife ruhiger und hörten auf zu kreischen und sich zu schubsen. Der Nachmittag verstrich, ohne dass die Tischdecke in ihrer Produktion nachließ.

Als der Tag sich dem Ende zuneigte, plumpste der erste Greif von der Tischdecke. Das Ungeheuer atmete pfeifend, seine Flanken hoben und senkten sich heftig. Dann gab es einen gurgelnden Laut von sich und starb mit offenem Mund und Augen.

Seine Artgenossen unterbrachen ihr Mahl nicht und nach weiteren zehn Minuten fiel ein zweiter Greif zu Boden und verendete.

Innerhalb der nächsten halben Stunde waren alle tot.

Ich trat über die Kadaver hinweg an die Tischdecke heran, auf der sich Berge von abgenagten Knochen und zerbrochenem Geschirr stapelten. »Gute Tischdecke ...« Mir versagte die Stimme. »Danke, vielen Dank, dass du mir das Leben gerettet hast.« Zwei neue Mahlzeiten erschienen, eine Terrine mit Eintopf und ein Schokoladenkuchen. Ich setzte von neuem an. »Gute Tischdecke, ich dank dir für ein feines Mahl.«

Schlagartig verschwanden die neuen Gerichte mitsamt den Überresten der alten außer Sicht. Ich streichelte die Tischdecke zärtlich, legte sie zusammen und steckte sie in meinen Sack. Dann entfernte ich mich von den toten Ungeheuern. Als ich weit genug weg war, um ihren Gestank nicht mehr riechen zu müssen, nahm ich mein Fernglas heraus und richtete es auf die Wüste.

Vollys hatte ihre Höhle verlassen. Das war meine Chance.

Da hörte ich über mir Flügel schlagen. Kamen da etwa noch mehr Greife?

Aber es waren nur zwei Aasgeier, die über mir kreisten. Sie hoben sich als dunkle Gestalten gegen den Sonnenuntergang ab. Ein dritter Geier kam aus der Ferne näher, um sich zu den beiden anderen dazuzugesellen.

Ich richtete meine Aufmerksamkeit wieder auf das Fernglas. Bevor ich zur Wüste aufbrach, wollte ich noch einmal nach Meryl sehen.

Am höchsten Turm flatterte ein grauer Wimpel.

19

Ich fand Meryls Schlafgemach. Unser Vater saß an ihrem Bett und las aus den *Lebensweisheiten* vor. Bella weinte und Milton zog die Vorhänge zu. Einen schrecklichen Augenblick lang dachte ich, sie wäre bereits gestorben, aber dann sah ich, wie sich ihre Finger auf der Tagesdecke leicht bewegten.

Sie war in der Schlafphase. Neun Tage Schlaf, drei Tage Fieber und dann … der Tod.

Ich ließ das Fernglas sinken. Ich weinte zu sehr, um etwas sehen zu können.

In der Zwischenzeit waren weitere Geier gekommen. Insgesamt waren es nun gut ein Dutzend. Sie schmatzten und schnatterten.

Ich verspürte den starken Drang heimzukehren. Ich wollte zu Hause sein, Meryl berühren, sie auf die Stirn küssen. Ich wollte mit Bella weinen, wollte Milton fragen, was er wusste. Ich würde nur kurz bleiben. So lange konnte Vollys warten.

Auf einmal hörte ich hinter mir heisere Schreie und heftiges Flügelschlagen. Ich blickte mich um. Die Vögel flogen hektisch flatternd in einem großen Knäuel aus Federn auf. Ich rätselte, warum. Da sah ich …

Einen Drachen, der im Sturzflug über dem See herabstieß und auf mich zukam.

Hatte er mich gesehen? Er spie kein Feuer. Ich griff in meinen Sack, um meine Zauberstiefel herauszuholen.

In diesem Moment landete er bereits und schlang den Schwanz so fest um mich, dass ich kaum noch Luft bekam. Seine Schuppen waren kochend heiß.

Glockengeläut erklang. Dunkle Glocken, helle Glocken, leicht trillernde Glocken. Ich sah dem Drachen ins Gesicht. Er lachte.

Verängstigt wandte ich den Blick wieder ab, schaute in den Himmel hinauf und zu den blühenden Bäumen. Nirgends wollte mein Blick hängen bleiben. Immer wieder glitten meine Augen unruhig über das riesige echsenartige Gesicht. Ich machte mit den Armen sinnlose Schwimmbewegungen und scharrte mit den Füßen, als wollte ich gehen, obwohl ich rettungslos gefangen war.

Der Drache lachte immer noch. Dann sprach er mit metallischer, näselnder Stimme. »Ich bin Vollys. Ich freue mich sehr, deine Bekanntschaft zu machen. Ich begegne Menschen häufig unter den seltsamsten Umständen, aber dies mag der seltsamste von allen sein. Wie heißt du, holde Maid?«

Ich versuchte zu sprechen, aber vergeblich. Ich hüstelte, brachte aber trotzdem noch immer kein Wort heraus. Ich öffnete den Mund und formte mit den Lippen die Worte *Ich bin Prinzessin Adelina,* doch kein Laut drang hervor.

»Ich bin zutiefst enttäuscht, wenn du nicht mit mir sprichst, aber vielleicht fühlst du dich wohler, wenn ich dich mit zu mir nach Hause nehme.«

Nach Hause! Nach Hause in ihre Höhle – und ich hatte nur meine normalen Stiefel an.

»Und nun bitte ich dich, mich zu entschuldigen. Ich bin hergekommen, um zu speisen. Dass ich dich gefunden habe, ist eine erfreuliche Dreingabe.« Wieder erklang ihr glockenartiges Lachen, aber diesmal kürzer und leiser. »Schau gut zu, Liebes. Drachen sind die einzigen Lebewesen, die ihr Essen direkt beim Verzehr braten können.«

Sie zog mich zu den Greifenkadavern hinüber. Auf dem Weg dorthin schnappte ich mir meinen Sack, was sie gewähren ließ.

»Und jetzt aufgepasst. Ich werde es mit einer besonders heißen Flamme machen, denn es ist nicht ratsam, Greife zu essen, bevor ihr Fleisch nicht gut durch ist.« Sie holte tief Luft und stieß einen Feuerschwall aus.

Der Rauch brannte mir in der Kehle.

Nach wenigen Minuten schluckte sie ihre Flamme wieder. »Jetzt ist er genau richtig.« Sie steckte ihre Schnauze in den Greif und machte sich über ihn her. Flammen züngelten an ihrer Wange hoch.

Als sie den Magen des Greifs öffnete und dessen Inhalt erblickte, wandte sie sich in meine Richtung. »Wolltest du etwa, dass ich auch an Völlerei sterbe? Sehr raffiniert, ihnen eine Falle zu stellen und sie dann als Falle für mich zu benutzen.« Sie nickte mit dem Kopf. »Du faszinierst mich, Kleine.«

Wieder fiel sie über den Kadaver her. Bald war vom ersten Greif nur noch ein Knochenhäuflein übrig. Sie machte sich an den nächsten. Während sie fraß, ging die Dämmerung in tiefe Nacht über.

In dieser Zeit lockerte sie kein Mal ihren Griff um mich und ihre Schuppen kühlten sich überhaupt nicht ab. Ich wurde schrecklich durstig.

Ich versuchte, einen Weg zu ersinnen, mich zu retten, aber meine Gedanken wanderten ruhelos hin und her. Mir fielen meine Zauberstiefel ein, aber ich konnte sie nicht anziehen, und selbst wenn, so war ich nicht in der Lage, den Drachen mitzuschleifen, so wie ich es mit dem Oger getan hatte. Vollys war so hoch und breit wie ein kleines Haus und drei Mal so lang.

Der Mond ging auf. Die Sterne kamen heraus und es wurde kühl. An Kopf und Zehen erfror ich beinahe, während ich am Rumpf vor Hitze fast zerschmolz. Vollys fraß den zweiten Greif auf und machte sich über den dritten her. Ich entkam meiner Angst, indem ich einschlief.

In meinem Traum trank ich lauter Krüge mit süß schmeckendem Wasser und blieb trotzdem weiterhin durstig. Ich träumte, dass ich zu Hause im Bett lag, meine Beine aber unter viel zu vielen Decken begraben hatte. Im Traum begegnete mir auch der unbekannte Freund, der meinen verletzten Arm geheilt hatte. Er sagte: »Haltet noch ein bisschen aus, tapferes Häschen. Euer Ende …«

Plötzlich zerrte mich etwas erst in die eine und dann abrupt in die andere Richtung.

»Aufwachen, Kleine.«

Meine Füße schrappten über den Boden, und ich brach mir fast den Hals, als Vollys ihren Schwanz wild hin und her schlagen ließ. Den Tränen nahe, schrie ich ängstlich auf.

»Gut. Du bist wach. Ich bin hier fertig und wir können nach Hause. Aber vorher machen wir noch an diesem schönen See Halt. Dort kannst du deinen Durst löschen und das Gleiche werde ich dann auch tun.«

Sie hielt mich mit dem Schwanz so unbeholfen übers Wasser, dass ich manchmal mit dem ganzen Kopf untertauchte und manchmal zu hoch über dem Wasser hing, um trinken zu können. Ich würgte und spuckte und trank.

Dampf stieg vom See auf, als Vollys sich daran machte, das Wasser aufzuschlecken. Etwa eine Stunde verging, während der sie den halben See leer trank. Langsam konnte ich wieder klar denken. Vielleicht hätte ich eine Chance zu entkommen, wenn sie nach ihrer Mahlzeit ein Nickerchen einlegte. Ich könnte sie gleich nach unserer Ankunft nach dem Heilmittel fragen und dann, während sie schlief, in meine Zauberstiefel schlüpfen und mich aus dem Staub machen.

Endlich war sie fertig. Sie hob den Kopf und sagte: »Es ist mir eine große Freude, Kleine, dich mit dem Pläsier des Fliegens bekannt zu machen.«

Sie stieß sich mit dem Schwanz vom Boden ab. Im einen Moment stand ich noch aufrecht, im nächsten sauste ich schon seitwärts durch die Luft, wobei ich mit beiden Händen meinen

Sack umklammerte. Ich wusste, wenn ich ihn verlor, wäre alles verloren.

Erde und Steine sausten unerträglich schnell an mir vorbei und schon hing ich kopfüber. Nur die feste Umklammerung des Schwanzes bewahrte mich vor dem Fall zu Boden.

Wir flogen hoch hinauf, viel höher, als Rhys geflogen war. Der See unter uns schrumpfte auf die Größe einer Teetasse zusammen. Mein Magen hob sich und ich würgte. Erbrochenes ergoss sich über den Schwanz und in den Himmel. Dennoch lockerte ich den Griff um meinen Sack nicht.

Endlich wurde der Flug ruhiger. Ich kam wieder in eine aufrechte Position und blieb so den restlichen Flug lang. Zweimal flog Vollys über Dörfer hinweg. In ein paar Fenstern sah ich Licht. Ich weinte vor Sehnsucht danach, jetzt in einem Haus, in einem Bett sein zu können, wo mich nur das Pfeifen des Windes ängstigen würde.

Nach einer halben Ewigkeit ging Vollys vor der Höhle nieder, die ich bereits durchs Fernglas erspäht hatte. Sie ließ mich los und ich stolperte und wäre beinahe hingefallen.

»Hinein in die gute Stube, meine Liebe, wo du dich an meinem gemütlichen Feuerchen wärmen kannst.« Sie lachte und wieder schienen Glocken zu erklingen.

Schnell rannte ich fort. Das war natürlich eine törichte Aktion, aber darüber dachte ich in dem Moment nicht nach. Vollys fing mich mit dem Schwanz wieder ein und stellte mich zurück vor den Höhleneingang.

»Du nervst mich allmählich, meine Kleine.«

Sie schubste mich mit dem Schwanz vorwärts und ich stolperte in die dunkle Höhle hinein. Drinnen herrschte ein fast betäubender Gestank. Drachengestank – heiß, muffig und metallisch, so stark und drückend, als wäre man mitten in einem Felsen eingeschlossen und würde nichts als Fels einatmen.

Vollys blockierte mit ihrer Leibesfülle den Eingang und

sperrte das Mondlicht aus. Ich wich vor ihr zurück, stolperte aber prompt und fiel auf etwas Weiches. Sofort sprang ich wieder auf, voller Furcht vor dem, was das wohl sein mochte.

Vollys folgte mir hinein. Unvermittelt stieß sie eine Flamme aus, und ich dachte, vor Furcht müsste mein Herz zerspringen. Aber es war nur eine kleine Flamme, mit der sie die Dochte mehrerer Öllampen auf hohen Ständern anzündete.

Die Höhle war wunderschön. Sie bestand aus einer einzigen Kammer, die aber groß genug war, um drei oder mehr Drachen zu beherbergen, und so hoch, dass die Decke sich in der Dunkelheit verlor. Im Lichtschein sah ich, dass die Felswände in einem satten Gold glänzten. Gegenüber des Höhleneingangs floss ein dünner Wasserstrom an einem Felsen herab und sammelte sich in einem kleinen, flachen Becken.

Ein paar Meter vom Wasserbecken entfernt, bedeckten Teppiche und Gobelins in mehreren Schichten den Boden. Ich war rücklings auf einen Stapel Samtkissen gefallen. Neben dem Stapel stellte ich meinen Sack ab. Hier und da lagen weitere Kissen herum. Rechts vom Wasserbecken stand ein gutes Dutzend Truhen, einige mit offenem Deckel, andere geschlossen und wieder andere sogar mit Vorhängeschlössern gesichert. An den Wänden befanden sich Vitrinen und zwei breite Kleiderschränke. Die Vitrinen waren – abgesehen von einer, die leer stand – voll mit Kostbarkeiten. In einer standen dicht gedrängt lauter Silberbecher, in einer anderen lagen edelsteinbesetzte Diademe und in wieder einer anderen waren Waffen: lange Schwerter, Krummsäbel, Dolche, Spieße, Hellebarden und Streitkolben – einige aus Silber, andere aus Gold.

»Das entspricht sicher nicht ganz deinen Erwartungen, nehme ich an. Einer meiner Gäste war Tischler.« Vollys gähnte. »Er kam als Soldat in Begleitung seiner Kameraden, aber er blieb als mein Gast und Begleiter, und ich entdeckte, was für ein Künstler in ihm steckte.« Sie lachte leise, ein helles Glockenläuten. »Seinen Nachlass habe ich bis zum heutigen Tag bei mir. Und jetzt, Kleine, musst du mit mir reden. Sonst bin ich allmählich beleidigt.«

Sie wartete.

Ich schluckte. Ich versuchte zu sprechen, brachte aber nur ein Piepsen heraus.

»Vielleicht brauchst du ja etwas Aufmunterung.« Sie stieß einen Feuerball aus.

20

Meine zerlumpten Röcke fingen Feuer und ich schrie laut auf.

Vollys spuckte aus und löschte damit den Brand. »Aha, sieh an, du hast also doch eine Stimme.«

Ich unterdrückte einen weiteren Schrei. Meine Röcke waren halb verkohlt, sodass die hellrote Haut durchschien. In meinem linken Oberschenkel spürte ich einen brennenden Schmerz.

»Und jetzt sprich.«

Ich konnte nicht klar denken. »Wann wollt Ihr mich töten?«

Vollys wiegte den Kopf. »Das ist kein sehr geeignetes Thema für eine Unterhaltung zwischen uns. Selbst für dich kann das nicht besonders interessant sein. Sieh mal, angenommen, du wärst sicher und geborgen bei dir zu Hause, wo immer das auch sein mag: Sogar dort hätte es dir passieren können, dass dein Leben nur noch wenige Minuten währt.«

Ich unterdrückte einen weiteren Schmerzensschrei.

»Aber würdest du zu Hause deine Zeit damit vergeuden, über deinen Tod nachzugrübeln? Nein, würdest du nicht. Ich für meinen Teil tue es jedenfalls nicht und ich bin genauso wenig unsterblich wie du.« Sie gähnte wieder. »Sprich lieber von etwas anderem.«

Mir wollte partout nichts einfallen. Mir kamen nicht mal einzelne Worte in den Sinn. Aber plötzlich purzelten sie aus meinem Mund heraus: »Wie kann man den Grauen Tod heilen?«

Ihre Glocken erklangen. »Erst musst du mir eine Gegenfrage beantworten: Was hattest du mit dem Tod der Greife zu tun?«

Ich war unschlüssig, was ich sagen und was ich lieber verschweigen sollte. Die Schmerzen in meinem Oberschenkel waren höllisch. »Ähm… gar nichts. Ich wohne nur zufällig in der Nähe.«

»Du lügst und das Gleiche werde ich jetzt auch tun: Den Grauen Tod kann man mit einem Schluck Milch heilen.« Sie ließ einen glucksenden Laut hören. »Genug davon. Ich bin zu müde, um Albernheiten mit dir auszutauschen. Ich hoffe, du bist vernünftiger, wenn ich wieder aufwache.« Ja, geh schlafen, betete ich innerlich, und lass mich fortkommen. Ich raffte meine zerlumpten Röcke zusammen und versuchte, meinen nackten verbrannten Oberschenkel zu bedecken.

Sie fuhr fort: »Ich werde etwas schlafen und das solltest du auch tun. Allerdings werde ich länger schlafen als du. Wenn du Hunger bekommst, da drüben in der Truhe ist etwas zu essen. Reiseproviant.« Sie deutete auf die am nächsten stehende Truhe.

Ich zwang mich, mich auf ihre Worte zu konzentrieren, obwohl meine Gedanken dauernd abschweiften.

»Und du kannst dir auch ein Kleid aus dem Schrank dort drüben aussuchen.« Wieder deutete sie darauf. »Wenn ich erwache, Kleine, schlage ich vor, dass du meine Fragen ehrlich beantwortest, denn ich werde die Wahrheit so oder so herausfinden. Außerdem rate ich dir, dass du dir etwas ausdenkst, womit du mich bei Laune halten kannst. Das ist die einzige Bezahlung, die ich als Gegenleistung für meine Gastfreundschaft erwarte.«

Sie bewegte sich rückwärts aus der Höhle heraus, und für einen Moment dachte ich schon, sie würde vielleicht ganz verschwinden. »Alle hoffen immer, sich fortschleichen zu können, während ich schlafe, aber ich mache jedes Mal die Tür fest zu.« Sie platzierte sich genau so, dass ihr Körper halb in der Höhle, halb draußen steckte und den Eingang vollständig ausfüllte. Sie schloss die Augen. »Und die Tür bin ich.«

Es gab kein Entrinnen. Ich ließ mich auf die Kissen nieder, kauerte mich zusammen und wiegte mich beruhigend hin und her.

Alle paar Minuten öffnete sich eines ihrer Augen einen Schlitz breit. Gern hätte ich mein Kummerkraut herausgenommen, um damit meine Schmerzen zu lindern, aber ich wollte nicht, dass Vollys es sah.

Mit der Zeit wurden die Schmerzen so schlimm, dass ich etwas unternehmen musste. Ich stand auf und humpelte zum Wasserbecken am hinteren Ende der Höhle. Wenigstens konnte ich dort mein Bein baden. Das Wasser im Becken war warm, aber das Rinnsal, das den Felsen hinunterlief, fast kalt. Ich setzte mich so hin, dass das Wasser an meinem Oberschenkel hinunterrann. Das half, aber die Schmerzen waren trotzdem noch immer schrecklich.

Schließlich fielen mir die Augen zu und ich entfloh wieder in meinen Schlummer.

Es war ein unruhiger Schlaf. Die ganze Zeit fühlte ich, nur leicht gedämpft, den Schmerz, und die ganze Zeit wusste ich, dass ich eigentlich wach sein sollte – und planen, handeln, vorbereiten. Aber ich konnte mich nicht wach bekommen.

Endlich wachte ich auf. Ich stand auf. Sofort kehrten die Schmerzen mit voller Wucht zurück und beinahe hätte ich laut aufgeschrien. Draußen war helllichter Tag. Das konnte ich sehen, weil Vollys dort, wo sie mit dem Rücken und den Seiten an den Höhleneingang stieß, von Licht umsäumt war.

Sie schlief wirklich. Ihre Augenlider flatterten nicht mehr und die Haut ihrer Wangen hing schlaff über ihre Lippe. Sie atmete tief und gleichmäßig.

Um ganz sicherzugehen, drehte ich mich trotzdem von ihr weg, als ich den Beutel mit dem Kummerkraut von meinem Unterkleid löste. Ich lutschte an einer Blüte, und sofort ließen die Schmerzen nach, obwohl sie noch ganz dicht bei mir lauerten, bereit, jederzeit wieder zuzuschlagen. Ob es etwas nützte, wenn ich mit dem Heilkraut direkt die Brandwunde berührte? Ich nahm eine weitere Blüte in die Hand und befestigte den Beutel wieder an meinem Unterkleid. Dann strich ich mir mit der Blüte sanft über den Oberschenkel.

Augenblicklich schlossen sich die Blasen und verschwanden. Die Haut war zwar immer noch rot, aber die Schmerzen spürte ich jetzt kaum noch. Oh, hab vielen Dank, Milton.

Mit einem Mal stöhnte Vollys leise und ich erstarrte. Doch sie legte sich nur anders hin, in die Position, die ich schon durchs Fernglas gesehen hatte. Da, unter einer Schuppenfalte, war ihr Ohrloch, und dort, ein paar Zentimeter über dem Boden, lugte ein Stück ihres rosafarbenen Bauches hervor. Ein Kühnerer als ich hätte Blutbeißer zücken und sie durchbohren können.

Ein Tollkühner, besser gesagt. In der Höhle stand gut sichtbar eine Vitrine voller Waffen. Vollys hätte sich nie schlafen gelegt, wenn sie sich in ernster Gefahr gewähnt hätte. Wahrscheinlich würde sie noch in derselben Sekunde aufwachen, in der ich Blutbeißer auch nur berührte.

Ich wagte es, mein Fernglas herauszunehmen. Vollys regte sich nicht. Ich richtete das Fernglas auf die Burg von Bamar. Meryl lächelte im Schlaf und ich hoffte, sie hatte schöne Träume. Diesen Tag mitgezählt, verblieben ihr noch acht Schlaftage. Dann kam das Fieber.

Wenigstens war ich nun schon bei einem Drachen. Vielleicht konnte ich Vollys dazu überreden, mir das Heilmittel gegen den Grauen Tod zu verraten, falls sie es wusste. Über meine Flucht würde ich mir erst dann Gedanken machen, wenn ich das Heilmittel kannte.

Ich beschloss, etwas zu essen, um bei Kräften zu bleiben. Gern hätte ich dazu mein Tischtuch benutzt, aber ich wusste nicht, wie Vollys reagieren würde, wenn sie erwachte und es sah.

Ich ging zu der Truhe, die angeblich Essen enthalten sollte. Über den Deckel krabbelte eine schwarze Spinne. Sie war groß und hatte lange, tastende Beine. Ich blieb wie angewurzelt stehen und biss die Zähne zusammen, um nicht laut aufzuschreien.

Die Spinne erstarrte ebenfalls mitten in der Bewegung. Vielleicht hatte sie mich gesehen. Sie war womöglich giftig. Sie konnte mich anspringen.

Ich redete mir selbst gut zu, dass ich ihr gleichgültig war. Wahrscheinlich interessierte sie sich nur für Larven und Fliegen. Aber ich konnte mich nicht beruhigen. Tränen liefen mir über die Wangen.

Die Spinne krabbelte wieder los. Wenn sie wegkrabbelte, würde ich Folterqualen leiden, weil sie irgendwo sein musste, ohne dass ich jedoch wusste, wo genau. Ich musste etwas tun.

Sie war jetzt am Rand der Truhe angelangt und begann, an der Seite hinunterzukriechen. Unten angekommen, würde sie sicher unter dem nächsten Teppich verschwinden.

Ich hob die Hand, um sie zu töten, konnte mich aber nicht überwinden, sie zu berühren. Ich riss ein Stück von meinem zerfetzten Rock ab. Ich würde die Spinne auf den Stoff krabbeln lassen, die entsetzliche Kreatur dann zum Höhleneingang bringen und aussetzen.

Doch meine Hand zitterte zu sehr.

Trotz meines Elends wurde mir plötzlich klar, wie lächerlich die Situation war: Ich hatte Angst vor einer Spinne, während neben mir ein Drache schlief. Gegen meinen Willen musste ich lächeln und das beruhigte mich. Ich knüllte den Stoff zusammen und schlug damit auf den grauenhaften schwarzen Leib.

Sie war tot. Ich hatte sie getötet.

Jetzt, da sie tot war, war mir klar, dass sie mir kein Härchen hatte krümmen wollen. Meine Angst vor Spinnen löste sich in nichts auf. Ich würde versuchen, nie wieder unschuldiges Leben zu zerstören. Ich machte die Truhe auf. Das Essen war in Damastservietten eingewickelt. In einer befand sich dunkler Zwieback, in einer anderen Dörrfleisch. Ich aß ein paar Zwiebäcke, die altbacken schmeckten. Das Fleisch rührte ich jedoch nicht an. Wer konnte schon wissen, ob Vollys sich nicht einen Scherz draus machte, jedem neuen Gast seinen Vorgänger als Mahl vorzusetzen.

Ich holte meinen Sack von seinem Platz neben dem Kissenberg. Als ich ihn in der Hand hielt, fühlte ich mich gleich sicherer. Die Sieben-Meilen-Stiefel waren noch immer das vielversprechendste Fluchtmittel.

Aber was war, wenn Vollys meinen Sack durchwühlte und die Stiefel fand? Ich musste sie unbedingt verstecken. Mit panischem Blick sah ich mich um.

Ich konnte die Stiefel in die Provianttruhe tun, unter die Servietten. Nein, dort würde Vollys vielleicht nach etwas Essbarem für mich stöbern.

Eine andere Truhe? Aber es durfte auf keinen Fall eine offene sein. Denn vielleicht stand sie deshalb offen, weil Vollys oft dranging. Ich näherte mich einer Truhe mit geschlossenem Deckel und öffnete sie. Drinnen waren lauter Schädel und Knochen. Schnell klappte ich den Deckel wieder zu.

Vollys konnte jede Sekunde aufwachen. Ich drehte mich im Kreis um die eigene Achse und suchte den Raum mit den Augen ab. Die Vitrinen waren nutzlos für mich – darin war alles gut sichtbar ausgestellt. Die Kleiderschränke? Schnell lief ich zu ihnen hinüber, wobei meine Schritte von den Teppichschichten gedämpft wurden. Ja, ich konnte die Stiefel nach hinten schieben, hinter die Kleider. Aber ich zögerte. Sollte Vollys Verdacht schöpfen, würde sie die Stiefel sicher in den Schränken suchen.

Ich trat vom Schrank weg und da bemerkte ich etwas. Die Felswand war gebogen, die Schrankrückwand aber gerade. Dadurch entstand zwar kein großer Zwischenraum, aber immerhin ein kleiner. Ich trug den Sack zum Schrank und stopfte die Stiefel dahinter.

Einen sichereren Ort würde ich hier nicht finden. Jetzt musste ich nur noch lange genug am Leben bleiben, um von den Stiefeln Gebrauch machen zu können.

Nachdem ich die Stiefel versteckt hatte, schlief ich ebenfalls. Kaum war ich aufgewacht, stürmten sofort wieder beunruhigende Gedanken auf mich ein. Meine größte Sorge galt Meryl, eine nicht geringe aber auch der Frage, wie ich Vollys unterhalten und was ich ihr von meiner Geschichte zum Besten geben sollte. Schließlich musste ich ihr irgendetwas von mir erzählen. Ich konnte ihr von der Suche berichten, weil ich sie bereits nach dem Heilmittel gefragt hatte, aber ich hatte keine Ahnung, was darüber hinaus für mich sicher war.

Am Ende beschloss ich, ihr die Wahrheit zu sagen, sonst würde ich mich heillos in einem Lügennetz verstricken, und sie würde irgendwann dahinter kommen.

Nach diesem Beschluss war ich ruhiger und unvermittelt überfiel mich ein Heißhunger. Da ich Vollys das magische Tischtuch ohnehin zeigen würde, bat ich es um ein Mahl. Beim Essen ruhten meine Augen träge auf der kunstvollen Stickerei der Tischdecke. Doch plötzlich blieb mein Blick auf ihr haften. Eine Stickerei! Vielleicht hatte ich ja meine ganz eigene Art, einen Drachen zu unterhalten.

Nach dem Essen hob ich die Teppichschichten zu meinen Füßen weg, bis darunter der nackte Boden zum Vorschein kam. Dann fertigte ich eine Skizze an, indem ich mit Blutbeißers Griff in den festgetretenen Sand kratzte, der den Höhlenboden bildete. Als ich damit fertig war, legte ich die Teppiche so sorgfältig wie möglich wieder an ihren Platz zurück. Von da an vermied ich es, dort hinzutreten.

Nur ein paar Meter entfernt richtete ich mir an der Felswand meine eigene kleine Ecke ein, so weit wie möglich von Vollys entfernt. Dort stellte ich meinen Sack ab, dort stapelte ich mir einen Kissenberg auf und dort aß und schlief ich.

Während dieses ersten Tages, den Vollys verschlief, badete ich im Becken hinten in der Höhle. Dann suchte ich mir aus dem Schrank, den sie mir gezeigt hatte, ein Kleid aus. Wenn ich entkam – falls ich entkam –, war es am besten, wenn ich ein Kleid anhatte, das nicht nur aus Fetzen bestand.

Die meisten Kleider waren für Adlige oder königliche Menschen angefertigt. Das Oberteil des einen war mit Rubinen besetzt und die Schleppe eines anderen mit Smaragden. Aber für meine Zwecke brauchte ich bescheidenere Kleidung, die mich nicht behinderte, wenn ich mich schnell fortbewegen musste.

Nach langem Suchen fand ich endlich etwas Schlichtes. Der hellbraune Rock schloss mit einer breiten Schärpe, und das braune Oberteil hatte Ärmel, die an meinen Ellbogen endeten, was in der heißen, dampfenden Luft ein wahrer Segen war. Der Rock und das Oberteil passten mir recht gut, und als ich sie anzog, fühlte ich mich gleich sicherer, allein schon deshalb, weil ich jetzt wieder richtig angekleidet war.

Oft nahm ich das Fernglas zur Hand, um Meryl zu betrachten. Ihr Gesicht sah schmaler aus, und ich fragte mich, ob sie überhaupt noch etwas zu sich nahm. Ich bekam mit, dass Milton sie hochhob, um ihre Bettwäsche zu wechseln, aber nie sah ich, dass er sie fütterte.

Ich beobachtete Meryl über mehrere Stunden hinweg, sah, wie sie sich von der Seite auf den Bauch legte und wieder zurück auf die Seite, schaute zu, wie sie im Schlaf die Stirn runzelte oder lächelte.

Ich wünschte mir, ich hätte sie nie darum gebeten, ihre Abenteuer so lange aufzuschieben, bis ich vermählt war. Es war meine Schuld, dass sie noch keinen Greif erschlagen und noch gegen keinen Oger gekämpft hatte. Und es würde meine Schuld sein, wenn sie das auch in Zukunft niemals täte.

21

Manchmal nahm ich auch das Fernglas zur Hand, um kurz zu Rhys in die Zaubererzitadelle zu schauen. Das erste Mal sah ich gut hundert Zauberer in einem riesigen runden Raum ohne Decke. Es war Nacht, aber die Sterne funkelten ungewöhnlich hell und beleuchteten ihre nach oben gewandten Gesichter.

Einige Gesichter waren dunkel, andere hell, einige männlich, andere weiblich. Sie alle aber wurden umrahmt von lockigem schwarzen Haar und weißen Kragen, die über die dunkelblauen Umhänge der Zauberer fielen. Ihre Arme hatten die Zauberer mit den Handflächen nach oben seitlich ausgestreckt. Gemeinsam bewegten sie die Lippen. Wahrscheinlich sangen sie oder sprachen im Chor.

Als ich schon dachte, ich würde Rhys nie finden, sah ich plötzlich etwas Rotes aufblitzen. Und da war er: Wie eine Rosenknospe ragte sein Gesicht aus seinem Kragen heraus.

Einmal sah ich, wie er mit einem anderen Zauberer durch einen Garten schwebte, und ich fragte mich, ob das wohl Orne war, der ihm gerade Vorträge über die Gefahren der Ehe hielt.

Ein andermal sah ich, wie Rhys sich über eine Wasserschüssel beugte. Er blies hinein und das Wasser trübte sich. Er blies noch mal hinein und das Wasser wurde wieder klar. Dann tauchte er seinen Finger ein, rührte einmal um und ein dicker, fetter oranger Fisch schwamm in der Schüssel. Als er noch mal umrührte, schwamm der Fisch durch einen grünen Pflanzenwald.

Wenn ich sehr traurig und ängstlich war, legte ich das Fernglas beiseite und suchte Trost in der Lektüre des *Drualt*-Epos. Die Lampen, denen nie das Öl ausging, verbreiteten genug Leselicht. Die Worte des Epos wirkten hier auf mich sogar noch kraftvoller als in meinem Schlafgemach zu Hause, denn schließlich war Drualt ebenfalls einmal gefangen gewesen.

Das war zu der Zeit, als er, noch ein junger Bursche, dem Hof des bösen Königs Eldred im Reich Tyor einen Besuch abstattete. Nachdem König Eldreds hinterlistiges Mordkomplott gescheitert war, warf er Drualt in ein Burgverlies tief unten in der Erde.

Die Kerkerwände waren aus Stein,
So hart wie Ogerköpfe.
Der Boden war aus nackter Erde,
So weich wie Damenpuder.
Mit seiner Gürtelschnalle als Schaufel
Grub Drualt einen Tunnel und sang dazu:
»Grab oder stirb, grab oder stirb.
Was bin ich doch für ein Glückspilz,
Dass ich eine schneidige Silberschnalle habe.«
Drualt der Lachende
Lachte und sang:
»Glückliche schneidige Gürtelschnalle,
Schneidige glückliche Gürtelschnalle.«
Und er lachte noch mehr:
»Gürtelschnalle, schneidige, glückliche.«
Laut lachend sang er,
Bis seine Zunge
Sich verknotete
Und er nicht mehr weitersingen konnte,
Weil er so sehr lachte.

Ich war noch nicht tapfer genug, um laut herauszulachen, aber ich lächelte zumindest. Als spüre sie mein Vergnügen, knurrte Vollys im Schlaf. Ich erschrak und mein Lächeln erstarb, aber da –

Da fühlte ich eine Hand auf meiner Schulter, eine große Hand, die mich aufmunternd drückte und mir neuen Mut einflößte. Ich wirbelte herum, sah aber nur das Lampenlicht, das fröhlich auf den Steinwänden tanzte.

Fröhlich tanzte?

Die Luft in der Höhle vibrierte, als ob jemand lachte. Aber es war nicht Vollys' glockengleiches Lachen, sondern ein echtes Menschenlachen, das mir so willkommen war wie der Sonnenschein nach wochenlangem Regen – so willkommen, als käme man nach vielen überstandenen Gefahren wieder nach Hause.

Dann war die Hand verschwunden und das Gelächter erstarb. Das Licht flackerte wieder auf den Steinwänden und tanzte nicht mehr. Ob Rhys mir diesen kurzen Moment der Freude beschert hatte? Oder irgendein heiterer guter Geist? Ich hoffte, es wäre Rhys. Aber wer immer es war, hatte mich getröstet.

Vollys verschlief drei ganze Tage von Meryls elf verbleibenden. Ich war wie rasend vor Ungeduld, hatte aber trotzdem zu große Angst, um die Drachendame zu wecken.

Als sie endlich erwachte, schlief ich gerade auf meinem Kissenberg. Sie weckte mich mit einer stinkenden und unverschämt heißen Rauchschwade, die sie mir direkt ins Gesicht blies. Ich setzte mich auf und wedelte mit den Armen, damit der Rauch sich verzog. Meine Augen tränten, meine Kehle brannte und mit einem Schlag kehrte meine panische Angst zurück.

»Irgendetwas ist anders«, sagte sie. »Du hast irgendwas getan, während ich schlief. Aber was?«

Meinte sie die Stiefel? »Ich h-hab nichts gemacht.« Ich hüstelte. »Ich h-hab mir ein Kleid genommen und …«

»Nicht das Kleid. Etwas anderes.« Sie schnüffelte und durchkämmte mit den Augen die Höhle. »Hmm …« Sie schleppte sich schwerfällig nach rechts zu dem Schrank, hinter dem die

Stiefel versteckt waren, und öffnete ihn. Vorsichtig suchend schob sie die Kleider hin und her. Dann richtete sie sich auf und schloss die Tür wieder.

»Kleines...« Sie kam auf mich zu.

Ich stand auf und wich einen Schritt zurück.

Ihre Stimme wurde weicher. »Kein Grund zu streiten. Ich werde schon noch herausfinden, was du gemacht hast. Du brauchst es mir nicht zu gestehen. Vielleicht freut es mich sogar, wenn du es schlau angestellt hast.«

Sie durfte auf keinen Fall die Stiefel finden! Was würde ich dann tun?

»Es wird mir mehr über dich verraten und das ist für mich von allergrößtem Interesse.« Sie hielt an und setzte sich ein Stück entfernt von mir hin. »Und jetzt musst du mir unbedingt erzählen, wie es dazu kam, dass du mit einer Schar toter Greife auf dem Hügel warst. Erzähl es mir oder du wirst meinen Zorn zu spüren bekommen...«

Ich befeuchtete die Lippen, öffnete sie und stieß Luft aus, aber kein Laut kam heraus.

Feuer blitzte zwischen ihren Zähnen auf und ihr Schwanz peitschte hin und her. Sie holte Luft. Gleich würde sie Feuer speien.

»Ihr macht mir Angst.« Meine Stimme war nicht mehr als ein heiseres Flüstern. »Wenn...« Ich schluckte. »Wenn... wenn Ihr wünscht, dass ich rede«, meine Stimme wurde fester, »dürft Ihr mir nicht so viel Angst machen. Ich kann nicht reden, wenn ich das Gefühl habe, dass Ihr mich gleich in Brand steckt. Aber wenn Ihr das tut, wird Euer Vergnügen nur von kurzer Dauer sein.« Ich war überrascht über meine eigene Courage. »Es ist für uns beide besser, wenn Ihr Eure Flamme hinunterschluckt.«

Und tatsächlich – sie tat es! Sie schluckte die Flamme und ihre Glocken begannen wieder zu klingen. Sie lachte.

Vor lauter Erleichterung wagte ich es sogar, tief Luft zu holen. Da Vollys' Körper den Höhleneingang nun nicht mehr verschloss, war die Luft in der Höhle so gut wie noch nie seit meiner Ankunft. Draußen war wieder heller Tag.

In ihrer aufrechten Sitzhaltung erinnerte mich Vollys an den Dackel von Vaters Berater Lord Tully. Flopper, der Dackel, hatte ebenfalls ganz kurze Beine, die, wenn er aufrecht saß, unten gerade herausstanden. Sie sahen genauso komisch aus wie die von Vollys, auch wenn mir im Augenblick nicht im Geringsten zum Lachen zumute war.

»Ich habe mir gleich gedacht, dass du mich interessieren würdest, Kleines, und ich hatte Recht. Dafür sollst du belohnt werden. Siehst du die leere Vitrine da?« Sie deutete darauf. »Die gehört ab jetzt dir. Du kannst dir etwas aus einer meiner Vitrinen nehmen und hineintun. Los, such dir etwas aus.«

Das war sehr eigenartig. Ich nahm wieder all meinen Mut zusammen. »Wenn Ihr mir wirklich etwas schenken wollt, dann sagt mir, wie man den Grauen Tod heilen kann, und lasst mich gehen.«

»Vielleicht tue ich das sogar. Später. Aber jetzt musst du dir etwas aussuchen. Du sollst deinen eigenen kleinen Schatz inmitten des meinen haben. Wenn du erst etwas hast, was dir gehört, wirst du dich hier mehr wie zu Hause fühlen. Und jetzt such dir was aus.« Aus ihrer Kehle kamen bereits wieder Laute, die verdächtig nach Feuerspeien klangen.

Ich ging von Vitrine zu Vitrine. Es war schrecklich, sich vorzustellen, unter welchen Qualen die ehemaligen Besitzer dieser Kostbarkeiten wohl gestorben waren. Einige von ihnen mussten aus diesem enormen Schatz große eigene Bestände entnommen und angelegt haben. Ich bekam eine Gänsehaut, wenn ich nur daran dachte.

Da gab es eine aus Elfenbein geschnitzte, Harfe spielende Maid. Die Harfe war aus Gold, mit eingelegten Saphiren, die Maid hingegen ungeschmückt. Sie trug ein schlichtes Kleid und eine einfache Kopfbedeckung. Nur ihre Fingerspitzen, mit denen sie die Harfe berührte, waren mit Diamanten besetzt. Ihre verzückte Miene symbolisierte die sichtbar gemachte Freude an Musik.

Dann gab es einen Silberkelch, auf dem eine Jagdszene eingraviert war. Auf dem Bild hielten drei tapfere Bogenschützen mit ihren bellenden Hunden einen Oger in Schach.

Ein dritter Gegenstand war ein Jadeschweinchen mit fröhlichen bernsteingelben Augen, einem lächelnden Mund, einem Hängebauch und juwelenbesetzten Blumengirlanden um den Hals.

Ich wollte nichts davon. Es war bloßer Trug, dass die Sachen mir vorübergehend gehören sollten, und eine Beleidigung gegenüber den Toten. Also nahm ich das Schlichteste, was ich finden konnte: ein leeres Holzkästchen mit Perlmutteinlegearbeit. Ich stellte es in ein Fach der Vitrine, die nun mir gehören sollte. »Vielen Dank.«

»Eine interessante Wahl, kleine Prinzessin.«

Ich guckte wohl erschrocken, denn wieder ertönte ihr Glockengeläute.

»Oh, mir war gleich klar, dass du aus königlichem oder zumindest adeligem Geblüt stammst, als ich dich in dem Kleid sah. Diener und Bauern entscheiden sich immer für juwelenbesetzte Gewänder. Besser reich als arm sterben, denken sie. Und jetzt zeig mir, was du in deinem Sack hast.«

Was würde sie tun, wenn sie Blutbeißer sah? Mit zitternden Händen zog ich das Schwert heraus.

Doch sie tat nichts und sie sagte auch nichts. Als der Sack leer war, wies sie mich an, alles in meine Vitrine zu stellen. »Ich hoffe, du wirst die reiche Fülle, die deine Tischdecke hervorbringt, mit mir teilen.«

»Aber natürlich.«

»Und jetzt erzähl mir deine Geschichte und wage es ja nicht zu lügen.«

Für einen Moment versagte mir abermals die Stimme, aber dann holte ich tief Luft und begann: »Ich bin Prinzessin Adelina, aber alle nennen mich nur Addie…« Ich erzählte ihr von Meryls Erkrankung und meiner Suche nach dem Heilmittel gegen den Grauen Tod. Vollys wollte wissen, woher ich die besonderen Gegenstände in meinem Sack hatte. Ich antwortete ihr, bis auf die Landkarten hätte meine Mutter dies alles Meryl und mir hinterlassen. Ich fürchtete, Rhys und Bella in Gefahr zu bringen, wenn ich sie namentlich erwähnte. Und die Karten, so behauptete ich, stammten aus unserer Bibliothek.

»Mir ist bekannt, dass die Königin gestorben ist, aber deine Memme von Vater, König Lionel, lebt doch noch. Er hat dich auf diese Mission gehen lassen? Er will, dass seine beiden Töchter sterben?« Ihre Stimme klang, als würde sie bald wieder Feuer speien. »Lüg mich nicht an, kleine Prinzessin.«

»N-nein. Ich bin weggerannt und hab alles heimlich mitgenommen. Aber ich habe ihm einen Brief hinterlassen, der ihn wohl davon überzeugt hat, dass es besser ist, mir nicht nachzukommen.« Ich erzählte ihr vom *Buch der Lebensweisheiten.* Ich zitierte das Sprichwort, das ich in den Brief geschrieben hatte, und nannte noch ein paar weitere Sprichwörter.

Die Sprüche gefielen ihr. Ihre Glocken hörten gar nicht mehr auf zu klingen, als ich sagte: »Armut bedeutet für die Armen mehr als für die Reichen. Reichtum bedeutet für die Reichen mehr als für die Armen.« Zum Dank dafür ließ sie mich noch ein Geschenk für meinen Schatz aussuchen. Als mir keine Sprüche mehr einfielen, begann sie, sich selbst welche auszudenken.

»Wie findest du den? ›Der Ungestüme wird von seinen Begierden überrumpelt.‹ Das wäre eine gute Lebensweisheit, nicht wahr?«

»Sehr gut«, sagte ich und bemühte mich, ihr aufmerksam zuzuhören, während ich gleichzeitig ihren Mund im Auge behielt, um nach dem ersten Anzeichen für Flammen Ausschau zu halten.

Sie lachte entzückt »Oder: ›Nahrung für den Geist bedarf eines Kopfes mit Zähnen.‹ Was mir am besten an ihnen gefällt, ist, dass sie beinahe etwas bedeuten.« Sie lachte wieder kurz auf. Dann hob sie den Kopf und schnüffelte erneut.

»Ich rieche was.« Sie schnüffelte. »Jetzt weiß ich, was du gemacht hast, während ich geschlafen habe.« Sie bewegte sich zum Schrank hin und zog meine Sieben-Meilen-Stiefel dahinter hervor. »So ein hervorragendes Versteck hat noch keiner vor dir gefunden.«

Sie lief mit ihrem schwerfälligen Gang zum Höhleneingang, langte nach oben und holte einen Schlüsselbund herunter. Sie öffnete ihre größte Truhe und schloss die Stiefel darin ein. Dann legte sie die Schlüssel wieder auf den Vorsprung über dem Eingang – ungefähr neun Meter über mir.

22

DASS ICH NUN die Stiefel nicht mehr hatte, bedeutete meinen Untergang. »Jetzt könnt Ihr mich genauso gut gleich töten«, sagte ich. Ich hatte keine Angst mehr. Ich war ja bereits so gut wie tot, auch wenn ich noch atmete.

»Ah, kleine Prinzessin, du bist nur böse wegen deiner kostbaren Stiefel. Ich für meinen Teil amüsiere mich jedenfalls viel zu prächtig, um dir etwas anzutun.« Sie dachte sich fünf weitere Sprüche aus und lachte über jeden einzelnen.

Als sie endlich zu kichern aufhörte, ließ sie sich auf den Bauch herab und reckte ihren Hals durch die Höhle, bis ihre Schnauze nur noch wenige Zentimeter vom Saum meines Kleides entfernt war. Ihre Augen waren auf der Höhe meiner Schultern. Ich konnte ihnen nicht ausweichen und musste sie anschauen. Ihr Blick war scharf und durchdringend.

Sie sprach flüsternd: »Glaub mir, wenn ich dir sage, dass ich möchte, dass du lange bei mir bleibst. Ich bin immer sehr traurig, wenn ich allein bin. Am unglücklichsten bin ich, wenn ich gerade einen Gast vernichtet habe. Keinen von euch habe ich jemals vergessen. Mein erster Gast ist seit siebenhundert Jahren in meinem Gedächtnis. Er hatte ein kurzes Leben, aber in meiner Erinnerung lebt er noch heute.«

Ich nickte und zwang mich, nicht zurückzuweichen. Wir starrten einander an.

Ich flüsterte zurück: »Ich glaube Euch.«

Endlich sah sie weg. »Ich lüge meine Gäste nie an. Denk nur, wie dumm es wäre zu lügen – genauso dumm, wie diese Knochen anzulügen.« Sie deutete auf eine offene Truhe. »Und jetzt sag mir, wie du mich zu unterhalten gedenkst.« Sie nahm einen Knochen in die Hand, streichelte ihn und legte ihn wieder in die Truhe zurück.

Ich stammelte: »Ich k-kann leider nicht besonders unterhaltsam plaudern. A-aber vielleicht... Ich bin eine gute...« Ich ging zu der Stelle, wo ich auf den Boden gezeichnet hatte, und rollte die Teppiche zur Seite. Die Linien waren immer noch zu erkennen, wenn auch nur schwach. Ich zeichnete sie mit den Fingern nach. »Ich habe mir die Freiheit genommen... Während Ihr schlieft, habe ich –«

»Lass mich mal sehen.« Sie kam näher.

Ich trat ein paar Schritte zurück und sprach hastig weiter: »Ich bin recht geschickt im Sticken. Ich dachte, vielleicht könnte ich eine Stickerei von Euch anfertigen. Stoff habe ich dabei...« Ich lief rasch zu meiner Vitrine und holte die Holzkugel, die Rhys mir geschenkt hatte. »Und im Kleiderschrank gibt es jede Menge Faden, wenn ich –«

»Pst.« Sie starrte auf meine Zeichnung hinunter.

Darin hatte ich ihre Anmut hervorgehoben, die ordentlichen Linien ihrer zusammengefalteten Flügel, ihr katzenähnliches Aussehen im Schlaf. Aber es könnte ihr missfallen, so gezeigt zu werden. Vielleicht wollte sie lieber ein grimmigeres Porträt von sich. Vielleicht hätte ich...

»Du zeichnest mich sehr wohlwollend, mit dem Blick eines Freundes.« Ihre Stimme war sanft, ruhiger, als ich sie bis jetzt kannte. »Ich hätte gerne genau eine solche Stickerei von mir, umgeben von meinen Schätzen.« Ihre Stimme nahm wieder ihren normalen näselnden Ton an. »Und dann hätte ich gerne noch eine, wie ich Feuer speiend gegen ein Dutzend tapferer Ritter kämpfe. Auch dafür werden wir Stoff finden. Du hast mir eine große Freude gemacht, Prinzessin. Dafür darfst du dir zehn Gegenstände für deinen Schatz aussuchen.«

»Vielen Dank, aber ich brauche nichts.«

»Nimm sie. Du wirst sie schon noch brauchen. Mit der Zeit wirst du bei mir in Ungnade fallen und dann wirst du sie brauchen.«

Bevor an diesem Tag die Sonne unterging, stickte ich Vollys' Umrisse in meinen Stoff. Ich arbeitete so langsam, wie ich konnte – denn wie sollte ich sie unterhalten, wenn ich damit erst mal fertig war? Ihr gefiel das Bild und sie schenkte mir drei weitere Dinge für meinen »Schatz«. Danach verzehrten wir gemeinsam das Abendessen, mit dem uns die Tischdecke versorgte. Ich aß eine Schüssel Eintopf, und Vollys verschlang ein halbes gebratenes Wildschwein und betonte dabei fortwährend, dass sie normalerweise keine Zwischenmahlzeiten zu sich nahm.

Wenn sie weiterhin mit mir zusammen aß, musste sie niemals mehr die Höhle verlassen, um zu jagen. Und ich konnte keinen Fluchtversuch starten.

Der Gedanke war furchtbar! Ich wäre nie wieder allein und müsste jeden Moment, der noch von meinem Leben und dem Meryls übrig war, in der Gegenwart eines Drachen zubringen.

Nach dem Abendessen zog ich unter Vollys' Blicken goldene und dunkelrote Fäden aus einem Kleid heraus. Als ich müde wurde, erlaubte sie mir, mich in meine Ecke zurückzuziehen, aber ich spürte ihren Blick auf mir und konnte nicht schlafen. Lange lag ich steif da, bis mich endlich die Erschöpfung übermannte. Bevor ich einschlief, war mein letzter Gedanke, dass Meryl nur noch sieben Tage zu leben hatte.

Nach dem Aufwachen frühstückten Vollys und ich gemeinsam an meiner Tischdecke. Ich aß einen Muffin und Vollys verspeiste ein ganzes gebratenes Lamm. Nach dem Essen stickte ich, wobei Vollys mich wieder beobachtete. Sie streckte sich aus, den Kopf nur einen knappen Meter von mir entfernt. Ihr metallener Atem erhitzte mich so, dass ich beinahe zerschmolz, und ihr durchdringender Blick zermürbte mich. Ich hatte schreckliche Angst davor, einen Stich fallen zu lassen oder eine Farbe zu benutzen, die ihr nicht gefiel. Unter diesen Umständen war es unmöglich, kreativ zu sein. Das Ergebnis würde denn auch blass und fade sein.

Ich fand den Mut zu sagen: »Habt Ihr auch die Arbeit Eures Tischlers aus nächster Nähe überwacht?«

»Ja.« Sie lachte. »Ihm hat es ebenfalls nicht gefallen.«

»Da ich wahrscheinlich nie wieder einen anderen Drachen treffen werde...«

Sie lachte erneut und stimmte mir zu. »Nein, höchst wahrscheinlich nicht.«

»Und da ich nicht gut im Geschichtenerzählen bin, würdet Ihr mir bitte aus Eurem Leben erzählen? Vielleicht könnt Ihr mir von dem Kampf berichten, den ich für Euch sticken soll.«

»Ach, Kämpfe sind langweilig, Kleines.« Ihr Schwanz schwang hin und her. »Und ich hasse Langeweile. Ist dir schon aufgefallen, dass mein Auge rot wird, wenn ich Feuer speie?«

Nein, das war es mir nicht. Ich verneinte dementsprechend und sie stieß eine Flamme aus. Der Feuerschwall ging ein Stück rechts an mir vorbei, aber er verfehlte mein Ohr nur um Haaresbreite und sengte mein Haar an.

»Ich wette, du hast mein Auge gerade eben gar nicht angeschaut.«

Sie hatte Recht. Ich erwiderte nichts, denn ich hatte Angst, es zuzugeben.

»Ich muss berücksichtigen, dass du mein zweitjüngster Gast bist und mich kaum kennst. Darum werde ich dir nur ein Geschenk wegnehmen. Gib mir einen Gegenstand aus deinem Schatz zurück. Du darfst auswählen, welchen. Es ist nur eine leichte Strafe. Du hast noch immer zwanzig Gegenstände übrig. Mit zwanzig kannst du noch monatelang leben. Jetzt wähle etwas aus.«

Ich verstand zwar nicht, was das sollte, ging aber zu meiner Vitrine. Ich wählte einen Messingpokal, einen der Gegenstände, die ich als Letztes ausgesucht hatte, und legte ihn in ihre ausgestreckte Klaue. Sie öffnete eine ihrer Truhen, ließ den Pokal hineinfallen und verschloss den Deckel. Ich fragte mich, warum, denn der Pokal war vorher nicht weggesperrt gewesen.

»Und jetzt sieh genau her. Diesmal werde ich dir nicht wehtun. Stell dich neben mich, aus der Schusslinie, und achte auf mein Auge.«

Ich tat wie geheißen. Wieder spie sie Feuer, aber diesmal, ohne etwas zu versengen. Es gelang mir, den Blick unverwandt auf ihrem rechten Auge zu lassen, jenem Auge, das ich von meiner Position aus sehen konnte. Kurz bevor die Flamme sichtbar wurde, färbte sich das Auge erst orange, dann weinrot. Als sie mit dem Feuerspeien aufhörte, wurde es wieder orange und nahm schließlich seine übliche durchsichtige Diamantenfarbe an.

Sie blinzelte zwei Mal. »Bei der Stickerei von dem Kampf muss das Auge glühen. Vielleicht könntest du einen Rubin draufnähen. Ginge das?«

Ich nickte.

»Gut. Für das Kampfbild würde sich mein Gefecht mit König Willard gut eignen.«

Ich blinzelte, um die jäh aufschießenden Tränen zurückzuhalten. Vor so vielen Jahren hatte Meryl mir im Kinderzimmer von König Willard erzählt. Er war unser tapferster König gewesen, der König, der einen Geist dazu gezwungen hatte, ihm die Heilung vom Grauen Tod zu prophezeien.

In seinem sechsunddreißigsten Lebensjahr war Willard mit einer Kompanie Ritter und Soldaten ausgezogen, um Ungeheuer zu erschlagen, aber weder ihn noch seine Mannen hatte man jemals wieder gesehen.

»Du wirst die folgende Szene sticken: Ich stürze zur Erde und speie Feuer. Zehn Bogenschützen weichen vor mir zurück, während sie mit Pfeilen auf mich schießen. Um ihre Beine züngeln Flammen. Ein Hengst bäumt sich angstvoll auf, seine Mähne steht in Flammen. Drei Ritter laufen weg. Du musst klar machen, dass ihr Schicksal trotz ihres Fluchtversuchs besiegelt ist. Nur ein einziger unerschütterlicher Krieger, König Willard selbst, weicht keinen Zentimeter zurück.«

Sie senkte die Stimme zu einem Flüstern: »Er war entzückend, dieser tapfere König.«

»Was ist aus ihm geworden?«

Sie seufzte. »Ich wurde seiner überdrüssig. Er ärgerte mich. Er büßte ein Geschenk nach dem anderen aus seiner Vitrine ein. Als er keine mehr hatte, war auch der letzte Funken Liebe, den ich für ihn empfunden hatte, erloschen, und er starb.« Ihre Augen waren feucht. »Kaum war er tot, erwachte meine Liebe wieder, und ich vermisste ihn gar schrecklich. Genau so, wie ich dich eines Tages lieben und vermissen werde.«

23

VOLLYS SETZTE SICH auf und endlich wandte sie ihren Blick ab. Sie begann, mir von König Willard und einigen weiteren ihrer »Gäste« zu erzählen. Ich fragte mich, ob wohl einer von ihnen jemals einen Fluchtversuch unternommen und damit Erfolg gehabt hatte.

Sie lächelte gedankenverloren. »Willard beschimpfte mich immer, weil ich das Vieh seiner Untertanen raubte. Aber ich antwortete ihm dann, dass ich doch nur seine Steuern für ihn eintrieb, da das Vieh, zumindest ein Teil davon, für seinen königlichen Magen bestimmt war. Oh, ich liebte es, meine Geisteskraft mit ihm zu messen.«

Sie hatte es auch geliebt, ihm beim Kochen zuzusehen, eine anspruchsvolle Prozedur, da er sehr wählerisch war. Das erzählte sie mir beim Mittagessen von meiner magischen Tischdecke.

»Du bist ebenfalls wählerisch und anspruchsvoll, aber einige meiner Gäste, kleine Prinzessin, sind da ganz anders. Ich erinnere mich noch an einen Mann, einen Herzog, der mit bloßen Zähnen in das rohe Beinfleisch eines Rehkitzes gebissen hat. Er war nicht...«

Ich versuchte, an etwas anderes zu denken. Ich vergegenwärtigte mir den Blick aus meinem Burgfenster. Ich stellte mir Rhys vor, wie er sich verbeugte, Meryls Scheingefechte mit dem Schwert, bevor sie krank wurde, ihr Unwille...

Wäre sie an meiner Stelle hier, würde sie sich kein einziges Wort von dem Drachen entgehen lassen. Ich wandte meine Aufmerksamkeit wieder Vollys zu, die zu ihrer Lobeshymne auf König Willards Tugenden zurückgekehrt war. Sie pries sein lautes, herzliches Lachen, seine prächtige Statur, seinen gelockten Bart und sein großes Talent, Geschichten zu erzählen.

Als sie kurz Atem holte, sagte ich: »Alles an ihm scheint perfekt. Warum seid Ihr seiner überdrüssig geworden?«

Sie gähnte. »Selbst das Perfekteste kann auf die Dauer langweilig werden. Er war immer tapfer, immer höflich, immer freundlich. Allmählich fragte ich mich, ob er dumm war. Mich quälte der Gedanke, dass ich vielleicht neun Monate damit zugebracht hatte, einen dummen Mann zu verhätscheln, und zwei Tage später habe ich ihn getötet.«

»Ist irgendjemand länger als neun Monate geblieben?«

Ob sie wütend wurde, wenn ich mein Fernglas herausnahm, um einen Blick auf Meryl zu werfen?

»Nein, keiner. Was zappelst du so herum? Langweile ich dich etwa?« Sie knallte ihren Schwanz auf den Boden und ihre Augen glühten orange.

Ich schluckte. »Ich und gelangweilt? Ich habe schließlich allen Grund, Interesse am Schicksal meiner Vorgänger zu haben.«

Das Glühen verschwand. Sie war besänftigt.

Ich riskierte es, sie erneut zu verärgern. »Ich muss oft an meine Schwester denken. Ich kann nicht anders.« Ich fragte sie, ob ich durchs Fernglas schauen dürfte.

»Aber sicher, und ich werde ebenfalls durchschauen.«

Dass diese bösen, blutunterlaufenen Augen Meryl anstarrten, sie prüfend musterten … Das ging nicht! »Nein! Das könnt Ihr nicht!« Ich lief schnell zum Fernglas und drückte es an mich.

Vollys lachte. »Aber ja doch, Prinzessin Adelina. Ich werde schon noch genug hindurchschauen. Aber jetzt darfst du es erst mal benutzen.«

Meryls Gesicht war blass und müde. Ich wollte nicht, dass Vollys sie so sah. Ich wollte nicht, dass Vollys sie überhaupt sah, aber sie nahm mir nach nur einer oder zwei Minuten das Fernglas aus der Hand.

»Normalerweise ist sie sehr hübsch«, sagte ich.

Vollys hielt sich das Fernglas vors linke Auge. »Das kann ich sehen. Sie ist zauberhaft, ganz anders als du. Oh, das ist mir so herausgerutscht.« Vollys Glocken erklangen. »Du bist auch zauberhaft, aber auf eine stillere Art. Auch im Wesen seid ihr sichtbar verschieden. Sie könnte einen Angriff führen, während du eine Belagerung überstehen könntest. Das ist faszinierend, kleine Adelina. Je länger ich sie anschaue, desto klarer sehe ich dich vor mir. Du bist vielleicht sogar ein würdigerer Gegner, als selbst mein König Willard es war.«

Da irrte sie sich! Dem Vergleich zu Meryl konnte ich nicht standhalten. Meryl hätte sie inzwischen längst erschlagen und würde jetzt lachend vor ihren Knochen stehen.

»Ihr wart gute Freundinnen, du und deine Schwester. Ihr Name ist Meryl, ja?«

Ich nickte.

»Prinzessin Meryl hat sich immer um dich gekümmert, nicht wahr? Du brauchst nicht zu antworten, ich weiß es auch so. Das ist schrecklich traurig. Sie stirbt und du auch.«

Das reichte!

»Ich glaube, ich muss etwas tun. Ich werde dir sagen, wie man den Grauen Tod heilen kann.«

Wie bitte?

»Ich werde dich nicht freilassen, aber ich werde es dir trotzdem sagen. Bring deine Landkarten her. Ich brauche die vom Eskerngebirge.«

Schnell rannte ich los, um sie zu holen. Vor Aufregung war ich ganz nervös und zittrig und so fiel mir der Stapel aus der Hand, direkt vor Vollys Füße.

Sie lachte. »Ach, ist das spaßig! Es ist so schön, einen Gast zu haben. Such die richtige raus, Kind, und gib sie mir.«

Ich tat, wie geheißen, und sie hielt sich die Karte dicht vor die Augen. »Und wo ist jetzt dieses Tal? Wer immer diese Karte angefertigt hat, wollte augenscheinlich nicht, dass man etwas lesen kann. Diese Linien müssen Mäuse gezeichnet haben. Ich brauche besseres Licht. Komm, trag die Karte nach draußen, und ich werde dir sagen, was du wissen willst.« Sie ließ sich auf alle viere nieder und verließ die Höhle.

Ich folgte ihr. Wenn sie die Karte noch immer nicht lesen konnte, konnte ich die Linien vielleicht irgendwie dunkel nachziehen.

Als Vollys aus der Höhle trat, breitete sie, der besseren Balance wegen, ein wenig die Flügel aus. Die Haltung erinnerte mich an eine Frau, die ihre Röcke hebt, um sich vorsichtig einen Weg durch eine Pfütze zu bahnen.

Ein paar Meter vor dem Felsblock, der vor der Höhle stand, hielt sie inne. »Und jetzt gib mir die Karte.« Sie setzte sich und streckte mir auffordernd ihre Vorderklaue hin.

Ich reichte ihr die Karte. Wie herrlich war es, im Freien zu sein! Ein leichtes Lüftchen wehte. Hoch droben sah ich einen Vogel.

»Ah. Viel besser. Hmm … Ja! Das ist es.« Sie ließ sich wieder auf alle viere fallen, sodass sie mit einer Klaue zur Hälfte auf der wertvollen Karte stand. Sie durfte sie nicht zerreißen! Ich wollte schon danach greifen, konnte mich aber gerade noch zusammenreißen.

»Hier, nimm sie.« Sie hob das Bein. »Ich würde deine Karte nicht kaputtmachen. In so einer Stimmung bin ich nicht.«

Ich zog die Karte schnell weg und strich sie glatt.

Vollys legte sich vor mich hin. »Menschen sind nicht die Einzigen, die gern dichten, und nicht die Einzigen, die Geschichten spinnen, um ihre Wahrheiten zu überliefern. Drachen erzählen sich ihre eigenen Geschichten, doch unsere Wahrheiten sind nicht dieselben wie eure. Habe ich dir schon gesagt, wer Yune war?«

Ich schüttelte den Kopf.

»Das dachte ich mir. Nun, bevor Drualt sie umbrachte, war sie meine Mutter.«

Wie alt war Vollys eigentlich?

»Ich werde es für dich aufsagen.« Sie setzte sich auf und rezitierte mit klingelndem Glockenklang:

»Schnell fliegende Hothi,
Erschlagen von Drualt.
Und Zira mit ihrer Zornesflamme,
Die junge Schönheit,
Auch sie erschlug er.
Die Menschen nennen ihn
Den Lachenden, den Helden.
Drualt, der Feuer erstickt
Und Leben auslöscht –
Den Drachen ist er kein Held.«

Drualt war nicht grausam! Er war freundlicher als jeder andere, und dass er für die Drachen kein Held war, machte ihn tausendmal mehr zum Helden für uns. Aber es war trotzdem sonderbar, die Drachenversion zu hören, so als würde man plötzlich erfahren, was ein Keiler über seine Jäger dachte.

»Hothi und Zira starben langsame, grausame Tode.« Vollys' Stimme bekam wieder ihre normale metallene Klangfarbe. »Damals war ich noch ein Nestling, aber ich war schockiert. Wir Drachen mögen untereinander kämpfen – ich gebe zu, dass ich nur wenige meiner Artgenossen leiden kann, vielleicht sogar gar keinen –, aber wir haben durchaus Familiensinn. Meine Mutter wollte sich an Drualt rächen. Und jetzt komme ich zu ihr.«

Ich wünschte, sie verriete mir einfach nur das Heilmittel.

Sie begann:

»Yune, die Schlaue,
Die Ausharrende,
Sehnte sich danach, Drualts
Meeresgrüne Augen
Als Oberstes auf ihren kostbaren Schatz zu setzen.
Und so suchte sie ihn auf
Und trug ihn
Über die Berge
Und Täler hinweg
In ihre schöne Höhle. Nichts ahnend
Brachte sie den Tod in ihr Heim.

Es kommen noch mehr Strophen, Prinzessin Adelina, aber es dauert lange, sie zu erzählen, und du bist bestimmt schon gespannt darauf, das Heilmittel zu erfahren.«

Das stimmte! Aber ein andermal hätte ich gern alles gehört und als Stickerei in Stoff gebannt.

»Ich fasse kurz zusammen: Meine Mutter machte nur einen einzigen Fehler in ihrem Kampf mit Drualt, den aber wieder und wieder. Sie hätte ihn viele Male töten können, aber sie wollte unbedingt, dass er langsam starb, genauso wie Hothi und Zira. So verwundete sie ihn nur, versengte seine Kopfhaut, zerschmolz die Rüstung auf seiner Brust.«

Ich litt im Geiste mit dem armen Drualt mit.

»Er dagegen gewährte Mutter keinerlei Schonung. Wenn er konnte, schlug er mit aller Kraft zu, bis ihr Bauch an einem Dutzend Stellen Schnittwunden aufwies, als er sich feige in ihrem Schatz versteckte. Kaum hatte er jedoch ihren Schatz entweiht, wollte sie ihn endgültig vernichten. Aber, wie du weißt, wollte sie ungern ihre Kostbarkeiten in Brand stecken.

Yune brannte lichterloh und heiß
Wie die erste Schmiede,
Die sie hervorgebracht hatte. Sie
Hätte sodann den Menschenhelden
Vernichtet, ihn in einen Rußfleck,
Einen Knochensplitter verwandelt,
Hätte er nicht eine List angewandt.
Von ihrem geliebten Schatz aus
Erhob er gegen sie
Ihr eigenes Schwert, das sie rechtmäßig
(Ein Jahrhundert zuvor) aus Arkules'
Toten Fingern erworben hatte.
Mit der gestohlenen Klinge durchstieß Drualt
Ihr uraltes
Und treues Herz.

Yunes Feuer verlosch,
Alles Leben wich aus ihr.
Und doch hielt sie noch
Einen Nachlass, ein totes Geschenk
Für ihre Feinde bereit. Tief aus dem Bauch,
Der von giftigem Rauch getrübt,
Spie sie hervor
Eine Seuche, einen Grauen Tod…«

Also hatte nicht das Meer den Grauen Tod herangespült, wie manche glaubten. Er war auch keine Strafe für all die Schandtaten der Menschen, wie andere dachten. Yune hatte ihn über uns gebracht!

Vollys fuhr fort:

»Und voller Mühe mit einem langen Atemzug
Blies Yune ihr Vermächtnis
In die Häuser der Menschen.
Sie sang verendend und
Mit dünner Stimme: ›Manche bleiben verschont,
Andere werden auserwählt. Die Auserwählten
Werden sterben, die Verschonten
Weiterleben und mit gebrochenem Herzen
Um ihre verlorenen Lieben trauern.‹
Dann verlosch mit einem Flackern ihre Stimme,
Und gerächt und glücklich
Erlag sie dem Tod.
Yune, die Schlaue,
Die Ausharrende, sie spie fortan kein Feuer mehr.«

Vollys senkte den Kopf.

Nein, nicht aufhören! Was war mit dem Heilmittel? Sag die Strophe über die Heilung auf!

»Es hätte uns nicht behagt, das Heilmittel in die Geschichte aufzunehmen, aber es gibt eines.« Vollys hob den Kopf. »Meine Mutter hat es mir ins Ohr geflüstert, bevor sie starb. Alle Drachen kennen es.«

»Was ist es?« Meine Stimme war sanft, obwohl ich am liebsten laut geschrien hätte.

Sie betrachtete mich eingehend. »Bevor ich das Gedicht aufgesagt habe, hast du mir deutlich besser gefallen. Meine Mutter wäre heute noch am Leben, wenn es die Menschen nicht gäbe. Vielleicht sollte ich es dir ja doch nicht verraten.«

24

AM LIEBSTEN HÄTTE ich sie geschüttelt, bis ihr die Zähne klapperten. Stattdessen versuchte ich, auf sie einzureden. »Wird mein Tod nicht süßer schmecken, wenn ich das Heilmittel zwar kenne, meine Schwester aber trotzdem nicht retten kann?«

»Du hast mich überhaupt nicht verstanden. Dein Tod wird mir nicht süß schmecken. Ich werde schon um dich trauern, wenn du noch im Sterben liegst. Aber es ist nett von dir, dass du an mich und mein Vergnügen denkst.« Ihr Tonfall klang ironisch. »Auf jeden Fall wirst du deinen Tod beschleunigen, wenn ich es dir sage. Mir wird unwohl zumute sein, dass du es weißt, was mich gereizt machen wird.«

Sie schien bereits jetzt gereizt. Ihre Augen waren kupferrot und Feuer machte ihre Stimme rau. »Ich habe bereits beschlossen, dir einen Gegenstand aus deinem Schatz wegzunehmen. Wenn ich dir das Heilmittel verrate, wirst du zwei weitere verlieren, was vielleicht einer Woche Lebensdauer entspricht. Bist du bereit, dieses Opfer einzugehen, nur um es zu erfahren?«

Trotz meiner Angst nickte ich. Aber schließlich hatte sie keine Macht über die Zukunft. Vielleicht geschah ja noch etwas völlig Unerwartetes.

»Gut. Siehst du das Aisnan-Tal?« Sie deutete mit der Klaue auf eine Stelle auf der Landkarte.

Das Tal lag zwischen den höchsten Bergen der Eskerngebirgskette. Hier waren auf den Berghängen mehr Ogerlager und auf den Gipfeln mehr Greifennester eingezeichnet als irgendwo sonst auf der Bergkette. Überraschenderweise lag ganz in der Nähe ein Dorf. Das war Surmic, jenes Dorf, das Drualts Geliebter Freya beim Greifenangriff nicht zu Hilfe gekommen war.

»Das Tal wird von einem hohen Wasserfall bewässert«, fuhr Vollys fort. »Das Wasser scheint aus dem nächstgelegenen Berg zu kommen, aber das stimmt nicht. Vielmehr stammt es direkt vom Mount Ziriat, dem Berg der Feen. Wenn das Wasser auf der Erde auftrifft, versickert es im Boden und taucht nirgendwo anders wieder auf. Ein Schluck von diesem Zauberwasser heilt den Grauen Tod, aber nur wenn der Kranke es direkt vor Ort trinkt. Du kannst das Wasser nicht in eine Flasche füllen und es deiner Schwester bringen, denn dann hat es seine Kraft verloren. So, und jetzt musst du mir drei Gegenstände aus deinem Schatz geben.«

Drei weitere Tage verstrichen, für Meryl die letzten drei Tage vor dem Einsetzen des Fiebers. Für mich drei Tage der Qual – das Heilmittel zu kennen und nichts tun zu können.

Obwohl Vollys mir Gegenstände weggenommen hatte, nachdem sie mir das Heilmittel verraten hatte, schien sie zuerst nicht verärgert, dass ich nun Bescheid wusste. Im Gegenteil, ich stand hoch in ihrer Gunst. Sie sagte, sie »liebe« meine Stickerei, und sie überhäufte mich geradezu mit Geschenken. Ich erhielt viel mehr, als sie mir weggenommen hatte, sodass schließlich vierundsiebzig Gegenstände in meiner Vitrine lagerten.

Doch dann brach der vierte Tag an, der Tag, an dem Meryls Fieber einsetzte, der erste der drei Fiebertage vor ihrem Ende.

Ich hatte mich morgens kaum aufgesetzt, da griff ich schon nach dem Fernglas, genau wie am Vortag und am Tag davor. Wie immer beobachtete Vollys mich dabei. Doch bevor ich noch das Fernglas an die Augen heben konnte, sagte sie: »Deine Anhänglichkeit an deine Schwester langweilt mich allmählich – ich werde ihrer überdrüssig.« Ihre Stimme klang rauchig vor Feuer. »Gib mir das Fernglas. Wir werden sie nicht mehr anschauen.«

Bevor ich auch nur ein Wort der Widerrede geben konnte, hatte sie es mir schon aus der Hand gerissen und in dieselbe Truhe gesperrt, in der auch meine Sieben-Meilen-Stiefel lagen.

Ich bettelte darum, dass sie mir das Fernglas wiedergab. Ich schwor ihr, sie jedes Mal um Erlaubnis zu fragen, wenn ich hindurchschauen wollte, aber nichts, was ich sagte, hatte irgendeine Wirkung. Sie befahl mir weiterzusticken. Das tat ich denn auch, obwohl ich durch meinen Tränenschleier kaum etwas sehen konnte.

Jetzt stellte auch meine Stickerei sie nicht mehr zufrieden. Sie beschwerte sich darüber, dass die Farben, die ich aussuchte, nicht die richtigen waren, dass ich zu langsam, dass ich nicht sorgfältig genug war. Im Laufe des Vormittags musste ich ihr zwanzig Gegenstände aus meiner Vitrine zurückgeben. Vierundfünfzig waren noch übrig, aber die würden nicht lange vorhalten, wenn sie mir weiterhin jeweils zwanzig auf einmal wegnahm.

Sie war ebenso unruhig wie reizbar. Sie fing an, Geschichten zu erzählen, und brach mittendrin ab. Sie zählte die Knochen aus einer Truhe und hörte dann unvermittelt auf, sodass ein Knochenhaufen auf dem Teppich liegen blieb. Sie rannte nach draußen, schlug mit den Flügeln und rannte wieder hinein.

Am Nachmittag nahm sie mir dreißig weitere Gegenstände weg, einschließlich Blutbeißers, des *Drualt*-Buchs und meines Zauberumhangs. Wenn das so weiterging, würde sie mich noch vor Einbruch der Dunkelheit töten.

Zur Abendessenszeit nahm sie mir meine magische Tischdecke weg. »Ich werde ab jetzt mit ihr sprechen.« Sie legte sie auf den Boden. »Gute Tischdecke, deck dich bitte.«

Nichts geschah. Sie wiederholte die Worte mit einem wütenden Flüstern. Ihre Augen glühten rot. Ich hatte entsetzliche Angst und wünschte mir, die Tischdecke würde sich entfalten. Sie schrie die Worte und starrte die Tischdecke zornig an. Dann brüllte sie sie noch mal und diesmal sagte sie die Worte in der richtigen Reihenfolge. Die Tischdecke faltete sich auseinander und begann, sich selbst zu decken.

»So ist es besser.« Sie beruhigte sich und ihre Augenfarbe wechselte von Rot zu Gold. »Aber ich hab's mir anders überlegt. Ich mag nichts mehr essen. Gute Tischdecke, ich dank dir für das feine Mahl.«

Die Tischdecke hörte auf, sich zu decken, und Mahlzeiten erschienen.

»Gute Tischdecke, du tätest gut daran, auf mich zu hören. Gute Tischdecke, ich danke dir für das feine Mahl.«

Bitte sag es richtig, betete ich innerlich. Sag: *ein* feines Mahl.

»Das wirst du bereuen.« Eine Flammenzunge leckte an einer Ecke des Tischtuchs.

Nichts geschah. Es war nicht mal angesengt.

»Gute Tischdecke«, setzte ich an. »Ich dank–«

Sie drehte sich zu mir um. Ihre Augen waren hellorange. »Ich sagte, *ich* gebe der Tischdecke die Befehle.« Sie brüllte sie an: »Gute Tischdecke, ich danke dir für das feine Mahl.«

Doch es tauchte nur noch mehr Essen auf.

Sie brüllte: »Stopp!«, und spie einen Feuerball auf die Tischdecke.

Die Decke selbst verbrannte nicht, wohl aber das Essen. Die Suppe kochte brodelnd, ein Brotlaib wurde schwarz und über einem Truthahnbraten knisterten Flammen. Der Teppich unter der Tischdecke fing Feuer.

Vollys kreischte. Ihr Schwanz drosch hin und her und fegte Truhen über den Boden. Da sie den Höhleneingang blockierte, wich ich nach hinten zurück. Ich hoffte, nicht ihre Aufmerksamkeit zu erregen, und betete darum, nicht aus Versehen zerquetscht oder verbrannt zu werden.

Das Feuer im Teppich begann, sich nach hinten auszubreiten, wo ich stand und mich an die Höhlenwand drückte.

Wieder spie Vollys Feuer. Ein wahres Flammenmeer hüllte

die Tischdecke ein und ließ das Essen zu Asche zerfallen, aber die Decke selbst fing immer noch kein Feuer. Ich wünschte, sie würde es tun! Vielleicht wäre Vollys dann endlich zufrieden.

Mehrere Truhen standen in Flammen. Eine nur wenige Meter von mir entfernte Vitrine fing Feuer. Jeden Moment würde es auf mein Kleid überspringen.

Mit schnellen Schritten durchstreifte Vollys die Höhle. Sie hatte die Tischdecke im Maul und kaute Feuer speiend darauf herum.

Der Höhleneingang war jetzt frei. Ich rannte darauf zu. Eine rot glühende Truhe stand zwischen mir und meinem Ziel. Ich raste um sie herum, trat auf einen brennenden Teppich und lief weiter.

Draußen dämmerte es bereits. Mein rechter Stiefel war an der Sohle verbrannt und mein Fuß schmerzte. Ich rannte um den Felsblock vor der Höhle herum. Rasch warf ich einen Blick zurück, um zu sehen, ob Vollys mir folgte. Aber sie kam mir nicht nach. In der hell erleuchteten Höhle konnte ich noch immer ihre dunkle Silhouette ausmachen.

Ohne mich noch einmal umzuschauen, setzte ich meine Flucht fort. Wenn sie mir doch folgte, würde ich das rechtzeitig genug mitbekommen.

Meine Kehle war wie ausgedörrt. Die Karte hatte in acht Meilen Entfernung eine Oase gezeigt. Dorthin wollte ich fliehen und mir ein Versteck suchen.

Ich lief und lief.

Mittlerweile kamen die Sterne heraus und der Mond ging auf. Um Atem ringend, wurde ich langsamer, bis ich nur noch im normalen Schritttempo ging. Ich erlaubte mir einen Blick zurück. Die Höhle konnte ich nun nicht mehr sehen. Ich konnte nicht mal mehr sagen, in welchem Felsen sie lag.

Ich huschte von einem Schatten, den die Felsen warfen, zum nächsten. Dabei hoffte ich, dass ich den richtigen Weg einschlug. Als ich wieder zu Atem kam, rannte ich erneut los.

Meryl war jetzt wahrscheinlich wach und fiebrig, dachte ich. Nie würde ich rechtzeitig zu ihr gelangen, selbst wenn ich es schaffte, die Wüste lebend zu verlassen. In der Stunde ihres Todes würde ich nicht bei ihr sein.

Da spürte ich plötzlich einen Lufthauch und Vollys landete mitten auf dem Weg vor mir. Sie spie mir eine Flamme entgegen, aber ich konnte mich durch einen Sprung zurück retten.

Ihre Glocken erklangen. »Ah, kleine Adelina, hab ich dich gefunden. Das Feuer ist aus und du kannst wieder nach Hause kommen.« Sie hob mich mit dem Schwanz hoch und brachte mich in die Höhle zurück.

Das Feuer war tatsächlich aus, aber in der Höhle war es so bullig heiß wie in einem Ofen. Das Erste, was ich sah, war ein Essensberg auf der Tischdecke, die immer noch in der Luft schwebte. Und weiterhin tauchten Gerichte auf, allerdings langsam und in kleinen Mengen. Einige waren auf den Teppich gefallen, der noch hier und dort rauchte.

»Sei so lieb und sag dem Ding, dass es aufhören soll.«

»Lasst mich gehen und ich ...«

Vollys' Glocken waren zu hören. »Kleine, wenn du mir drohst, werde ich dich nie gehen lassen. Ich kann mir ohne Probleme eine andere Höhle suchen, falls deine Tischdecke entschlossen ist, auf immer und ewig weitere Mahlzeiten hervorzubringen. Aber ich wäre dir sehr dankbar, wenn du mir die Umstände ersparen könntest.«

Eine Weigerung würde mir nichts bringen. »Gute Tischdecke, ich dank dir für ein feines Mahl.«

Die Tischdecke hörte auf, Essen zu servieren, und die Mahlzeiten verschwanden mitsamt der ganzen Unordnung. Die Tischdecke legte sich zusammen und blieb in der Luft hängen.

»Nimm sie, kleine Prinzessin. Sie wird dich ernähren, während ich fort bin.«

Fort?

»Ich habe erst selbst nicht verstanden, warum ich heute so gereizt war. Aber als ich versuchte, deine Tischdecke in Brand zu setzen, war es mir plötzlich klar: Wegen dieser Tischdecke bin ich nicht mehr auf die Jagd gegangen. Ich muss aber jagen. Ich bin ein Drache. Und das, Adelina, werde ich hiermit tun.« Sie zündete die Öllampen an, die noch immer dastanden, und watschelte aus der Höhle.

Sie ging fort!

Ich folgte ihr nach draußen und lehnte mich an den Felsblock. Ich hoffte ... hoffte ...

Sie drehte sich um. »Ich weiß, dass du mich nur los sein willst, aber ich stelle mir einfach vor, dass du mir liebevoll Lebewohl sagst.« Ihre Glocken erklangen wieder. Sie hob mich mit dem Schwanz hoch und stellte mich zurück in die Höhle.

Wütend schlug ich mit den Fäusten auf ihren Schwanz ein, aber sie lachte nur um so lauter.

»Kleine Prinzessin, ich würde dich viel zu sehr vermissen, um dich jetzt gehen zu lassen.« Und damit schob sie den Felsblock vor die Höhle.

Ich war rettungslos gefangen, wie in einem Grab.

25

EINE MAUS HÄTTE SICH vielleicht durch die Öffnung quetschen und fliehen können, aber nicht ich. Ich lief zum Felsblock und trat zornig dagegen, aber das hatte nur zur Folge, dass mir der Zeh wehtat.

In der Höhle herrschte das reinste Durcheinander. Der Kleiderschrank, aus dem ich mir mein Kleid ausgesucht hatte, lag umgekippt auf dem Boden; innen war alles zu Asche verbrannt. Überall lagen Truhen kreuz und quer herum, einige auf der Seite, andere auf dem Kopf. Bei vielen war das Holz rußgeschwärzt, verkohlt und der Inhalt auf dem Boden verteilt.

Ich setzte mich auf eine Truhe, die nur leicht angesengt war. Dann sprang ich plötzlich auf. Wo war die große Truhe mit den Sieben-Meilen-Stiefeln und meinem Fernglas? Ich raste durch die Höhle und schickte ein Stoßgebet zum Himmel, dass die Stiefel nicht zu Asche zerfallen waren und das Fernglas nicht zerschmolzen war. Endlich fand ich die Truhe. Hinten in der Höhle, halb im Waschbecken, lag sie auf der Seite.

Sie war nicht stark verbrannt. Nur ein paar Holzlatten waren angesengt und eine war lose. Ich versuchte, sie aufzustemmen, aber dabei zerkratzte ich mir nur die Hände. Rasch lief ich zum Waffenschrank, der sich zwar bedrohlich zur Seite neigte, aber noch aufrecht stand. Nachdem ich mir ein Schwert gegriffen hatte, raste ich zur Truhe zurück. Schon bald hatte ich die Latte gelöst.

Allerdings passten nur meine Hand und mein Unterarm durch den entstandenen Spalt. Ich ertastete einen Stiefel, aber das Loch war nicht groß genug, ihn rauszuziehen.

Ich kippte die Truhe gerade und stellte fest, dass das Holz um die Scharniere herum von Hitze und Wasser aufgeweicht war. Es dauerte nicht lange und ich hatte es zerhackt und zerbohrt.

Endlich konnte ich die Truhe öffnen und das Fernglas herausnehmen.

Meryl war wach und saß im roten Sessel, der jetzt vor dem Kamin stand. Obwohl sie in Decken eingewickelt war und das Feuer hell loderte, zitterte ihr Kinn, und mir wurde klar, dass sie Schüttelfrost hatte. Ihre Augen standen offen und leuchteten hell – zu hell. Ihre Wangen waren aschgrau – die Farbe des Grauen Todes.

Milton legte ihr einen feuchten Umschlag auf die Stirn, während Bella mit einer weiteren Decke ins Zimmer huschte. Meryls Lippen bewegten sich. Bella antwortete ihr, dann sagte Milton etwas und Meryl lachte – meine Meryl lachte dem Grauen Tod ins Gesicht. Meryl, die Lachende.

Konnte ich denn gar nichts tun? Ich wünschte, Rhys wäre bei mir. Ich würde ihm vom Heilmittel erzählen und er könnte mit Meryl zum Wasserfall fliegen.

Angenommen ich wäre fluchtbereit, wenn Vollys zurückkam. Es konnte sein, dass sie zurückkam, bevor Meryl… Ja, das musste sie einfach!

Sie würde den Felsblock zur Seite schieben und für einen kurzen Augenblick wäre der Eingang frei. Diesen Augenblick konnte ich nutzen, einen Schritt in den Zauberstiefeln machen, und schon wäre ich auf dem Weg zu Meryl, um sie eigenhändig ins Aisnan-Tal zu tragen.

Ich zog die Stiefel aus der Truhe. Sie hatten keinen Brandschaden erlitten. Sie waren nur feucht geworden. Ich setzte mich auf die Truhe, um sie anzuziehen. Na bitte. Ich stand auf, setzte mich aber gleich darauf wieder hin. Ich musste vorsichtig sein. Wenn ich einen Schritt machte, würde ich mit tödlicher Wucht gegen die Höhlenwand oder gegen den Felsblock knallen.

Nachdenklich saß ich da. Wie viel Zeit hatte ich noch? Wie viel Zeit hatte Meryl noch? Wenn ihr Fieber erst vor wenigen Minuten eingesetzt hatte, verblieben ihr noch drei Tage zum Leben. Aber wenn es schon an diesem Morgen eingesetzt hatte, blieben ihr nur etwas mehr als zwei Tage. Wenn Vollys morgen zurückkehrte…

Nein, da waren zu viele »Wenn« im Spiel. Planen hatte keinen Sinn. Ich konnte mich nur bereithalten. Auf den Knien (wegen der Stiefel) begann ich, nach den übrigen Gegenständen zu suchen, die ich in meinem Sack gehabt hatte. Ich fand Blutbeißer, *Drualt* und meine Stickerei. In der Höhle war es zu schummrig, um meinen Zauberumhang zu erkennen, aber zum Glück streifte ich ihn zufällig. Er lag in derselben Truhe wie Blutbeißer. Den Sack selbst konnte ich leider nicht finden, und auch nicht die Landkarten, die vermutlich verbrannt waren.

Der Verlust der Landkarten war nicht so schlimm. Ich hatte mir die Lage des Aisnan-Tals gut eingeprägt.

Bis auf Blutbeißer schnürte ich alles in ein Bündel, das ich mir notdürftig aus einem Stück Kleiderstoff bastelte. Wenn mein Plan fehlschlug, wollte ich Vollys durchbohren, noch bevor sie mich töten konnte. Noch einmal würde sie kein Haustierchen aus mir machen.

Ich stand auf und hob das Schwert. Ich ließ es durch die Luft sauen und wollte gerade einen Ausfallschritt machen –

Da krachte etwas gegen mich und warf mich zu Boden. Vergeblich versuchte ich aufzustehen. Ich kämpfte gegen die unsichtbare Macht an, doch sie war zu stark und drückte mich weiterhin zu Boden. Schließlich gab ich auf. Hatte Vollys etwas dagelassen, was mich quälen sollte? Schwer atmend setzte ich mich hin.

Und dann fiel es mir plötzlich wie Schuppen von den Augen: Was immer mir den Schubs gegeben hatte, hatte mich gerettet. Denn hätte ich tatsächlich den Ausfall gemacht, hätten die Stiefel es für einen normalen Schritt gehalten.

»Vielen Dank«, flüsterte ich.

Statt einer Erwiderung fühlte ich, wie ich in eine kniende Position gehoben wurde. Das Schwert schwebte durch die Luft zu mir empor und ich schwang es mit einer bislang ungeahnten Kraft. Und während ich das tat, durchströmte mich ein Glücksgefühl – nein, ein Gefühl von Glückseligkeit.

Weder an diesem Abend noch am nächsten Morgen kehrte Vollys zurück. Vor Ungeduld drehte ich fast durch. Unfähig, stillzusitzen, kroch ich schreiend und brüllend in der Höhle herum.

Manchmal las ich im *Drualt*-Epos und wünschte mir Unmögliches, Dinge, die sich nur in den Abenteuern verstorbener Helden zutrugen.

Manchmal arbeitete ich sogar an der Stickerei für Vollys weiter und genoss es, sie mit der Nadel zu durchbohren.

Manchmal dachte ich auch an Rhys. Ich liebte ihn. Wenn ich hier zu Tode kam, würde er es nie erfahren, was vermutlich sogar das Beste war. Denn es würde ihn bestimmt unglücklich machen, herauszufinden, wie sehr ich mich nach ihm sehnte.

Aber die meiste Zeit schaute ich durchs Fernglas.

Ich beobachtete Meryl, die unter all ihren Decken fröstelte. Sie nahm nichts zu sich, trank nur ein paar Schlucke Brühe. Aber obwohl sie todkrank war, sah sie ruhig und friedlich aus. Sie war ja so tapfer!

Einmal kam Vater ins Krankenzimmer. Er blieb nur fünf Minuten und ging wieder, nachdem er aus den *Lebensweisheiten* vorgelesen, auf seine Füße gestarrt, mit Milton und Bella gesprochen hatte, nachdem er seine Tochter nicht geküsst und keine einzige Träne vergossen hatte.

Meryl lachte, als sich die Tür hinter ihm schloss, aber ich weinte mir die Augen aus dem Kopf.

Dann schwenkte ich das Fernglas mal hier-, mal dorthin,

über Bamar hinweg – das schöne Bamar. Ich sah einen Birnbaumhain beim Orrinic-See, ein Maisfeld in der Ebene von Bamar, Fische, die in einem Bach im Kilketgebirge durchs Wasser sprangen.

Im Städtchen Wempuc erblickte ich einen Schuster, der ein Paar breite Schuhe mit runder Spitze fertig stellte, die eines Herzogs würdig waren. Zurück im Kilketgebirge sah ich Ziegen grasen. Ein verschlafener junger Ziegenhirte hütete sie, der im Schatten einer Fichte eingenickt war.

Ich wollte das Fernglas gerade wieder sinken lassen, als ich einen Oger erblickte, der mit Trampelschritten von einem höher liegenden Abhang herunterpolterte. Der Ziegenhirte sprang auf, spannte einen Pfeil, verfehlte aber sein Ziel. Der Hirte warf den Bogen hin und floh den Berg hinab. Lachend rannte der Oger ihm mit schwerfälligen Schritten hinterher, ehe er sich wieder umdrehte und ein halbes Dutzend Ziegen aus der blökenden, unruhig umherlaufenden Herde packte.

Dann verfolgte ich den Weg des Ziegenhirten bis zu seinem von einer Mauer umschlossenen Dorf. Er stürmte durch das Tor, das sofort hinter ihm geschlossen wurde. Kurz darauf besetzten Bogenschützen die Dorfmauern, aber keiner verließ das Dorf, um den Oger zu verjagen.

Ich spähte durch die Dorfmauer hindurch und entdeckte ein gutes Dutzend einfache Häuschen aus Holz und Stroh. Die Dorfmauer dagegen war aus Stein und sehr hoch.

Lange blieb ich so stehen und schaute durch das Fernglas. Ich sah herrliche Landschaften, und ich sah Menschen bei der Arbeit, die heiter und wohlgenährt schienen. Aber ich erblickte vieles, was mich bestürzte, nicht nur jenen einen Oger bei der Ziegenherde.

Ich sah, wie ein Greif niederging und sich ein Baby aus seiner Wiege schnappte. Ich sah ganze Horden von Ogern, die die Tore einer Stadt belagerten. Ich sah eine Kutsche, die, begleitet von einer Kompanie Bogenschützen, einen ruhigen Weg entlangrollte – und mir wurde klar, dass die Kutsche ohne die Bogenschützen hätte zu Hause bleiben müssen.

Ich sah Vollys, die sich auf einer in gleißendes Licht getauchten Weide an einer Kuhherde satt fraß. Auf einem nahen Hügel stand eine Burg.

Ich erblickte viele Opfer des Grauen Todes, junge wie alte, Bauern wie Städter und Adelige. Und ich sah die Trauer der sie liebenden Mitmenschen.

Zum ersten Mal verstand ich Meryls flammenden Eifer, Bamar zu retten. Unser Vater hatte nur wenig für seine Untertanen getan, aber wenn Meryl überlebte, würde sie ihnen beistehen. Ich schwor mir, ihr nicht mehr länger im Weg zu stehen, falls ich am Leben bliebe. Ich würde mit ihr kommen und Seite an Seite mit ihr kämpfen. Und sollte ich überleben und sie sterben, würde ich allein mein Bestes geben.

Ich legte das Fernglas beiseite, und kurz darauf schlief ich ein, obwohl ich mir geschworen hatte, um jeden Preis wach zu bleiben. Als ich erwachte, brach gerade der Tag an – Meryls letzter. Ich hob das Fernglas.

Sie war wieder auf und saß, so nahe sie konnte, beim Kamin. Rhys war bei ihr. Also war seine Zeremonie wohl zu Ende. Er holte mit dem Zauberstab eine Wolke in den Raum. Sie schwebte herein und legte sich als Wolkendecke über Meryl und ihren Sessel. Vielen Dank, Rhys, mein Liebster. Sie würde Meryl wärmen, falls irgendetwas das noch konnte.

Ob er kommen und nach mir suchen würde? Konnte er mir helfen, rechtzeitig zu fliehen?

Da hörte ich draußen vor der Höhle ein Rascheln und Poltern. Schnell schob ich das Fernglas in mein Bündel.

»Kleine Prinzessin, tritt zurück. Ich weiß, dass du deine Stiefel trägst, aber ich werde dich nicht gehen lassen.«

Ich hörte ein *Wuuusch* und Flammen umsäumten den Felsblock. Auf den Knien kroch ich zum Wasserbecken am hinteren Ende der Höhle und wälzte mich im Wasser, bis mein Kleid sich voll gesogen hatte. Dann stand ich auf und wartete mit gezücktem Schwert. Sollte Vollys Feuer speien, würde ich Blutbeißer gegen sie erheben. Mit etwas Glück würde mein Tod für sie nicht schmerzfrei bleiben.

Sie schob den Felsblock beiseite, hinter dem eine Flammenwand zum Vorschein kam. Das war meine Chance. Jetzt, da sie gekommen war, hatte ich keine Angst. Ich atmete tief ein, hob zunächst Blutbeißer, dann meinen rechten Fuß und machte mit dem Zauberstiefel einen Schritt.

26

BEINAHE VERSENGTE MICH die Hitze – dann war ich durch.

Vor mir stand Vollys in ihrer vollen Größe. Ich prallte gegen sie und stieß ihr mit dem Schwung meines Schrittes Blutbeißer tief in den Bauch.

Sie schrie auf.

Zunächst fühlte ich mich, als würde meine Brust eingeknickt und meine Lungen zerquetscht, dann wie halb bewusstlos und halb tot.

Doch meine Stiefel lenkten mich an Vollys vorbei. Ich hätte Blutbeißer verloren, wenn ich das Schwert nicht mit eisernem Griff festgehalten hätte. An das, was danach kam, kann ich mich kaum erinnern. Die Stiefel zerrten mich holpernd und stolpernd mit sich fort, durch die Wüste, über Felsen hinweg und in Schluchten hinein, während ich um Atem rang.

Endlich wurden die Stiefel langsamer und kamen zu einem Halt. Ich blieb zusammengekrümmt liegen, sog in winzigen Mengen Luft ein und wünschte mir, mich nie mehr bewegen zu müssen.

Aber mir war keine Ruhe vergönnt! Dieses unsichtbare *Etwas* – dieser Helfer, der in mein Schicksal eingriff – schubste mich, zerrte an mir und ließ mich nicht in Frieden. *Also gut!*, dachte ich. Mit dem linken Bein machte ich die Andeutung eines Schrittes und schon war ich wieder in Bewegung.

Etwas drängte mich, vier weitere Schritte zu machen, bis ich die Wüste hinter mir hatte und ins Flachland kam. Dort fiel ich hin, und diesmal ließ mich der unsichtbare Geist bleiben, wo ich war. Ich verlor das Bewusstsein.

Meryl! Ich kam wieder zu mir. Ich fummelte an meinem Unterkleid herum, um den Beutel von ihm zu lösen, fummelte ihn auf, fummelte eine Blüte heraus. Kaum hatte ich sie im Mund, wurde mein Kopf wieder klar. Einen Moment lang spürte ich den Schmerz mit voller Wucht, wie riesige Hände, die meine Brust zusammendrückten. Doch dann lockerten die Hände ihren Griff und ich konnte wieder freier atmen.

Ich blickte mich um. Ich lag auf einer Wiese mit hohem Gras. Der Himmel war bewölkt und ein starker Wind wiegte die Halme. Neben mir lag mein Bündel. Wundersamerweise hatte es sich nicht geöffnet und den Inhalt in alle Winde verstreut. Ich wollte gerade das Fernglas herausziehen, als ich ein paar Schritte entfernt Blutbeißer mit sand- und schlammverdreckter Klinge entdeckte. Ich riss eine Hand voll Gras aus, um das Schwert sauber zu wischen, und bemerkte, dass es unter dem ganzen Dreck von der Spitze bis zum Griff mit klebrigem dunkelrotem Drachenblut beschmiert war.

Gut! Ich wäre froh, wenn sie tot war, froh, wenn Bamar sie endlich los war. Ich blickte durch mein Fernglas. Sie lag ausgestreckt vor ihrer Höhle, den Blick von mir abgewandt. Ob sie noch atmete oder nicht, konnte ich nicht erkennen.

Ich schwenkte das Fernglas, um den Heimweg zu suchen.

Die Berge dort waren zu niedrig für die Eskernkette – das mussten die Kilketberge sein. Also war die Burg von Bamar...

»Addie! Ich habe Euch überall gesucht... Habt Ihr Euch verletzt?«

Rhys! Ich wollte aufspringen, aber meine Rippen schmerzten und meine Stiefel kamen mir in den Sinn. Mit einem Plumpsen setzte ich mich wieder hin.

Er landete vor mir. »Ihr seid verletzt!«

»Ich komme wieder in Ordnung. Ich hatte nur einen etwas unsanften Zusammenstoß mit einem Drachen.«

Er grinste und machte dann eine Verbeugung. »Kommt *er* denn wieder in Ordnung?«

»Keine Ahnung. Oh, Rhys, ich habe herausgefunden, wie man den Grauen Tod heilen kann!« Ich erzählte es ihm rasch. Als ich schilderte, wie ich Vollys durchbohrt hatte und geflohen war, verbeugte er sich wieder.

»Ihr und Drualt«, sagte er voller Bewunderung, »Ihr beiden seid die Einzigen, die Drachen bekämpfen und das Ganze lebendig überstehen, um hinterher davon erzählen zu können. Ich glaube, dass nicht einmal Drualt jemals aus einer Drachenhöhle geflohen ist.«

Ach, könnte mich Rhys doch nur immer so ansehen wie jetzt!

»Ich wollte mich gerade auf den Heimweg machen«, sagte ich. »Ich habe gerade versucht, mich zu orientieren, als Ihr –«

»Ich kann Euch nach Hause fliegen.«

Ich schüttelte den Kopf. »Mit den Stiefeln bin ich schneller.«

»Darf ich dann einen von ihnen haben?«

Er bekam einen, und als wir losliefen, hielten wir uns an den Händen, damit wir nicht auseinander gerissen wurden. Rhys schwebte wenige Zentimeter über dem Boden, während ich wie üblich über Stock und Stein holperte und stolperte.

Wir näherten uns der Burg bis auf fünf Meilen mit den Stiefeln und den letzten Rest flog Rhys mit mir. Während des Flugs rief er mir über das Brausen des Windes hinweg zu: »Ich hatte Recht. Orne hat sich nie vermählt. Er meinte, bei Eurem Geist muss es sich um einen Anfänger gehandelt haben, wenn er sich so was ausgedacht hat.«

Daran konnte ich jetzt nicht denken. Ich war auf dem Weg nach Hause, Meryl lebte noch und ich würde sie retten.

Ich fragte Rhys, ob er der gute Geist gewesen sei, der mir bei meinem Abenteuer zu Hilfe gekommen war.

»Nein«, rief er zu mir zurück. »Ich weiß gar nicht, wie man

sich in einen Geist verwandelt. Ich glaube nicht, dass Zauberer das können.«

Wer war dann mein Helfer gewesen? Ich dankte dem guten Geist im Stillen. Ohne eine Antwort darauf strich der Wind an mir vorbei und wir sausten weiter Meryl entgegen.

Sie breitete die Arme aus und ich lief zu ihr. »Ich kenne das Heilmittel«, sprach ich, an ihre Schulter gedrückt.

Sie umarmte mich mit fiebriger Kraft, so fest, dass mir die Brust wieder wehtat. »Addie, Addie, wie freue ich mich, dass du wieder da bist.« Sie klang heiser. Ihre Lippen waren kalkweiß und ihre Wangen trocken und schuppig. »Schau nur!« Sie ließ mich los und stand aufrecht vor mir. »Sir Grauer Tod hat mir meine Kraft zurückgegeben, jedenfalls für kurze Zeit.« Sie fröstelte und setzte sich wieder in den roten Sessel, wo sie Rhys' Wolkendecke um sich zog.

Das war gut. Wenn sie bei Kräften war, würde ihr die Reise ins Aisnan-Tal nicht so schwer fallen.

»Ich kenne das Heilmittel«, wiederholte ich. Ich umarmte Bella und Milton. »Der Drache Vollys hat es mir verraten.« Ich erklärte es ihnen schnell.

»Ich wünschte, ich hätte dabei sein können, als du Vollys durchbohrt hast.« Meryl hielt inne. »Ich wünschte, ich hätte sie selbst durchbohren können.«

Bella sagte: »Ihr beide könnt unmöglich ins Eskerngebirge mit seinen tausend Ungeheuern gehen.«

Meryl hustete eine volle Minute lang, während der wir schweigend warteten. »Ich werde allein gehen«, sagte sie schließlich. »Addie, gib mir die Stiefel.«

»Der Weg ist zu anstrengend«, sagte ich. »Ich bring dich hin. Ich bin an die Strapazen gewöhnt.«

»*Ich* werde Prinzessin Meryl zum Wasserfall tragen«, sagte Rhys. »Mehr Leute braucht es dazu nicht.«

»Ich komme mit«, sagte ich und drückte mein Bündel mit den Stiefeln an mich.

»Dann werde ich nur einen Stiefel anziehen«, sagte Rhys.

»Addie wird mich tragen und ich werde Blutbeißer tragen!« Meryl deutete auf das Schwert, das aus dem Bündel ragte. »Ich bin stark genug zum Kämpfen.« Sie hustete so stark, dass sogar mein Hals sich rau anfühlte.

Wir stritten geschlagene fünf Minuten lang. Rhys verbeugte sich andauernd und wiederholte die ganze Zeit, er könne uns helfen – indem er Wolken befehligte, gegen Greife oder Drachen am Himmel kämpfte und weil er sich auch ohne die Zauberstiefel rasch bewegen könne. Bella und Milton wollten ebenfalls mitkommen. Bella betonte ständig, dass Meryl zu krank zum Kämpfen sei, und Meryl stritt hustend weiter, während ihre Lebenszeit verstrich.

Ich wusste, ich musste etwas tun, und so unterbrach ich alle laut: »Das reicht jetzt.«

Sie blickten mich mit verblüfften Mienen an.

»Rhys, Meryl und ich werden gehen.« Ich wollte Rhys zwar nur ungern in Gefahr bringen, aber er konnte Dinge, zu denen ich nicht fähig war. Bella und Milton waren keine Krieger und sie hätten uns nur aufgehalten. »Rhys und ich brauchen Schwerter. Meryl nimmt Blutbeißer mit.« Ich gab ihr das Schwert. Ich würde sie nie mehr aufhalten.

»Hurra!« Sie gürtete sich mit dem Schwert. »Addie übernimmt das Kommando.«

Ich küsste sie auf die Wange, die sich sehr heiß anfühlte. »Milton, bitte sag einem Diener, er soll Rhys und mir Schwerter bringen.«

Ich ging zu meinem Bündel, um das Fernglas herauszuziehen. »Mal sehen, wie nahe wir an das Aisnan-Tal herankommen können.« Ich hatte mir die Landkarte gut genug eingeprägt, um zu wissen, wo das Tal lag.

Alle schwiegen still, während ich durch das Fernglas schaute und meine Berechnungen anstellte.

Schließlich sagte ich: »Das Dorf Surmic liegt dem Tal am nächsten, in drei Meilen Entfernung. Dort werden wir Halt machen und die Dorfbewohner bitten, uns den besten Weg zu beschreiben.«

»Surmic!«, sagte Bella. »Die werden euch nicht helfen, diese faulen, verräterischen Feiglinge.«

»Es geht ja nur um eine Wegbeschreibung«, sagte Rhys. »Bestimmt –«

»Ich bin die Königstochter«, sagte ich. »Ich werde ihnen befehlen, es uns zu sagen.« Wenn sie sich weigerten, würde ich die Worte schon aus ihnen herauskitzeln.

Milton kehrte mit einem Diener zurück, der zwei rasselnde Schwerter bei sich hatte. Rhys und ich gürteten sie uns um.

Ich fragte Milton, wann Meryl das Fieber bekommen hatte.

»Vor drei Tagen.«

Meryl grinste. »Der Graue Tod wird Augen machen, wenn er mich geheilt findet. Er will mich nämlich bei Morgenröte holen.«

Bei Morgenröte! Ich hatte gehofft, mehr Zeit zu haben, wenigstens bis zum nächsten Vormittag. Draußen ging der Tag zu Ende. Meryl blieb nur noch eine Nacht.

Ich ging zu meinem Bündel. »Hier ist ein Zauberumhang, Meryl. Zieh ihn an, wenn wir das Tal erreichen.« Egal wie stark sie sich fühlte, sie musste schwächer sein als Rhys und ich. »So werden dich die Greife und Oger nicht sehen und dann können sie dich auf deinem Weg zum Wasserfall nicht angreifen.«

»Wenn sie angreifen, werde ich kämpfen.« Aber sie nahm den Zauberumhang trotzdem.

Wieder ging die Tür auf und Vater trat herein.

»Meine Tochter… Addie. Du bist also zurückgekehrt, um deiner Schwester Lebewohl zu sagen.«

Ich drehte mich so, dass er mein Schwert nicht sehen konnte. »Seid gegrüßt, Vater.«

Meryl zog die Wolkendecke höher, um ihr Schwert zu verstecken. Rhys machte eine Verbeugung und verbarg seines unter seinem Umhang.

Doch Vater waren die Waffen nicht entgangen. »Ein Turnier im Schlafgemach?«

Rhys und ich setzten beide gleichzeitig zu einer Antwort an. Er sagte: »Zauberer brauchen Schwerter…«, und ich sagte: »Wir vergleichen gerade…«

»Was geht hier vor?«

Meryl ging mit ihrer Wolkendecke zu ihrem Nachttisch und nahm ihre Ausgabe der *Lebensweisheiten* in die Hand. »Addie hat das Heilmittel für den Grauen Tod in Erfahrung gebracht.« Sie hustete. »Es ist ein Wasserfall im Eskerngebirge. Und wir wollen uns nun dorthin aufmachen – wir haben eine Möglichkeit, uns schnell fortzubewegen, und die Schwerter brauchen wir, um Ungeheuer zu erschlagen.«

Vater wandte sich an mich. »Wie hast du das Heilmittel in Erfahrung gebracht?«

»Ein Drache hat es mir verraten.« Ich gab wieder, was Vollys gesagt hatte, unglücklich über die unnötige Verzögerung. Meine Brust begann erneut zu schmerzen.

Als ich geendet hatte, sagte Vater unwillig: »Wie kann ich sicher sein, dass der Drache die Wahrheit gesprochen hat?«

»Es ist die einzige Chance, die ich noch habe«, sagte Meryl und ging mit den *Lebensweisheiten* wieder zu ihrem Sessel.

»Das weiß ich, meine Tochter. Trotzdem muss ich besonnen handeln. Ein König darf nichts überstürzen.«

»Hört zu…« Meryl hielt die *Lebensweisheiten* hoch. »›In einem vermiedenen Gefecht liegt der Keim einer Schlacht.‹ Wir werden…«

»Ihr könnt uns mit einer Armee folgen«, warf ich ein.

Meryl schlug eine andere Seite auf. »›Die schlaue Schlange schlägt zweimal zu.‹ Das ...«, sie brach hustend ab, »... wärt Ihr, Vater.«

»An dieses Sprichwort kann ich mich gar nicht erinnern.«

Rhys sagte: »Majestät, wir greifen als Erste an und nehmen den Kampf gegen die Ungeheuer auf. Ihr könnt dann nachrücken und ihnen den Garaus machen.«

Vater nickte bedächtig. »Ich kann mit einer Armee nachkommen. So sei es. Wir sind in einer Woche marschbereit ...«

In einer Woche! Und weitere drei Wochen würde die Reise dauern, bei Vaters langsamem Tempo.

Er tätschelte Meryls Schulter. »Ich muss gehen. Zögere nie –«

»Lebt wohl, Vater.« Sie nahm seine Hand und ließ sie gleich wieder los.

Er starrte kurz auf seine Hand, bevor er sie sinken ließ. »Leb wohl.« Verlegen lächelnd ging er hinaus.

Die Turmuhr schlug neunmal. Wir verabschiedeten uns von Bella und Milton und verließen Meryls Gemach. Sie schritt leichtfüßig neben mir her und blieb nicht einmal stehen, wenn ein Hustenanfall sie schüttelte.

Mein Bündel hatte ich mir mit einem behelfsmäßigen Riemen umgehängt, sodass ich die Hände frei hatte. Neben den Stiefeln befanden sich im Bündel noch immer die magische Tischdecke und mein Fernglas.

Der Vollmond stand hoch droben am Sternenhimmel, über den hie und da Wolken zogen und der noch rosarot vom Sonnenuntergang war. Im Burggarten zogen Rhys und ich jeder einen Stiefel an. Ich sah durch das Fernglas, während er Meryl auf die Arme hob. Dann fasste er meine Hand und wir machten uns auf den Weg.

27

DIE KÜHLE NACHTLUFT und der brausende Wind verschlimmerten Meryls Fieber. Als wir endlich in Surmic ankamen, klapperten ihre Zähne, und ich nahm an, dass sie unter der Wolkendecke zitterte.

Surmic lag auf halber Höhe an einem steilen Hang. Wir trafen ein paar Meter vor der Dorfmauer ein und tauschten die Zauberstiefel gegen unser normales Schuhwerk aus.

Rhys klopfte an das Dorftor und rief laut: »Hallooo da drinnen! Lasst uns herein.«

Ich rief: »Wir kommen vom König.«

Nichts rührte sich.

»Ich werde rüberfliegen und Euch reinlassen«, schlug Rhys vor.

Doch bevor er dazu kam, erschien oben auf der Mauer eine Hand mit einer Laterne. Jemand spähte auf uns herab und ein oder zwei Minuten später ging knarrend das Tor auf.

»Kommt rein, aber beeilt euch! *Los!*«

Wir liefen rasch hinein und die Person schob das Tor wieder zu. Eine Ansammlung von Häuschen zog sich bunt durcheinander gewürfelt den Hang hoch. Der Dorfbewohner, der uns eingelassen hatte, ein Mann mittleren Alters, blies zweimal in ein Horn und gaffte uns dann wortlos mit offenem Mund an.

Rhys machte eine seiner kunstvollen Verbeugungen und der Unterkiefer des Mannes klappte noch weiter auf.

»Ein Zauberer!«, sagte er.

Meryl hustete.

Er starrte Meryl an. »Eine Maid in einer Wolke!«

Wir hatten nicht die Zeit, uns lange mit seiner Verwunderung aufzuhalten. »Ich bin Prinzessin Adelina«, sagte ich. »Wir brauchen ...«

»Eine Prinzessin!«

Um uns herum versammelten sich immer mehr Dorfbewohner und ich wandte mich an sie. »Wir brauchen eine Wegbeschreibung ins Aisnan-Tal. Wer kann uns weiterhelfen?«

Keiner sagte ein Wort.

Meryl hustete.

»Meine Schwester ist krank. Wollt ihr uns nicht helfen?«

Ein Mann trat vor. Er trug einen pelzbesetzten Umhang und hielt einen Holzstab in der Hand. »Ich bin Dunstan, der Bürgermeister des Ortes. Worum geht es hier überhaupt?«

Ich wiederholte meinen Namen, und er besaß immerhin den Anstand, sich zu verbeugen. Ein paar andere in der Menge machten ebenfalls einen Knicks oder eine Verbeugung, aber nicht viele.

»Meine Schwester hat den Grauen Tod, und mit jeder Sekunde, die wir hier ungenutzt verstreichen lassen, rückt ihre Todesstunde näher.«

Ein paar Leute in der Menge hielten erschrocken den Atem an.

Ich fügte hinzu: »Sie kann geheilt werden, wenn sie vom Wasserfall im Aisnan-Tal trinkt.«

Jetzt begannen alle, wild durcheinander zu reden.

Dunstan klatschte in die Hände, um sich Gehör zu verschaffen. »Wir haben von diesem Grauen Tod gehört, aber keiner von uns ist je daran erkrankt!«

Wegen des Wasserfalls? Vollys hatte also die Wahrheit gesagt!

Der Bürgermeister fuhr fort: »Wenn Ihr die Ungeheuer aufscheucht, werden wir das büßen müssen.«

»Sollten wir auf unserem Wege Ungeheuern begegnen, werden wir gegen sie kämpfen«, entgegnete ich.

Meryl setzte hinzu: »Kein Wunder, dass Drualt Bamar den Rücken gekehrt hat, nachdem er in Surmic gewesen war.«

Der Bürgermeister lief rot an. »Wir haben unser Tor soeben für Fremde geöffnet. Das ist sehr wohl mu-«

Rhys hob den Zauberstab.

Der Bürgermeister wich zurück. »Verzaubert uns bitte nicht! Also, Ihr kommt folgendermaßen dahin: Das Aisnan-Tal liegt genau nördlich von hier. Folgt den Sternen und Ihr werdet hinfinden.«

»Dunstan!« Ein jüngerer Mann schlängelte sich durch die Menge nach vorne. »Sie werden sich verirren.« Er wandte sich an uns. »Der Weg ist nicht markiert. Man muss die Abzweigungen kennen. Es ist ein langer, gewundener Weg.« Er sah Meryl eindringlich an. »Und Ihr wollt wirklich kämpfen, Lady, so krank, wie Ihr seid?«

»Ja, ich werde kämpfen.« Sie hustete.

Er sprach zur Menge. »Ich werde sie ins Tal führen, und wenn uns Ungeheuer angreifen, werde ich ebenfalls kämpfen.« Er verbeugte sich vor Meryl und mir. »Ich bin Gavin. Es gibt in Surmic auch ein paar Mutige.«

Wir warteten, während er in sein Häuschen rannte, um sein Schwert und Pfeil und Bogen zu holen. Mit ihm zusammen verließen auch ein paar andere die Menge.

Ein alter Mann ergriff das Wort: »In den Bergen treibt man sich nachts nicht rum, wenn man noch bei Verstand ist. Meine Schwester ...« Er hob an, eine Geschichte zu erzählen.

Wie lange konnte es wohl dauern, bis Gavin seine Waffen geholt hatte?

Ich gab Meryl eine Kummerkraut-Blüte zum Lutschen. Vielleicht wurde ihr Husten dadurch schwächer.

»... Suchmannschaft ging meiner Schwester nach. Aber keiner von ihnen ist je zurückgekehrt. Mein Onkel ...«

Gavin rannte hügelabwärts auf uns zu und legte sich dabei

sein Schwert um, ebenso wie zwei Männer und eine junge Frau, die ihm folgten.

»Wir kommen ebenfalls mit«, sagte die Frau.

Eine weitere Frau und ein weiterer Mann traten aus der Menge zu uns. Sie trugen bereits Schwerter. Die Frau zitierte eine Stelle aus dem Schluss von *Drualt*:

»Sei mutig, Bamar!
Gehe hin, Bamar,
Geht, ihr Feigen mit den Starken.
Steht euren Helden
Im Kampfe bei.«

In der Menge brach jemand in Tränen aus. Ein Mann schrie verzweifelt: »Bleib hier, Eliza!«

Dunstan wandte sich an die sechs Leute, die sich zu uns gestellt hatten: »Ihr geht auf euer eigenes Risiko.«

Der Torwärter öffnete das Tor und wir marschierten hintereinander hinaus. Die Nacht brach an. Gavin lief zwischen mir und Meryl, Rhys auf meiner anderen Seite. Die Übrigen folgten uns. Gavin bestimmte das Tempo. Er wanderte zügig, aber nicht so schnell, dass wir irgendwann Rast würden machen müssen.

»Wie lange braucht man ins Tal?«, fragte ich ihn.

»Mindestens drei Stunden, wenn wir auf dem Weg nicht erschlagen werden.«

Drei Stunden! Und Meryl würde bei der ersten Morgenröte sterben.

»Du wirst ein Held sein, Gavin«, sagte sie, »und für uns alle wird es ein großes Abenteuer.« Ihr Husten war schwächer geworden. Vielleicht hatte das Kummerkraut geholfen.

Eliza sagte: »Auf dem Weg, den wir nehmen, gibt es keine Oger, aber Greife könnten uns anfallen. Sie können nachts gut sehen.«

Ich blickte hoch, sah aber nur Sterne. Wir gingen weiter. Ich bat Gavin und Eliza, mir den Wasserfall zu beschreiben.

»Er ist sehr hoch, Hoheit«, sagte Gavin, »und die Höhen, aus denen das Wasser herabschießt, sind im Nebel verborgen.«

Eliza fügte hinzu: »Er speist keine Bäche. Sobald das Wasser unten im Tal ankommt, versickert es spurlos.«

Auch hier hatte Vollys die Wahrheit gesagt.

Sie fuhr fort: »Wo der Wasserfall auf dem Boden aufkommt und versickert, ist das Gras das grünste im ganzen Eskerngebirge. Dort weiden wir unsere Schafe, wenn wir gut bewaffnet sind. Man kann ihnen beinahe zusehen, wie sie beim Grasen fett werden.«

»Habt Ihr jemals vom Wasserfall getrunken?«, fragte Rhys.

Gavin antwortete: »Wenn ich die Schafe hinbringe, trinke ich davon. Das halten wir alle so.«

Sie tranken das Wasser und keiner von ihnen bekam je den Grauen Tod.

Meryl begann, Gavin über seine bisherigen Begegnungen mit Ungeheuern zu befragen. Er antwortete ihr und die übrigen Dorfbewohner schalteten sich mit ein. Rhys berührte mich am Arm und wir ließen uns ans Ende der Gruppe zurückfallen.

»Es gibt da etwas, was ich Euch sagen muss…« Er zögerte. »Auch wenn Ihr es vielleicht nicht gerne hört.« Er verstummte. »Es betrifft uns. Euch«, er machte eine kurze Pause, »und mich.«

Er wusste also, dass ich ihn liebte, und meinte, mich entmutigen zu müssen. »Ihr braucht nichts zu sagen«, murmelte ich.

»Doch, das muss ich.« Seine Stimme klang belegt, so als wäre er erkältet, obwohl Zauberer nie krank wurden. »Wie ich Euch bereits sagte, ist Orne ein guter Lehrmeister.«

Orne hatte ihm also vorgegeben, was er mir sagen sollte.

»Und sehr überzeugend.« Wieder machte er eine kurze Pause und fuhr dann fort: »Aber ich bin nicht immer seiner Meinung. Was die Hochzeit mit Menschen betrifft…«

Hochzeit?

»... denke ich, er ist im Unrecht, vor allem, was mich angeht. Ach, Addie, vielleicht sterben wir heute Nacht beide ...«

Das Eskerngebirge muss verzaubert sein, dachte ich. Ich scheine mir Dinge einzubilden. Aber ich lächelte.

Er blieb stehen und nahm meine Hand. »Wenn wir sterben sollten oder wenn ich sterben sollte ...«

Er sprach vom Sterben und doch konnte ich nicht aufhören zu lächeln.

Im Dunkeln schien er das nicht zu bemerken, denn er fuhr hastig fort: »Ich muss Euch sagen, dass ich Euch liebe, und wenn ich überlebe, werde ich um Eure Hand anhalten, aber wenn Euch das erschreckt, braucht Ihr jetzt nichts zu sagen, denn lieber sterbe ich, ohne zu wissen, dass Ihr meine Liebe nicht erwidert, wenn es so um Euer Gefühl bestellt sein sollte.«

Ich versuchte zu sprechen, brachte aber keinen Laut heraus. Ich war während meines Abenteuers zwar mutiger geworden, aber auf dergleichen war ich nicht vorbereitet.

»Addie?«

Unhörbar leise flüsterte ich: »Ich liebe dich auch.«

Er hörte es trotzdem. Er legte seine Hand unter mein Kinn und hob mein Gesicht, bis ich ihm in die Augen sehen musste. Auf seinem Gesicht lag ein seliges Lächeln, genau wie auf meinem. »Oh, Addie!« Er beugte sich hinunter, um mich zu küssen.

In diesem Augenblick rief Meryl: »Addie! Wo bist du? Rhys?« Sie klang ängstlich.

»Wir kommen schon.«

Er hob mich in die Arme und flog mit mir zu ihr. »Wir haben nur gerade darüber geredet, was auf uns zukommt«, sagte er verschmitzt.

»Ich dachte schon, ihr wärt einem Ungeheuer in die Hände gefallen.« Sie hustete.

Ich gab ihr noch eine Blüte des Kummerkrauts. Dann setzten wir unseren Weg fort, wobei Rhys nun meine Hand hielt. Ich langte in die Wolkendecke hinein und ergriff Meryls Hand, sodass ich jetzt meine beiden Liebsten festhielt. Meryls Hand war so glühend heiß wie Drachenfeuer.

Wir versanken alle in Schweigen und marschierten weiter. Meryl schritt vor sich hin und schien nicht zu ermüden. Als ich ein Flügelschlagen hörte, sah ich auf, aber es war nur eine Eule. Kurz darauf ertönte ihr Schrei.

Ich überlegte, wie viel Wegstrecke wir wohl schon hinter uns hatten und wie viel noch vor uns lag, aber ich stellte meine Frage nicht laut. Ich wollte nicht, dass der Marsch oder die Nacht jemals endeten. Für den Augenblick hatte ich alles, was ich mir wünschte.

Wir gingen einen Höhenzug entlang und stiegen dann bergauf, wobei wir hintereinander im Gänsemarsch laufen mussten, als der Pfad schmaler wurde. Meryl lief vor mir, Rhys hinter mir. Ich ließ Rhys' Hand los, hielt Meryls aber weiter fest. Der Pfad schlängelte sich, bog dann in die Gegenrichtung ab und kurz darauf wieder in die entgegengesetzte Richtung. Wir stiegen von Fels zu Fels.

Wieder hörte ich Flügel schlagen. Zwei Wesen flogen quer über den Mond hinweg. Greife oder Adler, was immer es war, sie flogen jedenfalls vorbei und waren schon bald verschwunden.

Der Anstieg wurde steiler. Schon bald ging mein Atem stoßweise und Meryl begann wieder zu husten. Selbst eine weitere Blüte des Kummerkrauts konnte nichts mehr ausrichten.

Ich war mir nicht sicher, ob das Mondlicht schwächer und der Himmel heller geworden war oder ob ich mir das nur einbildete. Endlich erreichten wir den Kamm und begannen, darauf entlangzugehen. Gavin sagte: »Das Aisnan-Tal liegt dort drüben unter uns.« Er deutete nach links, aber noch immer war es zu dunkel, um irgendwelche Einzelheiten erkennen zu können.

»Hier können wir nicht hinuntersteigen«, erklärte Eliza. »Wir müssen um die Kuppe herum. Trotzdem ist es nicht mehr weit. Wir kommen bald an einen Felsvorsprung. Wenige Meter darunter befindet sich ein Fels, den wir den Wachtposten nennen. Wenn wir um den Wachtposten herumgehen, sind wir im Tal.«

Ich fragte: »Wie weit ist es von dort bis zum Wasserfall?«

»Ungefähr eine halbe Meile«, sagte Gavin.

Rhys konnte mit Meryl dorthin fliegen. Ihre Genesung war vielleicht nur noch Minuten entfernt!

Wir liefen ein kleines Stück weiter und begannen dann mit dem Abstieg. Ich lauschte, ob ich den Wasserfall schon hören konnte, vernahm aber nichts. Ich drückte Meryls Hand und sie drückte meine, aber ich hatte das Gefühl, dass ihr Griff schwächer geworden war.

Der Abstieg war lange nicht so steil wie der sehr beschwerliche Aufsteig.

»Acht Helden aus Bamar stiegen ins Aisnan-Tal hinab«, sagte Meryl und hustete. »Man sollte mal ein Epos über uns schreiben. Addie, würdest du ein Stück aus *Drualt* für mich aufsagen?«

Ich begann, aus einer frühen Kampfszene zu rezitieren. Anfangs war meine Stimme noch sanft, aber sie wurde zunehmend kräftiger.

»König Bruce in seiner glänzenden Rüstung
Führte die rechte Flanke an und rief:
›Hinweg, Ungeheuer, hinweg,
Wenn Ihr unsere Macht nicht spüren wollt.‹
Drualt in seiner blut'gen Rüstung
Führte die linke Flanke an und rief:
›Herbei, Ungeheuer, herbei,
Ihr sollt unsere Macht kennen lernen.‹«

Alle fielen mit ein, Rhys mit seiner tiefen Stimme, Meryl mit ihrer heiseren und die Dorfbewohner ebenfalls.

»König Bruce zog eine finst're Miene.
Eine grimmige Linie war sein Mund,
Ein ängstliches Funkeln lag
In seinen Augen.
Auch seine Soldaten
Waren grimmig und kämpften
Wie Bauern, die ein steiniges Feld
Pflügen, mit großem Eifer,
Aber ohne Freude.
Drualt aber lachte und
Ein freudiges Glitzern lag
In seinen Augen.
Auch seine Soldaten
Lachten und kämpften,
Wie ein Bursche oder eine Maid das Tanzbein schwingt,
Mit großem Eifer und viel Freude.
Bruce und seine Krieger
Schrien laut –«

Plötzlich hörte ich ein Echo, wo eben noch keins gewesen war.

»Drualt und seine Krieger
Riefen laut –«

Jetzt klangen wir wie fünfzig Kehlen statt nur neun.

»Stoß jetzt zu, mein Schwert.
Stechet jetzt, meine Pfeile.
Sterbet jetzt, meine Feinde.
Sieg für Bamar!«

Wir hatten beinahe die Talsohle erreicht und Gavin hieß uns stehen bleiben. »Hier ist der Felsvorsprung. Wenn wir von dort runterspringen, sind wir auf Talhöhe.«

Wir setzten uns auf den Felsvorsprung. Ich meinte, schon das Donnern des Wasserfalls hören zu können. Mittlerweile wurde der Himmel eindeutig heller. Schon bald würde der Tag anbrechen. Ich blickte in Meryls aschfahles Gesicht. Sie lächelte. Mein Herz begann zu klopfen.

Die Dorfbewohner sprangen zuerst die ungefähr zwei Meter hinab. Als Nächstes sprang ich und Gavin fing mich unten auf. Rhys hob Meryl hoch und schwebte mit ihr hinunter, ohne auf ihre lauten Proteste zu achten.

Gavin deutete auf den hohen Felsen. »Das ist der Wachtposten.«

Ich nahm Meryl wieder an der Hand und wir traten ins Tal.

Plötzlich krachte einen knappen Meter vor uns ein Felsblock zu Boden und gleich darauf ging ein ganzer Steinhagel auf uns nieder. Ein Stein traf Gavin an der Brust und er stürzte zu Boden.

Überall um uns herum waren Oger. Sie warfen Felsblöcke, Bäume und große Ladungen Erde auf uns und röhrten laut in ihrer Steinsprache.

Gavin rappelte sich auf. Ein Baumstamm knallte mit einem dumpfen Rums gegen den Felsblock über uns, prallte ab und fiel zu Boden. Elizas Fuß verfing sich unter den Wurzeln.

Ich half der Dorfbewohnerin, ihren Fuß zu befreien. Schrille Schreie und Kreischen erfüllten die Luft. Greife, hundert oder mehr, gingen im Sturzflug auf uns nieder.

Und mitten in dem ganzen Tumult rief Meryl mit brüchiger Stimme: »Sieg für Bamar!«

28

MERYL LIEF IN Richtung Wasserfall los. Rhys hob sie auf die Arme, um mit ihr davonzufliegen, während drei Greife ihn attackierten. Ich tastete in meinem Bündel nach der magischen Tischdecke. Meryl rief: »Lass mich runter! Ich will kämpfen!«

»Bring sie zum Wasserfall!«, rief ich.

Doch er musste sie absetzen, um sich und Meryl verteidigen zu können. Ich sah, wie Meryl sich den Zauberumhang umlegte und in dem Dämmerlicht kurz vor Tagesanbruch nur noch als schwacher Schimmer zu erkennen war.

Ich rannte zu ihnen, während ich gleichzeitig weiter nach der Tischdecke fischte. Ich hatte die beiden fast erreicht, als mich ein Stein an der Schulter traf. Taumelnd fiel ich hin. Über mir ragte ein Oger auf, sein Gesicht ein einziger lachender Schlitz.

Ich kroch davon. Er versuchte, mich zu packen, verfehlte mich aber um wenige Zentimeter. Ich zog mein Schwert und er nahm einen Felsblock in die Hand. Stolpernd wich ich zurück, während er den Felsblock in die Höhe hob.

Plötzlich ließ er den Felsblock mit einem Kreischen fallen. Blut schoss aus seinem Knie. Ich hörte Meryls Stimme: »Da, du Oger. Lauf, Addie.«

Ich lief – lief zu ihr, zu dem schattenhaften Umriss, den sie im Umhang bildete. Erneut hob der Oger den Felsblock.

Doch mit einem Mal fiel er mit durchgeschnittener Kehle hin, und ich sah, wie Rhys wegflog, mit einem Greif in einen Kampf verwickelt.

»Hol Meryl«, rief ich, aber er hörte mich nicht.

Ein Greif setzte sich auf mich und warf mich zu Boden. Ich stach von unten mit dem Schwert zu. Ich traf auf Fleisch, aber dann – verschwand der Greif. Ich hörte sein schwaches Gelächter.

»Ein Geist!«, flüsterte Meryl mir zu. Laut verständigte sie die anderen: »Einige Greife sind in Wirklichkeit Geister.« Dann wandte sie sich wieder leise an mich: »Pass gut auf dich auf. Ich mache mich auf den Weg zum Wasserfall.«

Der schemenhafte Umriss richtete sich auf und sie war verschwunden. Wieder landete ein Greif auf mir! Ich durchbohrte seinen Bauch und er fiel blutend von mir ab. Mit der freien Hand versuchte ich weiterhin, das Tischtuch zu finden.

Da stieß mich erneut ein Greif um. Zornig schwang ich das Schwert und schnitt ihm in die Klaue. Der Greif biss mir in die Wange und drückte mit dem Flügel meine Schwerthand zu Boden. Wieder biss er zu. Er wollte mich bei lebendigem Leib aufessen!

Da, sein wachsames, blutunterlaufenes Auge. Ich kratzte es – stieß fest zu – fühlte Nässe. Sein Kopf fiel zurück. Heisere Protestschreie erklangen. Ich umfasste seinen Hals, drückte zu. Er versuchte davonzufliegen, musste mich aber notgedrungen mit sich zerren und ließ meinen Arm los. Jetzt drückte ich mit beiden Händen zu. Er schlug mit dem Flügel nach mir, aber ich klammerte mich mit aller Macht an ihm fest. Drückte weiter zu. In unmittelbarer Nähe krachte ein Felsblock nieder. Noch immer ließ ich nicht los. Drückte und drückte.

Der Greif kreischte auf.

Ich drückte weiter zu.

Er gab ein Würgen von sich. Sein Kopf wurde schlaff, und als ich ihn losließ, sackte er zu Boden.

»Meryl, ich habe einen Greif erwürgt!«, brüllte ich, obwohl ich hoffte, dass sie bereits zu weit weg war, um mich hören zu können.

Ich langte in mein Bündel. Endlich – da war das Tischtuch.

Ein anderer Greif stürzte sich auf mich. Schnell zog ich das Tischtuch heraus. »Guter Tisch deck deine Decke.«

Nichts geschah.

Der Greif hing an mir dran und krallte sich in meine Schulter. Plötzlich sprudelten die Worte aus mir heraus: »Gute Tischdecke bitte deck dich.« Das Tuch faltete sich auseinander und der Greif hielt inne, den Schnabel nur zwei Zentimeter von meiner blutigen Wange entfernt. Aus dem Nichts erschien ein Braten. Der Greif sprang auf das Essen drauf. Weitere Schüsseln tauchten auf. Ein zweiter Greif landete auf der Tischdecke. Und schließlich fiel der ganze Schwarm darüber her.

Wo war Meryl? War sie inzwischen schon beim Wasserfall angelangt? Jeden Moment würde die Sonne aufgehen.

Ich lief los. Ein Baumstamm sauste an meinem Ohr vorbei. Eliza schoss einen Pfeil ab. Ein Oger ließ einen Felsblock fallen, wurde langsamer und fiel hin.

Wo war Meryl?

Da vorne war Gavin, schon halb beim Wasserfall. Er kämpfte gegen einen Greif, während ein Oger mit schwerfälligen Schritten auf ihn zukam.

»Gavin!«, rief ich warnend.

Brüllend griff sich der Oger plötzlich auf den Rücken. Als er sich umdrehte, sah ich, dass Meryl auf ihm saß; der Umhang war ihr kein großer Schutz mehr. Ihr Schwert blitzte auf. Blut spritzte aus dem Hals des Ogers und er sackte vornüber. Meryl richtete sich auf und rannte weiter zum Wasserfall.

Ich jagte ihr hinterher, um sie einzuholen. Unvermittelt sprang ein Oger zwischen uns. Kopf und Schultern waren in eine Wolke gehüllt. In der Nähe taumelte noch ein weiterer Wolken-Oger umher.

Ganz dicht über den Köpfen der Oger schwebte Rhys in der

Luft und richtete den Zauberstab vom einen zum nächsten, um sie in Wolken einzuhüllen.

Ich sauste an ihnen vorbei. Ein Oger ging auf Meryl los, während zwei Greife sie gleichzeitig angriffen. Doch sie hielt sie alle in Schach. Sie lachte.

Da traf ein Felsblock auf dem Boden auf. Ein Steinhagel ging nieder, traf mich an der Stirn, an der Schulter, an meinen schmerzenden Rippen. Ich schwankte, bekam keine Luft mehr.

Meryl rannte zu mir, um mich zu stützen. »Addie ...«

Ich rang keuchend nach Luft. »Los, zum Wasserfall!« Ich fasste sie an der Hand.

Wir liefen los.

Rhys flog rechts neben mir her, um uns zu beschützen.

Ich hatte Blut im Auge und blinzelte es weg.

Warte, Sonne! Warte, Morgenröte!

Eliza und Gavin rannten links neben mir her und verteilten zu allen Seiten Schwerthiebe.

Ein Greif schoss auf uns herab, aber ich stach zu. Auch Meryl schwang ihr Schwert und er verschwand wieder.

Endlich hörte ich den Wasserfall.

Wir rannten und rannten.

Meryl lachte. »Sterbt, ihr Ungeheuer! Sieg für Bamar!«

Ich rief: »Sieg für Meryl!«

Warte, Sonne! Warte, Morgenröte! Sieg für Meryl!

Ein Oger stellte sich uns in den Weg. Eliza und Gavin stürzten sich auf ihn.

Eliza brach am Boden zusammen. Gavin schrie auf.

Meryl und ich sausten weiter, um Baumstämme, Felsblöcke und Steine herum. Rhys tötete einen weiteren Greif.

Wir rannten und rannten. Der Wasserfall kam in Sicht, aber er war noch immer eine Viertelmeile entfernt.

Plötzlich fiel ein Schatten über uns. Es roch nach Metall und man hörte Glockentöne.

Vollys.

Sie landete vor uns und versperrte uns den Weg.

Sie musterte das Gemetzel. »Diesen Empfang habe ich für dich vorbereitet, kleine Prinzessin.« Das Gras zwischen ihrem Bauch und ihrem Vorderbein war rot gefleckt. Die Wunde, die ich ihr beigefügt hatte, blutete noch immer.

Meryl sagte leise: »Ein Drache! Wie schön er ist!«

»Ah, das ist also die Schwester. So tapfer wie mein Willard. Wirklich sehr traurig, dass die Sonne in sieben Minuten aufgehen wird.« Ihr Schwanz peitschte um uns herum und packte Meryl und mich. »Auf geht's, nach Hause.« Sie breitete die Flügel aus. »Kleine, während des Flugs kannst du deiner Schwester schon mal Lebewohl sagen. Ich –«

In diesem Augenblick schwebte Rhys heran und richtete den Zauberstab auf sie. Ihr Kopf verschwand in einer Wolke.

Vollys spie wütend Feuer und die Wolke färbte sich orange.

Ein Oger schleuderte einen Felsblock auf uns und traf Vollys am Schwanz.

Der Schwanz hob sich, sodass mein Kopf nach hinten geschleudert wurde. Gleich darauf warf der Schwanz den Oger um und mein Kopf wurde wieder nach vorn geschleudert. Dann kamen wir unsanft auf dem Boden auf. Ein Schmerz schoss durch mein Bein. Aber Vollys' Griff wurde lockerer.

Meryl und ich wanden uns frei. Die Schuppen schabten wie kleine Messer.

»Lauf, Meryl, lauf!«

Ich sah Vollys' gekrümmte Klaue, die Unterseite nach vorn. Ich hob mein Schwert, aber Meryl war schneller.

Vollys jaulte auf.

Ich lief zu Meryl.

Rhys holte weitere Wolken vom Himmel herunter.

Vollys spie ihm Feuer entgegen und trompetete: »Ihr werdet alle vor mir sterben!«

Rhys durchbohrte ihr das Auge. Wieder spie sie Feuer. Sein Umhang fing Feuer und er stürzte aus der Luft herab zu Boden.

Ich wich ihm im Laufen aus und rief Meryl zu: »Los, zum Wasserfall!« Meryl rannte los.

Vollys bäumte sich mit tränendem Auge auf. Ich sah ihr schwarzes Nasenloch. Ihr feurig glühender Mund öffnete sich bedrohlich.

»Lauf, Meryl, lauf!« Ich schwang mein Schwert mit all meiner Kraft – mit mehr als all meiner Kraft. Und stieß es geradewegs in Vollys' Kehle.

Sie würgte. Keine Flamme drang mehr hervor. Sie schwankte, blutete, blutete stark.

Meryl raste zum Wasserfall. *Nicht aufgehen, Sonne!*

Vollys stürzte zu Boden.

Ihr Hals landete auf meinem Arm. Gefangen starrte ich in ihr riesiges Gesicht.

Sie keuchte: »Trauere um mich, kleine Prinzessin.«

Ich strengte mich an, meinen Arm zu befreien.

»Ich hätte auch um dich getrauert.«

Ich schnaubte: »Rutscht mit dem Hals ein Stück zur Seite und ich werde trauern.«

Eine kleine Glocke erklang. »Ah, kleine Prinzessin, du amüsierst mich noch immer.« Sie versuchte es. Eine Ader in ihrem Hals schwoll an. Sie hob den Hals, nur ein klein wenig, aber es reichte.

Meryl! Ich sah ein Schwert im Gras liegen. Rhys' Schwert. Ich hob es auf.

Vollys sagte mit pfeifendem Atem: »Trauere um ...«

Ich hörte ihr Todesröcheln. *Nicht aufgehen, Sonne!* Ich rannte um Vollys großen Leib herum.

Da vorne war Meryl. Sie versuchte vorwärtszukommen, während sie mit ihrem Schwert auf einen Greif einhieb. Ich spurtete zu ihr hin und sah, wie der Greif von ihr abließ. Er schlug mit dem Flügel noch einmal auf den Boden, dann blieb er regungslos liegen.

Meryl rannte weiter.

Ich rannte ebenfalls weiter, schwer atmend. Das Rauschen des Wasserfalls dröhnte mir in den Ohren. Meryl hatte nur noch wenige Meter zu laufen.

Ein Baumstamm segelte über ihren Kopf hinweg.

Nicht aufgehen, Sonne!

Mit einem Mal umschlangen riesige Hände meine Rippen. Ein Oger hob mich an seine Brust. Ich hörte sein steinernes Lachen. Fast zerquetschte er mich. Vor Schmerzen schrie ich laut auf.

Bis zu meinem Todestag werde ich mir wünschen, dass ich nicht geschrien hätte. Denn Meryl hörte mich. Sie drehte sich um und rannte wieder zu mir zurück.

»Nein! Lauf weiter!«

Ich stach dem Oger in den Arm. Er grunzte, hielt mich aber weiter fest.

In diesem Moment ging die Sonne über einem Gipfel im Osten auf. Meryl taumelte.

Während die ersten goldenen Strahlen sich im Tal ausbreiteten, fiel Meryl der Länge nach hin.

Ich stieß mit dem Schwert von unten nach oben zu. Kreischend ließ mich der Oger los.

Ich warf mich neben Meryl zu Boden und rollte sie sanft herum.

Ihre Augenlider hoben sich flatternd. »Addie?«

Ich konnte sie kaum hören.

»Das war unser schönster Tag.« Sie seufzte und ihre Augen schlossen sich wieder.

»Meryl! Du darfst nicht sterben!«

Mit einem lauten Wehklagen stand ich auf –

Und in diesem Augenblick schmetterte mir ein Felsblock gegen die Brust.

Ich brach zusammen.

Das Letzte, was ich spürte, waren Regentropfen. Und danach nichts mehr.

29

Der Duft von Pfingstrosen stieg mir in die Nase. Jemand sang.

Meryl. Rhys. Ich weinte, die Augenlider geschlossen.

»Prinzessin Addie? Seid Ihr wach?« Eine männliche Stimme, die ich nicht erkannte, obwohl sie mir vertraut vorkam. Der Mann fuhr fort: »Weinet nicht. Lacht. Lacht!«

»Du kannst die Augen ruhig aufmachen. Es gibt nichts, wovor du noch Angst haben müsstest.« Diese Stimme kannte ich – es war Meryl!

Ich schlug die Augen auf. Und da war sie. Sie lächelte mich an. Geheilt. Wieder gesund.

Ein hünenhafter junger Mann stand neben ihr und grinste mich an. Wer war das?

Wo war ich? Ich lag in einem Bett, aber nicht in der Burg von Bamar.

Ach, das war jetzt nicht wichtig. Meryl war gesund. Mein Weinen wurde stärker. Ich war glücklich, konnte aber trotzdem nicht aufhören zu weinen.

»Sie ist immer noch schwach. Hier, gebt ihr das.«

Als ich den Kopf zur Seite drehte, sah ich Milton. Mit erstickter Stimme fragte ich: »Wie bist du hergekommen?«

Er reichte Meryl einen dampfenden Becher. »Eure Schwester hat nach mir geschickt.«

Meryl setzte sich neben mich und stützte mich beim Aufrichten mit der freien Hand an der Schulter. An sie gelehnt, nahm ich den Becher, der mit Kummerkraut-Tee gefüllt war. Hinter meinem Rücken türmte Milton einen Kissenstapel auf.

Noch immer weinend, schlürfte ich den Tee. Das war alles, was ich tun konnte – schlürfen, Meryl anstarren und weinen.

Ich setzte mich zurück, um Meryl besser ansehen zu können. Nirgends bemerkte ich einen Hinweis darauf, dass sie jemals krank gewesen war. Ich hatte erwartet, dass der Graue Tod seine Spuren bei ihr hinterlassen hätte, aber dem war nicht so. Ihre Augen waren klar und die aschgraue Farbe war aus ihrem Gesicht gewichen.

Aber etwas hatte sich dennoch verändert. Ich hatte den Eindruck, dass sie älter aussah. Doch dann war ich mir wiederum nicht sicher. Vielleicht sah sie auch jünger aus.

Ach, das war jetzt nicht wichtig. Sie war gesund und munter. Ich wünschte nur, ich könnte aufhören zu weinen.

»Trinkt Euren Tee, solange er noch heiß ist.«

Das war Bellas Stimme. Auch sie war hier. Sie stand zur Rechten des hünenhaften Fremden. Ihre Augen waren gerötet. Sie hatte also ebenfalls geweint.

Rhys konnte ich nicht sehen. Ich wollte ihn aber so gern sehen. Ein paar Tränen tropften in meinen Tee. Meryl legte mir ihre kühle Hand auf die Stirn. Das letzte Mal, als ich ihre Hand gespürt hatte, war sie fiebrig heiß gewesen.

Sobald sie mich berührte, wurde ich ruhiger, und mein Tränenstrom versiegte.

Ich fand meine Stimme wieder. »Rhys?«

»Er ruht sich aus«, sagte Meryl.

»Er hatte Feuer gefangen«, sagte ich. »Er –«

Der Fremde sagte: »Er kommt wieder in Ordnung, Prinzessin Addie.« Er lachte. »Schon bald wird er wieder gegen Drachen kämpfen können.«

Abermals zerbrach ich mir den Kopf, wer der Mann war. Er kam mir bekannt vor und doch hatte ich ihn noch nie getroffen. Er war größer als der Größte von Vaters Wachen. Er hatte lockiges schwarzes Haar und einen lockigen schwarzen Bart.

Er wiederholte: »Er wird in Ordnung kommen, Prinzessin Addie.«

Das brachte mir die anderen wieder in Erinnerung. »Sind die Dorfbewohner auch wohlauf?«

»Gavin ist tot«, sagte Meryl. »Ein Oger hat ihn getötet. Aber allen anderen geht es gut.«

Ich schluckte. »Er war der Erste, der uns seine Hilfe angeboten hat.«

Wieder erhob der Fremde das Wort: »Seinetwegen ist Surmic nicht länger ein Ort der Schande.«

Das mochte zwar stimmen, aber... »Lebende Helden sind mir lieber als tote«, sagte ich.

»Wir haben ja noch Euch«, sagte Bella mit versagender Stimme.

Ich wurde rot. »Und auch Meryl.«

»Nein, ich bin keine Heldin wie du.«

Ich hatte den Eindruck, dass sie für einen Augenblick unglücklich schaute, und fragte mich, ob sie neidisch war, weil ich das Heilmittel gefunden hatte. Was für ein Gedanke – Meryl, die auf mich neidisch sein sollte! Noch während mir der Gedanke durch den Sinn fuhr, wusste ich, dass dem nicht so war.

Sie lächelte und sah wieder glücklich aus. »Ich bin so stolz auf dich, Addie.«

Ich wurde wieder rot und konnte ihr nicht in die Augen schauen. Ich überspielte meine Verlegenheit, indem ich mich im Raum umblickte.

Ich vermutete, dass ich mich in einem Schlafgemach befand, da ich in einem Bett lag. Aber dieser Raum übertraf in jeder Hinsicht die Räume in der Burg von Bamar. Die weit auseinander stehenden Wände waren aus weißem Marmor und behängt mit gigantischen Wandteppichen, auf denen Abenteuer aus dem *Drualt*-Epos dargestellt waren. Der Boden bestand aus rotem Marmor. Die Decke, die der Baldachin meines Himmelbetts verbarg, konnte ich nicht sehen, aber der Baldachin selbst hing so hoch wie sonst die Decke.

Eines aber war seltsam – es gab keinen Kamin.

»Es ist schön hier«, sagte ich und trank den letzten Schluck Tee.

Bella schluchzte laut auf.

»Was ist los?«, fragte ich.

»Ihr seid zu schwach, um...« Sie hielt inne. »Ihr seid zu schwach.«

Sie machte mir Angst. Ich wandte mich an Milton. »Muss ich etwa sterben, und alle haben Angst, mir das zu sagen?«

»Nein, Ihr müsst nicht sterben«, sagte er. »Ihr müsst Euch nur noch etwas schonen.«

Ich beschloss, mir wegen Bella keine Sorgen zu machen. Mir ging es schon viel besser. Das Kummerkraut entfaltete seine übliche magische Wirkung. Ich setzte mich auf und fragte Meryl: »Wie lange hat es gedauert, bis der Wasserfall dich geheilt hat?«

»Das hat er gar nicht. Er war zwar tatsächlich das Heilmittel, aber er hat nicht mich geheilt.«

Ich war verwirrt.

Sie fuhr fort: »Vollys hat dir die Wahrheit gesagt. Erinnerst du dich noch an die Prophezeiung –«

»Der Graue Tod wird geheilt werden, wenn die Ängstlichen Mut finden und über ganz Bamar Regen niedergeht.«

»Dein Mut hat die Heilung möglich gemacht und der Regen selbst war die Heilung. Während die Feen dich und die anderen gerettet haben, haben sie das Wasser aus eben jenem Wasserfall in schweren Regenfällen über ganz Bamar niedergehen lassen. Der Graue Tod ist auf immer und ewig verschwunden.«

Ich beugte mich vor. »Feen haben uns gerettet? Echte Feen?«

Der Fremde lachte. »Echte Feen, Prinzessin Addie.«

Meryl setzte an: »Sie –«, aber ich unterbrach sie.

»Seid ihr welchen begegnet? Hättet ihr mich nicht aufwecken können?« Ich schaute vorwurfsvoll von Meryl zu Bella.

Doch es war der Fremde, der mir wieder antwortete. »Ihr brauchtet Schlaf. Es wäre grausam gewesen, Euch zu wecken.« Er lachte. »Aber es besteht die Chance, dass Ihr auch jetzt noch ein oder zwei Feen trefft. Vielleicht habt Ihr das sogar schon –«

Jetzt? Da dämmerte es mir. »Sind wir ... Ist das vielleicht ... Sind wir in ihrem Schloss?«

Meryl nickte lächelnd.

Ich fragte mich, warum sie nicht aufgeregter war.

»Du hast dich verändert«, sagte ich zu ihr. »Der Graue Tod hat seine Spuren bei dir hinterlassen.«

»Nein«, sagte Meryl gedehnt. »Nicht der Graue Tod hat mich verändert.«

»Was dann? Du bist anders als früher. Und was hast du damit gemeint, dass das Heilmittel dich nicht geheilt hat?« Mir wurde beklommen ums Herz. Es lag nicht nur daran, dass sie nicht aufgeregt war, bei den Feen zu sein. Da war noch mehr – dass sie mich durch ihre bloße Berührung beruhigt hatte und dass sie gleichzeitig älter und jünger aussah.

Niemand gab mir eine Antwort. Meryls Lächeln wurde unsicher. Bella schluchzte und sogar Milton sah traurig aus.

»Wenn es Euch besser geht, Addie, wird sie es Euch sagen«, meinte Bella. »Aber bis dahin ...«

»Mir geht es gut genug. Sag's mir jetzt gleich. Meryl, haben dich die Feen nicht auch gerettet?«

»Auf gewisse Art schon.« Sie strich mir das Haar hinter die Ohren und wieder beruhigte mich ihre Berührung. »Der Regen hat alle geheilt, die den Grauen Tod hatten – außer ein oder zwei, die schon auf der Schwelle zum Tod standen, so wie ich.« Ihre Stimme klang ruhiger als früher.

»Was ist mit ihnen geschehen?« Ich schrie beinahe. »Was ist mit dir geschehen?«

Bella schaltete sich ein. »Sie ist zu schwach, Meryl … Ich meine, Mylady. Wartet, bis –«

Warum nannte Bella sie »Mylady«? Ich beugte mich vor. »Sag's mir!«

»Die anderen sind gestorben, Addie.« Meryl sah ganz und gar gelassen aus, viel ruhiger, als ich sie je gesehen hatte. Viel ruhiger, als sie zu Lebzeiten ausgesehen hatte, wo sie immer gewetteifert und nach irgendetwas gestrebt hatte!

Zu Lebzeiten! Was sollte denn dieser Gedanke? Sie war doch lebendig und sprach mit mir!

Die nächste Frage wollte ich eigentlich nicht stellen, aber ich tat es trotzdem. »Wieso wurdest du geheilt, wenn es doch keiner von den anderen wurde?«

»Ich habe Hunger«, sagte der Fremde, »und ich wette, dass uns ein Festschmaus erwartet.« Er lächelte auf mich herab. »Ihr seid eine außergewöhnlich tapfere Maid.« Er tätschelte durch die Decken hindurch meinen Fuß und seine Berührung beruhigte mich genau wie Meryls. Dann ging er aus dem Raum. Für seine Riesengröße hatte er einen erstaunlich anmutigen Gang.

Milton strich meine Bettdecken glatt und folgte dem Fremden hinaus.

Bella stand neben mir. »Addie …« Sie schüttelte den Kopf und eine Träne tropfte mir auf die Hand. Sie schaute zu Meryl hinüber. »Denkt dran – sie ist nicht so stark, wie Ihr es wart.« Dann ging sie.

»Du bist stark«, sagte Meryl, als Bella die Tür hinter sich geschlossen hatte. »Du bist stärker, als ich es war, stärker, als ich es jemals geahnt hätte.«

»Ich habe es auch nicht geahnt. Du hättest schon vor Jahren in deine Abenteuer ziehen und mich mitnehmen können.« Jetzt, da sie bereit war, mir meine Fragen zu beantworten, zögerte ich, sie zu stellen. »Aber in Zukunft werde ich mitkommen.« Und das würde ich. Ich hatte in Vollys' Höhle ein Versprechen abgegeben und das würde ich auch halten. Ich würde Meryl helfen, Bamar zu retten. Rhys würde ebenfalls mithelfen.

Sie schüttelte den Kopf.

»Doch«, sagte ich. »Von heute an werde ich dir nicht mehr von der Seite weichen.«

»Ich werde immer in deiner Nähe sein.«

»Gut, das ist also beschlossene Sache. Aber jetzt bin ich müde. Ich glaube, ich werde etwas schlafen.« Ich legte mich hin und schloss die Augen.

»Addie?« Ihr Tonfall hatte sich geändert. »Hör zu... Bitte mach die Augen wieder auf.«

Jetzt klang sie wieder ganz wie früher.

»Meryl?«

Sie sah genauso aus, wie wenn sie früher etwas Verbotenes vorhatte – aufgeregt und glücklich und voll überschäumender Energie. Sie nahm meine linke Hand. »Mal angenommen, ich hätte die Aussicht, Abenteuer zu erleben, die sogar noch größer sind, als Ungeheuer zu bekämpfen, größer als alles, was Bamar bieten kann. Und angenommen, ich könnte bei diesen Abenteuern nicht erschlagen und noch nicht mal verwundet werden. Ich gewinne vielleicht nicht – vielleicht verliere ich sogar –«

»Das wäre aber ein sehr seltsames Abenteuer, wenn du nicht verwundet werden könntest.« Ich dachte darüber nach. »Nett, aber eben kein richtiges Abenteuer.«

Sie runzelte in gespielter Verärgerung die Stirn. »Du lässt mich ja gar nicht ausreden! Angenommen, die Abenteuer *sind* real. Angenommen, es steht viel auf dem Spiel, auch wenn ich selbst in keinerlei Gefahr schwebe. Angenommen, ich will diese Abenteuer lieber als alles andere, was ich jemals wollte. Angenommen, ich fühle *tiefste* Dankbarkeit über die Chance, diese Abenteuer erleben zu dürfen. Aber weiter angenommen, du könntest nicht mitkommen, und ich könnte dir nicht mal viel über sie erzählen. Würdest du...«

»Aber ich muss mitkommen. Wie ich dir eben schon sagte: Ich will dich immer um mich haben.« Ich lachte und hielt ihre Hand fest in meiner. »Und wenn wir nicht verwundet werden können, möchte ich gleich noch mal so gern mitkommen.« Aus einem Impuls heraus fügte ich hinzu: »Ach, es ist so schön, dich wiederzuhaben, so wie du früher warst.« Ich drückte ihre Hand.

»Ach, ich packe das ganz falsch an.« Meryls Stimme hatte sich abermals verändert. Jetzt lag ihr Tonfall irgendwo zwischen dem meiner alten, vertrauten und dem der neuen, ruhigen Meryl. »Ich bin nicht mehr wie früher. Das heißt, ein Teil von mir schon, aber der größte Teil nicht. Die Feen konnten mich nicht heilen, Addie. Ich war dem Tode schon zu nahe. Also boten sie mir eine andere Art zu leben an. Es war eine große Ehre: Sie machten mir das Angebot, mich in eine Fee zu verwandeln, und ich habe Ja gesagt.«

30

DAS WAR GANZ und gar unmöglich! Sie konnte keine Fee sein. Sie saß doch hier neben mir, atmete genau wie ich ein und aus, war genauso Mensch, wie ich es war.

Doch, etwas war tatsächlich anders an ihr – sie war verrückt geworden. Das musste der Unterschied sein. Der Graue Tod hatte ihr den Verstand geraubt.

»Ich weiß, es ist schwer zu glauben, Addie. Ich hätte nie ...«

Warum ließen mich Bella und Milton mit ihr allein – nur damit ich herausfand, dass sie verrückt geworden war?

»... nicht der erste Mensch, der zur Fee wurde. Wir behalten in Erinnerung, wie es war, ein Mensch zu sein – das Wissen haben die anderen Feen nicht. Und, Addie, die Liebe bleibt auch.«

Ich wusste nicht, was ich darauf erwidern sollte. »Es muss schön sein, eine Fee zu sein«, sagte ich und versuchte, ganz normal zu klingen. »Ich würde gern selbst mal ausprobieren, wie das ist.«

Sie lachte. »Addie, Addie. Ich sage die Wahrheit. Ich bin jetzt eine Fee.«

Vielleicht neckte sie mich nur. Aber wenn, dann war es kein lustiger Scherz, und grausam war sie nie gewesen.

Sie stand auf. »Wie kann ich es dir beweisen?«

»Das kannst du nicht.«

Sie ging eine Weile im Kreis herum. Nach einer oder zwei Minuten sagte sie: »Vielleicht wird das dich überzeugen.« Sie nahm meinen leeren Becher vom Nachttisch und hielt ihn sich umgedreht über die Hand. Ein paar Tropfen kamen heraus. Einer von ihnen behielt in ihrer Hand seine Form bei und begann anzuschwellen.

Sie setzte sich wieder neben mich. »Sieh genau her.«

Der Tropfen wuchs zu einer riesigen nassen Blase von der Größe eines Kohlkopfes an. Darin wurde langsam eine Szene sichtbar. Ich selbst war dort zu sehen. Ich überquerte gerade in meinem Dienstmädchenkleid die Zugbrücke der Burg von Bamar und hatte meinen Sack dabei.

Die Szene löste sich auf und an ihre Stelle trat eine neue. Ich sah mich in den Zauberstiefeln, wie ich über den Boden schleifte und einen Oger hinter mir herzog.

In der nächsten Szene sah ich mich, wie ich vorsichtig durch den Muleewald schritt. Weitere Bilder meiner Suche folgten. Ich konnte den Blick nicht abwenden, obwohl ich die ganze Zeit dachte: Ich träume. Ich muss im Delirium sein.

Zu guter Letzt erschien die Szene im Aisnan-Tal. Es war der Schluss des Gefechtes oder besser gesagt der letzte Teil, den ich noch mitbekommen hatte. Ich sah, wie ich mich aus der Umklammerung von Vollys' Schwanz löste, sah, wie Meryl Vollys' Klaue durchbohrte. Dann spie Vollys Feuer auf Rhys; er fiel hin; ich stieß mein Schwert mit Wucht in Vollys' Kehle; sie ließ meinen Arm los; der Felsblock schmetterte mir gegen die Brust.

Die Szene ging weiter und zeigte mir, was sich danach abgespielt hatte, den Teil, den ich nicht mehr mitbekommen hatte. Der Himmel verdunkelte sich. Blitze zuckten über den Himmel, und Regen fiel herab, löschte das Drachenfeuer, das noch immer wütete.

»Und jetzt pass gut auf«, sagte Meryl – als käme ich auf die Idee wegzuschauen!

Im Tal wurde es wieder hell, aber nicht von der Sonne, sondern von farbigen Lichtwirbeln, die von einem Berg, den ich vorher irgendwie nicht bemerkt hatte, herunterschwebten. In jedem dieser hellen Wirbel machte ich ein Wesen aus, keinen Mensch, aber eine menschenähnliche Gestalt.

Diese Lichtwesen beugten sich über uns, hoben uns auf die

Arme und schwebten mit uns empor. Ich hielt den Blick unverwandt auf die Wesen gerichtet, die Meryl, Rhys und mich trugen. Aber die Szene wechselte. Ich sah, wie ein Wesen mich auf ein Bett legte – dieses Bett. Dann beugte sich das Wesen über mich. Sein Licht hüllte mich nur für einen kurzen Augenblick ein, ehe sich das Wesen wieder aufrichtete, aus dem Gemach schwebte und mich allein zurückließ.

Wieder änderte sich das Bild und ich sah, wie Rhys dieselbe Behandlung erfuhr wie ich. Ein neuer Szenenwechsel, und ich erblickte Meryl auf einem Bett, umringt von einer ganzen Heerschar von Lichtwesen.

Ich sah, wie Meryl sich aufsetzte. Meryl, meine Meryl!

»Sie konnten mich für eine kurze Zeit gesund machen, gerade lange genug, dass ich meine Entscheidung treffen konnte.«

Meryls Gesicht in der Blase verriet atemlose Spannung. Gebannt lauschte sie auf etwas. Kurz darauf lachte sie, während ihr gleichzeitig Tränen über die Wangen liefen.

»Hier haben sie mir gerade die Wahl zwischen Tod oder Verwandlung angeboten. Früher hätte ich gedacht, es wäre eine leichte Entscheidung, aber das war ein Irrtum. Meine Entscheidung würde für alle Ewigkeiten gelten. Für immer und ewig. Es würde kein Zurück geben, keine Möglichkeit, später meine Meinung noch mal zu ändern.

Aber in einer Hinsicht hatte ich keine Wahl: So oder so würde ich dich verlieren. So oder so würde ich nicht mehr deine Menschenschwester sein und keine Menschenschwester mehr haben.«

In der Blase sagte Meryl etwas.

»Hier habe ich mich dafür entschieden, eine Fee zu werden.«

Ich sah, wie sie sich im Bett zurücklegte und all die Wesen sie einhüllten. Nach wenigen Sekunden traten die Wesen vom Bett zurück. Ein neues Wesen, ein neuer Wirbel, erhob sich. Ich schnappte erschrocken nach Luft. »Nein!«

Dann war es vorbei. Die Blase schrumpfte und wurde wieder zum kleinen Tropfen. Das Wesen neben mir, jenes, das wie Meryl aussah, trocknete seine Hand am Kleid ab.

Ich rollte mich auf die andere Seite und weinte ins Kissen.

Eine Hand strich mir übers Haar, tätschelte mir den Rücken. Ich spürte den Trost, der darin lag, weinte aber trotzdem weiter. Ich hatte Meryl nicht gerettet. Meine Suche war gescheitert. Der Graue Tod hatte sie doch getötet. Hätte ich nicht laut geschrien, als der Oger mich schnappte, hätte sie den Wasserfall noch rechtzeitig erreicht. Hätte ich nicht so lange mit der Suche gewartet, hätte sie überlebt. Hätte ich das Aisnan-Tal erreicht, bevor sie an der Schwelle des Todes stand, hätte die Morgenröte nichts ausgemacht, und das Wasser hätte sie geheilt. Jetzt hatte ich sie verloren und es war alles meine Schuld.

Die Fee streichelte mir über den Rücken und ich weinte und weinte. Wie sehr mir die Liebe zu meiner Schwester fehlen würde! Die Liebe zu ihr hatte mich verändert, hatte mich mutig gemacht. Die Liebe zu ihr war der beste Teil von mir.

Ich weiß nicht, wie lange ich so weinte. Endlich drehte ich mich wieder zu ihr herum und starrte mit verweinten, brennenden Augen hinauf zu der Fee.

»Warum siehst du noch genauso aus wie eh und je?« Fast genauso.

»Ich bin einfach an diese Gestalt gewöhnt. Es gibt viele andere Feen, die früher ebenfalls Menschen gewesen sind. Sie ziehen diese Gestalt vor und das Gleiche gilt auch für mich.«

»Vermisst du dein früheres Selbst?«

»Es ist immer noch in mir.«

Doch die Menschen-Meryl war in der Vergangenheit eingefroren, im Inneren der Fee eingeschlossen. Die Menschen-Meryl konnte nicht länger eigenständig fühlen, sich entwickeln und verändern.

Ein neuer Tränenstrom kam. »Es ist alles meine Schuld.«

»Nein, das ist es *nicht*. Du hast mich gerettet. Ohne dich wäre ich jetzt tot.«

»Wäre ich früher von zu Hause aufgebrochen, wärst du am Leben und noch ein Mensch.«

»Vielleicht. Aber trotzdem ist nichts von alledem deine Schuld. Der Graue Tod hat mich auserwählt. Er hätte auch dich auswählen können, aber er hat mich gewählt.« Sie strich mir über die nassen Wangen. »Ich habe mich früher oft gefragt, ob ich nicht insgeheim froh war, dass ich dir das Versprechen gegeben hatte, meine Abenteuer bis zu deiner Hochzeit aufzuschieben. Ich dachte, ich hätte das Versprechen vielleicht abgegeben, weil ich in Wirklichkeit feige war.«

Das war absurd. Sie war nie feige gewesen. Und es war trotzdem meine Schuld. Das erkannte sie nur nicht. »Wenn ich nicht geschrien hätte, als dieser Oger mich packte, wärst du weiter –«

Sie legte mir die Finger auf die Lippen. »Nein, Addie, das war meine Schuld. Ich hätte zum Wasserfall weiterrennen sollen. Ich hätte wissen sollen, dass du einen Oger bezwingen kannst. Ich hatte ja mit eigenen Augen gesehen, wie sehr du dich verändert hattest.«

»Aber ...« Sie hatte Recht. Ich hatte mich verändert und ich hatte den Oger tatsächlich bezwungen. »Aber es war nicht deine Schuld, dass du mich retten wolltest.«

»Da bin ich mir nicht so sicher, aber letztlich macht es keinen Unterschied. Es gehört alles zu diesem glorreichen, herrlichen Tag. Ich bin dir so dankbar, dass ich deinetwegen den Kampf im Aisnan-Tal erleben durfte, weil ich dort entdeckt habe, dass ich tatsächlich mutig bin. Du hast mir ein Abenteuer verschafft und mir die Gelegenheit gegeben, mich als Heldin zu erweisen, was ich mir immer am sehnlichsten gewünscht habe.«

»Das war aber nicht, was ich mir am sehnlichsten gewünscht habe«, sagte ich. Dennoch trösteten ihre Worte mich ein klein wenig, und sie brachten mir eine ganz neue Erkenntnis: Endlich erkannte ich den wahren Unterschied zwischen Meryl und mir. Es war keine Frage von Feigheit und Mut. Sie wollte Ungeheuer bekämpfen um des Abenteuers willen. Ich wollte sie besiegen um des Friedens willen, der darauf folgte.

»Ich habe dich vermisst«, sagte die Feen-Meryl. »Ich habe dich vermisst, als du weg warst. Ich war stolz auf dich, weil du fortgegangen bist, aber ich hatte Angst, dass du nicht zur rechten Zeit wiederkehren würdest, um mir Lebewohl zu sagen. Sogar wenn der Graue Tod mich schlafen ließ, habe ich gebangt. Auch hier habe ich dich vermisst, als du dich auskuriert hast. Ich bin ja so froh, dass du jetzt wach bist. Ich bin froh, dass ich dich wiederhabe.«

»Aber es ist trotzdem nicht mehr dasselbe.« Ich dachte daran, wie ich ohne sie nach Bamar heimkehren würde. Vater hatte jetzt nur noch eine Tochter. Seine Erstgeborene war tot.

Die Feen-Meryl blickte ebenfalls traurig. »Du hast Recht. Es ist nicht mehr dasselbe und es wird auch nie mehr dasselbe sein. Feen haben keine Schwestern.«

Seltsamerweise war ihre Trauer mein größter Trost. Sie vermisste es auch, eine Schwester zu sein. Mich überkam das Bedürfnis, sie in den Arm zu nehmen, und als ich es tat, als sie mich fest an sich drückte, fand ich in ihrer Umarmung Ozeane des Trostes, Galaxien des Trostes.

31

Nach einer Weile ließ mich Meryl allein und ich schlief wieder ein. Ich weiß nicht genau, wie lange ich schlief. Zwischendrin erwachte ich mehrmals und immer war sie bei mir. Manchmal weinte ich wieder, es waren Trauer- und Freudentränen zugleich. Manchmal sah ich sie nur an, um mir ihren Anblick einzuprägen.

Zu guter Letzt erwachte ich und wusste, dass ich nun völlig genesen war. Diesmal war ich allein. Ich setzte mich auf und schwang die Beine über die Bettkante. Ein Kleid lag ausgebreitet über zwei Stühlen.

Es war ein dunkelrotes Feenkleid mit einem gerafften Rock, unter dem ein hellvioletter Unterrock hervorlugte. Ich berührte den Rock und erwartete beinahe, dass meine Finger kribbeln würden. Das taten sie nicht, aber der Stoff war so weich, so herrlich weich wie der Stoff, den Rhys mir vor ewiger Zeit geschenkt hatte.

Rhys!

Jedes Mal wenn ich erwacht war, hatte ich Meryl nach ihm gefragt, aber immer nur gehört, dass er sich ausruhe. Jetzt wollte ich selbst nach ihm sehen.

Ich zog mich rasch an. Es überraschte mich nicht, dass das Kleid mir wie angegossen passte.

Es klopfte an die Tür. Ich machte auf und Meryl kam herein.

Jetzt, da ich angekleidet, nicht länger im Bett und keine Tränen vergießende Kranke mehr war, befiel mich ihr gegenüber plötzlich eine ganz ungewohnte Schüchternheit. Mit einem Mal bekam es eine völlig neue Bedeutung, dass sie jetzt eine *Fee* war.

»Auch du hast dich verändert, weißt du«, sagte sie, als hätte sie meinen Blick verstanden oder meine Gedanken gelesen – ich wollte lieber nicht genau wissen, was von beidem. »Du bist nicht mehr die ängstliche kleine Schwester. Der neuen Addie gegenüber hätte ich mich sicher ganz schüchtern gefühlt – das heißt, falls ich überhaupt zu so etwas wie Schüchternheit fähig gewesen wäre.« Sie grinste.

Mir wurde leichter ums Herz. Ich fragte sie nach Rhys und erfuhr, dass er sich noch immer ausruhe. Ich dürfte noch nicht mal zu ihm, meinte sie. Da Zauberer nicht schliefen, brauche er Dunkelheit und Ruhe, damit es ihm wieder besser gehe. Sie sagte, Milton sitze vor seinem Gemach. Er habe hoch und heilig versprochen, mich sofort zu holen, wenn es Rhys wieder so gut gehe, dass er Besuch empfangen könne.

Ich bat sie, mich zu Milton zu führen, weil ich ihm ein paar Fragen stellen wollte. Sie kam meinem Wunsch nach und wir fanden den Elf wie immer strickend auf einem dreibeinigen Hocker sitzend. Neben der riesigen geschnitzten Tür, die zu Rhys Gemach führte, wirkte er kleiner als gewöhnlich. Als er uns erblickte, sprang er auf und legte sein Strickzeug auf den Hocker.

»Addie! Euch geht es wieder gut!« Er kam auf uns zugelaufen und musterte mich von oben bis unten. »Ganz und gar gut.«

»Wie geht es Rhys?«

»Er ist im Heilungsprozess.«

»Warum dauert das so lang?«

Milton zuckte die Achseln. »Es dauert so lang, wie es eben dauert. Aber früher oder später wird er wieder so wohlauf sein wie Ihr.«

»Bist du sicher?« Ich wünschte mir, die Tür wäre dünner, und ich könnte etwas hören, zum Beispiel wie Rhys atmete oder sich im Bett umdrehte.

»Spricht er?«, fragte ich als Nächstes. Spricht er von mir?

»Wenn ich reingehe, um nachzusehen, ob er es bequem hat, fragt er immer nach Euch.«

Immer! Jedes Mal! Ich grinste dümmlich.

»Sag ihm … sag ihm, dass ich hier war, um mit dir zu sprechen. Sag ihm, er soll sich nach besten Kräften bemühen, gesund zu werden, und so schnell, wie er kann. Sag ihm …« Ich hielt inne. Sag ihm was?

Sag ihm, dass ich ihn liebe.

Das wusste er. »Sag ihm, dass er mir fehlt.«

Meryl und ich gingen wieder. Sie machte mit mir einen Rundgang durch das Feenschloss und die dazugehörigen Gartenanlagen. Das Schloss war riesengroß und die gewundenen Flure zogen sich schier endlos dahin. Ich hoffte, nie allein mein Gemach finden zu müssen. An den Wänden im Flur und in den Gemächern hingen Wandteppiche mit Drualts Abenteuern. Ich betrachtete einen von ihnen näher und verglich ihn mit meinen eigenen Aquarell- und Stickereiversuchen. Die Farben waren satter als alle, die ich jemals zur Verfügung gehabt hatte, und die Bilder wirkten täuschend echt.

Meryl sagte: »Deine Bilder sind gefühlvoller, Addie.«

Ich freute mich, das zu hören, aber insgeheim fand ich, dass sie sich irrte. »Was für ein Abenteuer ist das?« Es stammte nicht aus dem *Drualt*-Epos. »Was für ein Ungeheuer ist das?«

Es ähnelte einer gigantischen Krabbe mit Flügeln, die wie ein Drache Feuer spie und messerscharfe Kneifzangen besaß.

»Das ist Idrid. Es ist das einzige seiner Art. Drualt hat eine Woche lang gegen Idrid gekämpft, bevor er es endlich besiegen konnte.«

Ich wollte sie gerade fragen, woher sie überhaupt von diesem Abenteuer wusste, da es nicht im *Drualt*-Epos vorkam, aber dann fiel es mir wieder ein: Sie war ja jetzt eine Fee. Natürlich wusste sie so etwas.

Wir gingen aus dem Schloss hinaus, und Meryl zeigte mir die

Gartenanlagen, wo Frühlings-, Sommer- und Herbstblumen nebeneinander blühten. Ich vernahm wieder den Gesang, den ich schon bei meinem ersten Erwachen hier gehört hatte.

Draußen konnte man den rosaroten Sonnenaufgang oder aber auch den Sonnenuntergang eines schönen, warmen Tages sehen. Während unseres Spaziergangs bemerkte ich allerdings, dass die Sonne hier nie auf- oder unterging. Sie vibrierte immer kurz davor, wie eine ewige Verheißung.

»Wie hoch sind wir hier?«, fragte ich. »Wie hoch liegt der Mount Ziriat?«

»Er ist um die Hälfte höher als der höchste Gipfel im Eskerngebirge.«

»Können irgendwelche Wesen in Bamar ihn sehen?«

»Nein, nicht mal Drachen, obwohl sie wissen, wo er ist.«

Ich fragte mich, wie es in dieser großen Höhe so warm sein konnte. Eine Fee kam uns auf dem Pfad entgegen. Es war eine der Lichtwirbel-Feen. Ich machte einen tiefen Knicks und wagte es nicht aufzusehen, bis sie an uns vorbeigegangen war. Doch dann starrte ich der entschwindenden Gestalt lange nach. Sie schien mehr dahinzugleiten als zu laufen und erinnerte mich an eine sichtbar gewordene Brise.

»Meryl, was ist das für ein Gefühl, eine Fee zu sein?«

»Ich weiß nicht, ob ich es beschreiben kann.« Sie machte eine kurze Pause. »Menschen … Nein, das stimmt nicht. Ich hatte auch früher schon scharfe Augen. Weißt du noch?«

Natürlich.

»Jetzt sind sie aber noch besser.« Sie holte tief Luft. »Ich kann weiter gucken als du mit deinem Fernglas und gleichzeitig kann ich dich ansehen. Von hier aus fühle ich die Hitze der Wüste in Bamar. Ich kann spüren, wie Sand von einer Düne rieselt. Ich höre den Wind um die Sterne pfeifen. Und wenn nötig, kann ich dich für einen Augenblick allein lassen, um einen Stern zu verschieben.«

Einen Stern zu verschieben? Warum sollte das nötig sein?

»Du hast gesagt, eine Fee zu sein, bedeute, mehr und größere Abenteuer zu erleben, als es für dich in Bamar möglich gewesen wäre. Was für Abenteuer?«

Sie fasste mich an der Hand und führte mich zu einer Bank. »Komm, Milton sagt, du sollst dich nicht überanstrengen.«

Wir setzten uns.

»Bamar und die anderen Königreiche treiben auf einem gigantischen Meer dahin, richtig?«

Ich nickte. Das wusste jedes Kind. Die Königreiche trieben auf einem gigantischen Meer dahin, unter einem gigantischen Himmel.

»Unter einem gigantischen Himmel. Tief drunten im Meer und hoch droben im Himmel gibt es Ungeheuer, die alle Königreiche bedrohen. Sie sind wundersam, Addie! Wundersam und schrecklich!«

Jetzt klang sie wieder genauso wie früher.

»Idrid ist eines von ihnen und nicht einmal das schlimmste. Einige sind ...«

Wenn Idrid in der Welt, die sich jenseits von Bamar befand, ein Ungeheuer war, wie konnte Drualt dann gegen es gekämpft haben?

»... noch einfältiger als Oger, aber genauso böse, andere sind schlauer und hinterlistiger als Drachen, und mir ist sogar eines bekannt, das ist hungriger und gieriger als alle Greife zusammen.«

Waren sie wirklich real?, fragte ich mich und sah hinauf. Mir kam es so vor, als könnte ich durch den klaren Himmel in endlose Weiten sehen, aber nirgends erblickte ich irgendwelche Ungeheuer.

Meryl sah ebenfalls hoch. »Jenseits von unserem Tageslicht herrscht die ewige Nacht. In diesem pechschwarzen Dunkel bekämpfen wir die Ungeheuer. Ebenso wie sie können wir die

Finsternis durchdringen. Gerade eben, in diesem Moment, kämpft dort eine Heerschar Feen. Ich soll zu ihnen stoßen.« Sie brach ab und ihre Worte hingen unausgesprochen in der Luft. Sie würde zu ihnen stoßen und ich würde ohne sie nach Bamar zurückkehren.

Ich versuchte, den Kloß in meinem Hals hinunterzuschlucken, und bemühte mich, nicht allzu unglücklich zu klingen. »Kann dir wirklich nichts passieren? Bist du sicher, dass du unverwundbar bist?«

Sie nahm meine Hand. »Ja, ich bin mir sicher. Sie können mir nichts antun. Keines von ihnen.«

»Wenn sie dir nichts antun können, besiegst du sie dann nicht immer?«

»Nein. Sie wollen nicht uns töten, sie wollen Bamar und die anderen Königreiche zerstören. Manchmal tragen sie den Sieg davon und dann leiden die Menschen oder die Elfen oder Zauberer oder Zwerge. Die Ungeheuer von Bamar sind zum Beispiel das Ergebnis einer verlorenen Schlacht. Tobende Stürme sind Kämpfe, die . . .«

Sie verstummte unvermittelt und schien zu lauschen. »Gleich wird eine andere Fee zu uns stoßen.« Sie lächelte, und einen Moment lang hatte ich sogar das Gefühl, sie erröte. »Er war bei deinem ersten Aufwachen bei uns.«

»Der große Fremde?«

Sie nickte.

»Wie heißt er?«

»Drualt.«

32

DRUALT?«

Sie grinste mich nur an.

»Drualt?«

Jetzt lachte sie laut auf. »Ich hätte euch schon früher miteinander bekannt machen sollen, aber ich hatte Angst –«

»*Der* Drualt?«

»*Der* Drualt. Du solltest mal dein Gesicht sehen, Addie. Drualt ist derjenige –«

»Wie ist er denn hierher gekommen? Starb er nicht hunderte –«

»Die Feen haben auch ihn gerettet. Er ist jetzt eine Fee.«

»Drualt? Eine Fee? Wirklich?«

Sie machte Scherze.

Ich entzog ihr meine Hand. »Meryl, mach dich nicht lustig über mich.«

»Tue ich nicht. Wenn nicht –«

»Aber er sieht so jung aus.«

»Er war erst neunzehn, als Freya starb. Weißt du nicht mehr? Aber Feen bekommen sowieso keine Falten.«

»Oh.« Das freute mich. Meryl würde also für immer jung sein. Für immer und ewig.

Wieder musste sie gewusst haben, was ich dachte, denn sie legte mir den Arm um die Schulter und drückte mich an sich. Als sie mich losließ, klang ihre Stimme munter. »Wäre Drualt nicht gewesen, hätten die Ungeheuer jeden Einzelnen von uns im Aisnan-Tal erschlagen.«

»Er war da? Ich hab ihn gar nicht gesehen.«

»Er war da.«

Das war mir unbegreiflich. Er war also da gewesen. Drualt war da gewesen. Endlich sagte ich: »Hat er all die Ungeheuer erschlagen?«

»Nein, aber er hat die anderen Feen zu uns hinuntergeführt und geholfen, uns hierher zu tragen.«

»Warum hat er uns gerettet?«

»Das wird er dir selbst erzählen. Um genau zu sein, er ist schon bei einigen deiner früheren Abenteuer bei dir gewesen.«

Er war bei mir gewesen? Schlagartig wurde mir alles klar. *Er* war also mein Helfer gewesen. Der fröhliche Geist, die Hand auf meiner Schulter, mein unsichtbarer Verbündeter. Drualt.

»Ich werde euch einander vorstellen.«

Ich sollte Drualt treffen? Ihm vorgestellt werden? So als wäre er eine ganz gewöhnliche Person ... oder auch nur eine ganz gewöhnliche Fee. Drualt treffen!

Was sollte ich bloß mit ihm reden?

Wir warteten auf der Bank auf ihn. Während Meryl eine Melodie summte, die ich nicht kannte, wurden meine Hände eiskalt.

Nach kurzer Zeit trat der Fremde – Drualt! – aus einem Laubengang, der mit Rosen überwachsen war. Grüne Blätter und gelbe Rosenblätter hingen ihm im Haar.

»Ihr seid wieder gesund!«, rief er mir dröhnend entgegen.

Ich stand auf und machte einen Knicks. Ich wagte kaum, ihn anzusehen.

Meryl sprang lachend auf. »Du bist zu groß für den Rosenweg, Dru. Bück dich mal.«

Er gehorchte und sie zupfte ihm die Blätter aus dem Haar. Dann richtete er sich wieder auf.

»Drualt, darf ich dir Prinzessin Adelina vorstellen? Addie, darf ich dir Drualt vorstellen?«

So schüchtern war ich noch nie gewesen. Ich machte wieder einen Knicks.

»Das braucht's doch nicht. Ich hab's schon lange aufgegeben, mich zu verbeugen.« Er lachte. »Schon *sehr* lange.«

Ich schluckte. Mein Herz klopfte wie verrückt. »Danke, dass Ihr mir geholfen habt.« Ich hatte mit Drualt gesprochen! Ich holte tief Luft und hoffte, nicht ohnmächtig zu werden. »Ihr habt mir mehrfach das Leben –«

»Ach, ich weiß nicht. Ihr seid eine zähe Kriegerin, Prinzessin Addie, genau wie meine Freya. Genau wie …« Er nahm Meryls Hand. »Genau wie meine liebe Meryl.«

Ich blinzelte überrascht.

Sie lächelten einander einen Augenblick lang an, und dann sagte Drualt: »Ihr müsst hungrig sein. Gesund zu werden, ist harte Arbeit.«

Entschuldigend wandte sich Meryl an mich. »Oje, daran hätte ich denken müssen. Komm, Addie. Hier gibt es immer was zu essen.«

Ich folgte ihnen zum Schloss, wobei mich ihr Anblick so erstaunte, dass ich mich immer wieder zwicken musste.

Wenn ich nicht gerade Milton besuchte, um Neues über Rhys zu erfahren, verbrachte ich die nächsten zwei Tage mit Meryl und Drualt. Ich bezwang meine Schüchternheit ihm gegenüber tausendmal schneller, als ich es in meinen kühnsten Träumen für möglich gehalten hätte. Er war so ungezwungen und vergnügt, dass mir in seiner Anwesenheit nicht lange beklommen zumute war.

Ich bat ihn und Meryl um Rat, wie die Ungeheuer von Bamar zu besiegen wären. Ich war fest entschlossen, Vater sofort nach meiner Heimkehr gegenüberzutreten und so schnell wie möglich einen Angriff gegen die Ungeheuer zu starten.

Plötzlich fiel es mir wieder ein: Vater sollte Meryl und mir ja eigentlich mit einer Armee nachkommen!

»Hat Vater denn jemals das Aisnan-Tal erreicht?«

Meryl lachte. »Er befragt noch immer die *Lebensweisheiten*, ob er aufbrechen soll oder nicht.«

Ich lachte ebenfalls. Es war nicht wichtig.

Drualt und Meryl sprühten vor Ideen für Strategien gegen die Ungeheuer. An unserem ersten Beratungstag sprachen wir hauptsächlich über Oger, Greife und Geister. Meryl war begeistert von meiner Geschichte von den Greifen und der magischen Tischdecke. Sie glaubte, wir könnten vielleicht mit einem Schlag alle Ungeheuer loswerden, wenn wir nur ein Festmahl vorbereiteten, das groß genug wäre.

Drualt schlug vor, dass wir versuchen sollten, einen Vertrag mit den Ogern zu schließen. »Am besten fängst du einen ein und bringst ihn dazu, dass er mit dir redet«, sagte er. »Wenn sie müssen, sprechen sie die Menschensprache. Lass den Gefangenen deinen Botschafter sein. Sie werden vielleicht zur Vernunft kommen, wenn sie wissen, dass du fest entschlossen bist und dich nicht gleich in die Flucht schlagen lässt.«

Bei den Geistern wurde es nach Drualts Ansicht schon schwieriger. Er glaubte nicht, dass wir sie jemals völlig loswerden würden. Er gab uns den Ratschlag, nahe am Muleewald Städte und Dörfer zu bauen. »Verdrängt die Ungeheuer. Baut Straßen durch den Wald. Seid dabei aber immer auf der Hut und lauft niemals alleine herum. Es ist für sie viel schwerer, zwei Leute reinzulegen, statt nur einen.«

Am zweiten Tag sprachen wir über die Drachen, und wir waren damit noch nicht fertig, als wir uns zum Abendessen in den großen Speisesaal der Feen setzten. Ich war traurig über Vollys' Tod, trauerte nun doch um sie, weil sie so schlau und faszinierend gewesen war. Ich erinnerte mich an den Spaß, den sie mit den *Lebensweisheiten* gehabt hatte, und an ihre Liebe zu König Willard. Ach, wäre sie doch nur kein Drache gewesen …

»Musst du denn wirklich alle Drachen erschlagen?«, fragte Meryl. »Sie sind doch so schön.«

Das waren sie in der Tat und Bamar konnte viel von ihnen lernen.

Bella schnaubte. »Widerliches Mörder-«

»Wenn man sie aus ihrer Einsamkeit rausholte, würden sie vielleicht –«

Da bemerkte ich plötzlich eine Bewegung und sah etwas Buntes in der Tür zum Speisesaal aufblitzen.

»Rhys!« Ich schob den Stuhl zurück und rannte auf ihn zu.

Er flog mir entgegen und hob mich hoch. »Ich habe Milton nicht geglaubt, als er sagte, dir ginge es gut. Ich musste es mit eigenen Augen sehen.« Er strich mir das Haar aus der Stirn. »Dir geht es doch gut, oder?«

Ich nickte. Über seine linke Augenbraue zog sich eine Narbe. Ich berührte sie. »Tut sie weh?«

»Nein.« Er drückte mich fester an sich. »Die Feen haben erlaubt, dass ich sie behalte. Damit sehe ich wagemutiger aus.«

Er sah wunderbar aus – wagemutig oder nicht – und er klang genauso wie eh und je.

Mit der freien Hand zog er den goldenen Zauberstab aus dem Ärmel und richtete ihn auf das offene Fenster.

Nichts geschah.

Ich lachte über sein überraschtes Gesicht. »Hier gibt es keine Wolken«, sagte ich.

»Wie schade, ich wollte uns gerade in eine einhüllen und dich darin küssen. Na, dann muss ich wohl …« Er schwebte mit mir in die Luft empor und küsste mich auf das linke Augenlid. Dann fanden seine Lippen meinen Mund.

Seine Lippen schmeckten köstlich – und ich hörte die zufriedenen Seufzer der Feen unter uns. Aber das war jetzt völlig unwichtig. Wir küssten uns wieder.

33

Am nächsten Morgen half mir Meryl dabei, ein Hochzeitskleid aus dem verwirrend großen Angebot auszusuchen.

Das Kleid, für das wir uns schließlich entschieden, war aus hyazinthblauer Seide mit einer üppigen Schleppe. Der mit vereinzelten Diamanten besetzte Rock raschelte bei jedem Schritt leicht, und wenn ich stehen blieb, drapierte er sich vorteilhaft. Das Oberteil des Kleides hatte einen tiefen Ausschnitt, aus dem eine hellgelbe Spitze an meinem Hals hervorlugte, und die Ärmel hatten Schlitze, durch die noch mehr Spitze durchschien. Meryl steckte mir das Haar mit einem seidenen Haarnetz hoch, auf das sie ein silbernes, perlenbesetztes Diadem setzte. Und zu guter Letzt legte sie mir eine Silberkette um den Hals, an dem der leere Hochzeitsanhänger hing, ein winzig kleines, mit Juwelen geschmücktes Kästchen, das während der Zeremonie gefüllt werden würde. Dann führte sie mich zu einem Spiegel.

Ich erkannte mich selbst kaum wieder. Die Maid im Spiegel war schön – aber vor allen Dingen war sie *selbstsicher*. Nicht ängstlich, nicht voll Furcht vor ihrer eigenen Stimme oder vor Schatten, die in irgendwelchen Ecken lauerten. Die Maid im Spiegel sah entschlossen und willensstark aus. Die Maid im Spiegel war in der Lage, ein Königreich zu führen.

Die Gestalt neben mir im Spiegel lächelte und hatte gleichzeitig Tränen in den Augen. Ich drehte mich um und umarmte sie und wir weinten beide ein bisschen.

»Wir sollten uns sputen«, sagte Meryl schließlich. »Rhys wird sich schon Sorgen machen und allmählich glauben, du hättest es dir anders überlegt.« Sie strich mir über die Augen. Sofort hörten sie auf zu brennen, und ich sah im Spiegel, dass sämtliche Tränenspuren verschwunden waren.

Gemeinsam gingen wir in den großen Saal der Feen, wo Drualt die Trauung vollziehen würde. Rhys war schon dort und erhellte den Saal mit seiner Hochzeitskleidung – einem scharlachroten, geschlitzten Wams, unter dem das hellgrüne Hemd hervorlugte, hellgrün-schwarz gestreiften Beinlingen und einer roten, federgeschmückten Mütze. Neben Rhys stand sein Lehrmeister Orne, der in schlichtem Braun gekleidet war und eine griesgrämige Miene zur Schau trug. Die Feen hatten ihn extra für diesen Anlass hergebracht.

Bella, Meryl und Milton stellten sich neben mich. Orne und die Einwohner von Surmic standen bei Rhys. Vater hatte ebenfalls kommen sollen, sich aber dagegen entschieden, nachdem er in den *Lebensweisheiten* gelesen hatte, dass »eine Bienenkönigin keine Bremse und ein Schiff im Hafen nicht auf hoher See« sei.

Drualt räusperte sich und begann mit den traditionellen Strophen aus dem *Drualt*-Epos. Zu seiner Zeit hatte man sie natürlich noch nicht bei Hochzeiten aufgesagt, aber in Bamar waren sie nun schon seit vielen Jahrhunderten Brauch.

»Drualt nahm Freyas warme Hand,
Ihre starke Hand,
Ihre Schwerthand,
Und drückte sie an seine Lippen,
Drückte sie …«

Drualts Stimme zitterte. Er zog ein Taschentuch aus dem Beutel an seiner Taille und schnäuzte sich. Dann setzte er von neuem an.

»Drualt nahm Freyas warme Hand,
Ihre starke Hand …«

Wieder geriet er ins Stocken. Meryl verließ ihren Platz neben mir und stellte sich neben ihn. Sie begann zu rezitieren und er fiel mit ein.

»Drualt nahm Freyas warme Hand,
Ihre starke Hand,
Ihre Schwerthand,
Und drückte sie an seine Lippen,
Drückte sie an sein Herz.
›Komm mit mir‹, sagte er.
›Komm mit mir in den Kampf,
Meine Liebe. Verweile an meiner Seite.
Bleib bei mir,
Wenn der Kampf vorbei ist.
Verweile an meiner Seite.
Lache mit mir
Und geh mit mir
Den langen, langen Weg.
Verweile bei mir,
Meine Liebe, an meiner Seite.‹«

Alle auf der Hochzeitsfeier weinten, mit Ausnahme von Orne. Doch dann mussten wir alle lachen, weil es so komisch war, und das tat gut. Schließlich waren wir in der Lage fortzufahren.

Drualt wies uns an, die fünf bamaranischen Hochzeitsschwüre zu leisten. Rhys und ich sprachen sie einstimmig und ich spürte den Widerhall seiner tieferen Stimme in meiner Brust. Wir versprachen, gütig zueinander zu sein und geduldig, einander Fehler zu verzeihen, standhaft und treu zu sein und uns in unserer Liebe immer Glück und Freude zu bewahren.

Dann holte Bella zwei goldene Scheren aus ihrem Handtäschchen. Ich schnitt Rhys zwei Strähnen seines seidenschwarzen Haars ab und er zwei Strähnen meiner braunen Locken.

Während wir die Strähnen ineinander verschlangen, sang Meryl dazu:

»Winde und verdrehe
Deine Tage mit meinen,
Deine Jahre mit meinen.
Umschlingt euch eng und trennt euch nie.
Winde und verdrehe
Deine Haare mit meinen.«

Ich schob meine Haarsträhnen in den Hochzeitsanhänger, den Meryl mir umgelegt hatte, Rhys steckte seine in seinen Anhänger.

Wir waren Mann und Frau. Er war nun Prinz Rhys und ich die Frau eines Zauberers.

Drei Tage später verließen Rhys und ich, Bella, Milton und die Dorfbewohner den Mount Ziriat. Die Feen gaben uns Pferde mit auf den Weg, gewöhnliche, sterbliche Pferde. Meryl begleitete uns noch den Hang hinunter ins Aisnan-Tal. Beim Wasserfall blieb sie stehen. Rhys zog alle anderen beiseite, sodass ich ungestört mit ihr reden konnte.

Meryl sagte: »Ich werde dafür sorgen, dass ihr eine sichere Durchreise nach Surmic habt. Euch wird kein Ungeheuer behelligen –«

»Kannst du nicht mitkommen? Du könntest mir helfen ...«

»Nein, meine Liebe. Ich habe unsere Abmachung eingehalten.« Sie lachte. »Ich habe versprochen, mit meinen Abenteuern so lange zu warten, bis du vermählt bist, und ich habe Wort gehalten.«

»Aber das war noch zu der Zeit, als du ein Mensch warst.« Es war hoffnungslos, aber ich versuchte es trotzdem. »Jetzt bist du unsterblich. Warum kannst du nicht bei Rhys und mir bleiben? Du hast bis in alle Ewigkeiten Zeit für deine Abenteuer.«

Lächelnd schüttelte sie den Kopf. »Addie, Addie… Auf mich wartet viel Arbeit. Diese Abenteuer sind kein Spiel. Die Feen brauchen mich, du mich dagegen nicht. Nicht mehr.«

Damit hatte sie Recht. Ich brauchte sie nicht. Ich wollte sie nur so gern um mich haben.

Sie legte mir die Hände auf die Schultern. »Aber ich werde dich oft besuchen. Immer dann, wenn du mich am wenigsten erwartest, werde ich da sein – und auch dann, wenn du mich am meisten erwartest. Deinen Kindern werde ich keine Fremde sein. Es ist lange her, dass Menschenkinder Feen als Paten hatten, aber deine Kinder werden mich als solche haben und deine Kindeskinder ebenso. Ich werde auch bei dir sein, wenn es Probleme gibt. Ob sichtbar oder unsichtbar, ich werde in deiner Nähe sein – und Drualt ebenso. Ein oder zwei fröhliche Geister werden sich immer bereithalten.«

Ich musste wohl das Beste daraus machen. »Wirst du mir von deinen Abenteuern erzählen?«

Sie nickte. »Und ich werde von deinen wissen. Ich werde über jeden Sieg, den du über die Ungeheuer erringst, jubeln und frohlocken.« Sie lachte. »Dru und ich werden viel Spaß dabei haben, dir zuzuschauen.«

Hinter ihr fing sich das Sonnenlicht im Sprühregen des Wasserfalls und umgab Meryl mit einem glitzernden Heiligenschein. Sie sah zauberhaft, menschlich, gesund und glücklich aus. Ich schluckte meine Tränen hinunter. War unser Abschied auch bittersüß, so war er doch zumindest süß genug, um mich zu trösten.

Wir breiteten zur gleichen Zeit die Arme aus und umarmten einander fest. Ich war vernünftig genug, mich als Erste aus der Umarmung zu lösen. Ich strich ihr ein letztes Mal über die Wange und wandte mich dann ab.

Ich schaute nicht zurück. Ich nahm Rhys' Hand und richtete den Blick nach vorn. Wir beide würden unsere eigenen Abenteuer erleben, und ich würde so mutig sein, wie ich nur konnte. Manchmal würde Meryl zu Besuch kommen und mir ihre Geschichten erzählen. Ich würde ihre und meine Abenteuer in Wandteppiche weben. Dort wären wir beide Rücken an Rücken zu sehen: Meryl, die ihre Ungeheuer, und ich, die meine Ungeheuer bekämpfte. Und wer weiß, eines Tages würde vielleicht jemand Verse über uns dichten, und wir wären wieder vereint, die zwei Prinzessinnen von Bamar.

Sodann die Schwestern schieden
Nach langer Umarmung,
Die Tränen getrocknet,
Sie weinten nicht mehr.
Sie lächelten nun und lachend
Blickten sie der Zukunft entgegen,
Was immer diese bringen mochte,
Aber voller Hoffnung im Herzen,
Sich eines Tages wieder zu sehen.

Und wenn jetzt ein Geist umgeht
Oder ein Drache Feuer speit
Oder ein Oger angreift
Oder ein Greif herabstürzt,
Zieht Bamar in den Kampf.
Und die Feigen marschieren
Mit den Starken.
Ob Schneider, Koch,
Ob Bauer oder Königin –
Sei's aus Dorf, Wald,
Wiese oder Burg –
Bamar, das Land der Helden,
Kämpft gegen den Feind.

Schritt folgt auf Schritt.
Hoffnung folgt auf Mut.
Blick der Gefahr ins Auge,
Setz beherzt auf Sieg –
Sieg für Bamar!

Aus dem Schluss des Epos
»Die Prinzessinnen von Bamar«

Aufgewachsen in New York City, veröffentlichte Gail Carson Levine während ihrer Highschool-Zeit erste Gedichte. Mit ihrem Mann lebt sie heute in einem 200 Jahre alten Bauernhaus in Brewster, New York. Sie schreibt Musicals sowie Bücher für Kinder und Jugendliche, die mit vielen Preisen ausgezeichnet wurden.

Von Gail Carson Levine ist bei C. Bertelsmann erschienen:
Ein Platz zum Bleiben (12560)
Ella, verzaubert (12323)

Brian Jacques
Die Gestrandeten

384 Seiten ISBN 3-570-12712-5

Im Lauf der Jahrhunderte hätte so mancher Seemann schwören können, das Geisterschiff gesehen zu haben. Viele Nächte haben Seeleute die Köpfe zusammengesteckt und über das Schiff geredet. Welcher Fluch war es, der den *Fliegenden Holländer* auf seine einsame Reise schickte, ans Meer gefesselt für alle Ewigkeit? Wer weiß, wie alles begann? Zwei Lebewesen nur!